찔레꽃 필 때면

찔레꽃 필 때면

발행일   2017년 5월 17일

지은이   신 성 호
펴낸이   손 형 국
펴낸곳   (주)북랩
편집인   선일영   편집   이종무, 권혁신, 송재병, 최예은
디자인   이현수, 이정아, 김민하, 한수희   제작   박기성, 황동현, 구성우
마케팅   김회란, 박진관
출판등록   2004. 12. 1(제2012-000051호)
주소   서울시 금천구 가산디지털 1로 168, 우림라이온스밸리 B동 B113, 114호
홈페이지   www.book.co.kr
전화번호   (02)2026-5777   팩스   (02)2026-5747

ISBN   979-11-5987-529-8 03810(종이책)   979-11-5987-530-4 05810 (전자책)

이 도서의 국립중앙도서관 출판예정도서목록(CIP)은 서지정보유통지원시스템 홈페이지(http://seoji.nl.go.kr)와
국가자료공동목록시스템(http://www.nl.go.kr/kolisnet)에서 이용하실 수 있습니다.
(CIP제어번호 : CIP2017011172)

찔레꽃 필 때면

신성호 수필집

북랩 book Lab

책머리에

본 수필집 『찔레꽃 필 때면』은 저자가 유년기에 겪었던 보릿고개의 애환을 그린 작품이다. 일제 강점기, 6.25사변과 함께 근 현대사를 통해 3대 수난사라고 할 수 있는 이 보릿고개는 사변 직후부터 50년대 말까지 계속되었다.

장기간의 가뭄으로 말미암아 농사를 짓지 못해 초근목피로 연명해야 했던 민초들의 가슴마다 뼈를 깎아내는 듯한 극단적인 기근의 고통을 안겨주었다.

특히 찔레꽃이 필 때면 기근은 절정에 다다른다. 쌀 양식은 말할 것도 없고 보리 양식마저 고갈난 상태다. 왜냐하면 장기간 비가 안 오면 가뭄이 극에 달하게 되고, 이 때문에 보리농사마저 작황이 안 좋아 수확량이 극도로 감소되다 보니 다음해 보리를 수확하는 시기, 즉 6월 말까지 연결될 수 있는 재고량이 부족할 뿐만 아니라 경제가 극도로 어려운 상황이라 속수무책으로 기근은 피할 수 없게 된다.

지금으로부터 약 60여 년 전엔 일제 강점기와 6.25사변이 종전된

지 불과 몇 년이 경과되지 않은 상황이라 나라 전 국토가 잿더미로 변한 시기여서 외국의 원조를 받지 않고는 전후 복구사업조차 감히 엄두도 낼 수 없는 처지였다.

이토록 정치, 경제, 사회, 문화 등 모든 분야가 피폐되어 원시수준에 머물러 있던 우리나라는 농경사회의 수렁에서 헤어나지 못하고 있었다. 이로 인해 농민들은 영농 이외로는 별다른 수입원이 없었고, 따라서 가뭄과 같은 천재를 흡수할 수 있는 완충장치를 마련할 수 없었다.

때문에 흉년이 들면 기근을 숙명처럼 받아들여야 했다. 끼니때가 되어 배가 고파도 집에는 먹을 수 있는 먹거리가 전무하니 자연 밖으로 나가서 찾을 수밖에 없었다. 풀뿌리든 나무껍질이든 그 무엇이든 먹어봐서 먹을 만하면 다 먹었다.

그 기근의 고통은 아마 우리 국어사전에서 어떤 수식어를 갖다 붙여도 적당하다고 공감할 수 있는 수식어가 없을 것이다. 심하게 배가 고프면 잠도 안 오고 급기야는 정신이 혼미해지며 모든 것이 밥으로 보이는 착시현상까지 일으키기도 한다.

북한 고난의 행군시절에 수많은 북한주민이 굶어서 아사했다는 슬픈 소식을 매스컴을 통해서 접했던 우리 전후세대가 있었을 것이다. 이들 중에는 그러한 사실들을 전혀 믿지 않으려는 사람도 있었을 것이고 과연 그럴 수도 있을까? 하고 추상하는 사람도 있었을 것이다.

우리 속담에 '부뚜막의 소금도 집어넣어야 짜다'라는 말이 있듯이 보릿고개를 경험해보지 못한 요즘 젊은 세대들은 우리 기성세대가 뼈아프게 겪었던 보릿고개 시절의 배고팠던 고통을 설명해주면 그들의 귀에는 한낱 호랑이가 담배 피우던 옛날이야기나 전설처럼 받아들인다. 물론 오늘날 신세대들은 그 시대에 존재했던 사람들이 아니기 때문에 상상도 못할 일이겠지만 우리 기성세대가 가정교육이나 학교교육을 통해서 가르쳤다면 기껏 해봐야 반세기가 조금 넘는 과거사에 대한 문외한은 되지 않았겠는가 하는 아쉬움이 남는다.

현존하는 눈부신 발전은 장구한 세월 동안 숱한 선조들의 뼈를 깎는 고통과 희생이 있었기에 가능했다. 우린 결코 추호도 과거사를 망각하고 살면 안 된다. 과거는 현재의 어버이요 현재는 과거의 자식이다.

저자는 이 조그마한 책자를 통해서라도 교육적인 차원에서 우리 후대에게 기성세대가 불가피하게 겪어야 했던 보릿고개 시절의 뼈아픈 사연들을 소상히 밝히고 왜 우리 국민이 그 같은 비극적인 상황들을 미연에 예방하지 못하고 무방비 상태로 당해야만 했는지 짧다면 짧고 길다면 긴 60여 년이란 세월의 시계바늘을 역으로 돌려 저자의 유년기에 우리 민초들이 겪었던 참담한 보릿고개의 슬픈 사연들을 기억을 더듬으며 하나하나 재조명하고자 한다. 비단 저자가 쓴 책뿐만 아니라 많은 기성 작가들이 보릿고개를 주제로 한 작품들이 많이 있을 것이다. 하지만 그것이 다가 아니라는 사실이다.

왜냐하면 흔히 하는 말로 세상은 넓고 사람도 많으니 갖가지 사연도 많을 것이기 때문이다. 저자는 이 점을 착안해서 글을 썼다. 아무튼 저자의 졸작이지만 이 조그만 책을 통해서 비참했던 역사적 사실들을 거울삼아 현재 우리가 처하고 있는 경제적 어려움이 어떤 연유로 발생하고 초래하게 됐는지 냉철하게 돌아보고 심각한 경제난을 어떠한 방책과 정신 자세로 타개해 나가야 할지 그 해답을 얻는 데 조금이나마 일조할 수 있다면 얼마나 다행한 일일까 하고 감히 머리 숙여 기대해 마지않는다.

2017년 5월
저자 신성호

목차

그 해 겨울은 몹시도 추웠다

　어깨가 시려 이불을 끌어당기다가 짐짓 눈을 떠보니 희미한 등 잔불 밑에 다소곳이 앉아있는 어머니 모습이 눈에 들어온다. 자세히 보니 어머니는 장롱 속에서 다 헤진 옷가지며 양말짝 등을 수북이 꺼내놓고 깁고 계신다.

　어머니는 본래 새벽잠이 없으시고 부지런하신 터라, 늘 상 새벽 네다섯 시면 일어나셔서 일을 하신다.

　아직 꼭두새벽인지 문밖은 짙은 어둠이 깔려있고 간간이 몰아치는 돌풍에 함석 처마가 벌렁거리고 커다란 나무대문이 연신 삐거덕 거린다. 그리고 문풍지는 무슨 귀신 울음소리인양 '부르르 우우~ 웅' 하는 소리를 내며 소름끼치게 울어댄다.

　어머니는 문틈으로 스며드는 바늘 끝 같은 찬바람에 손이 시리신지 바느질을 하다 마시고 손을 입에 갖다 대고 "호~오" 하고 불어대신다. 어머니의 입김이 마치 저녁녘 밥 짓는 연기처럼 뽀얗게 천정위로 모락모락 피어오른다.

　때는 동지섣달 겨울 중에서 가장 추운 때이다. 지금은 지구 온난

화 때문에 옛날처럼 그렇게 춥지 않지만 내 유년시절, 그러니까 그 시기를 혹한기라고 해야 하나 그 때는 밖에 5분만 서 있어도 손발이 시리다 못해 저려왔다.

어머니는 추위를 막아보려고 개구쟁이 동생이 낮에 장난삼아 손가락에 침 발라 뚫어놓은 문구멍하며 바람이 스며들만한 곳은 모두 헝겊 등으로 막아 놓는다. 그리고 다시 바느질을 시작하신다.

약 세 평정도 크기의 우리가 기거하고 있는 방안은 우리 형제들이 덮고 있는 이불 속 외로는 한기만 감돌 뿐 그지없이 썰렁하기만 하다.

초저녁에 아궁이에서 꺼내 담은 화로 불씨는 꺼진지 오래인 것 같다. 어머니는 이따금씩 바느질을 하다마시고 손을 호호 불어대시는가 하면 검게 피어오르는 등잔불꽃을 줄이기 위해 등잔꼭지를 잡고 등잔 몸통에다 대고 톡톡 치기도 하시고, 그래도 안 되면 심지를 조금씩 잡아당기곤 하신다.

옛날에는 나라에서 등유를 배급해 준 걸로 기억 된다. 처음에는 석유를 주다가 경유로 바뀌었다. 그 때는 6.25동란이 종전된 지 얼마 안 된 시기라서 나라경제가 어려워 등유를 경유로 쓰다 보니 등잔불에 그름이 많이 피어올랐다.

아침이 가까워지면서 뱃속에서 '꼬로록~' 하는 소리와 함께 시장기가 돈다. 어제 저녁에 머얼건 보리죽 한 그릇만 먹고 잔 터라 뱃속이 허전하고 사뭇 배가 고파 온다.

나는 작게 기침소리를 내며 인기척을 했다. 어머니는 바느질을 하다 마시고 고개를 뒤로 돌려 힐끗 나를 보시더니 "얘야 왜 벌써 일어났니? 더 자지 않구. 누나허구 성, 동상은 모두 자는디, 왜 벌써 일어났어, 어서 더 자거라, 날이 샐려면 아직 멀었다." 어머니는 내가 일찍 일어난 것이 못 마땅하다는 듯 이렇게 명령하신다.

나는 어머니께 졸라대듯이 "오머니 뭐 먹을 것 점 읎슈?" 하고 물었다. 어머니는 내 말이 끝나기가 무섭게 땅이 꺼져라 한숨을 푹 내쉬시더니 탄식 어린 목소리로 이렇게 말씀하신다.

"얘야 올 같은 흉년에 뭐가 있겠니, 햇보리 나오기 전에 양석이 떨어지지 말아야 헐 텐디. 큰일 났다 야, 조금만 참구 더 자거라, 아침에 죽 끓여서 대접으루 많이 주께."

어머니는 배고파 졸라대는 나를 안쓰러운 듯 달래시며 이불 밖으로 밀려나온 동생을 안으로 밀어 넣으시고는 혼잣말로 "춥게 자면 감기 걸려." 하신다.

우리 집은 대대로 물려받은 종가라 시골집 치고는 컸지만 식구가 워낙 많아 우리 어머니하고 누나, 형, 나 그리고 동생 하나 해서 총 다섯 식구가 셋 평 남짓한 좁은 방에서 광목 솜이불 하나 덮고 함께 잤다.

이 때 아버지는 군 복무 중이라 집에 안 계셨다. 우리들은 그 북통만한 방에서 살을 도려내는 듯한 추운 겨울이면 이불 한 자락이라도 더 차지하기 위해 이리저리 잡아당겼다. 그러다 보면 실밥이 터지고 솜이 뭉쳐진다. 어머니는 한해 겨울만 해도 몇 번씩이나 이불을 뜯어 대바늘로 다시 만들곤 하셨다.

누나와 형은 자면서도 가려워서 못 견디겠다는 듯 북북 소리 내며 온 몸을 긁고 또 긁어 댄다.

우리 어렸을 적엔 이가 얼마나 많았던지 내의를 벗고 잡아 보려면 크고 작은 이들이 헤일 수 없이 많아 흡사 개미떼처럼 바글거렸다. 지금 그 아득히 흘러간 어린 시절을 추억하면서 이 글을 쓰고 있는 저자의 온 몸이 괜스레 여기저기 가려운 것 같아 긁적거려진다. 아버지는 이를 없앤다고 옷에 농약을 뿌려 놓고 며칠 동안 입지 못하게 하시고 어머니는 내의 깊은 곳으로 들어가 잡지 못하는 이는 이빨로 '아드득' '아드득' 앙증맞게 깨물었다.

그리고 우리들은 옷을 들고 도리깨질하듯 기둥나무에다 대고 툭툭 털어댔다. 이는 날씨가 춥거나 움직이는 동안은 덜 가렵다.

그러나 따뜻한 양지바른 곳에 앉아 있거나 밤에 자기 위해 이불 속에 들어가 온기가 감돌기 시작하면 온몸 여기저기에서 준동하기 시작한다. 그 느낌은 겪어보지 않고는 상상도 못한다.

그야말로 크고 작은 벌레들이 떼를 지어 기어 다니는 느낌이다. '설설설' 하고 말이다. 이 같은 느낌은 도저히 참아 넘기기가 힘들다. 온몸이 피투성이가 되도록 긁어도 시원치 않다. 시간이 얼마나 흘렀는지 아주 멀리서 첫닭 우는 소리가 꿈속에서 듣는 듯 어렴풋이 들려온다. 그 소리가 끝나자 바로 그리 멀지 않은 곳에서 약속이나 한 듯이 또 한 마리가 뒤이어 운다.

우리 수탉도 이에 뒤질세라 둔탁한 소리로 '탁~탁~' 하고 두 번 나래를 치더니 '꼬끼오~' 하고 목청을 높인다. 밤새 집이 떠나 갈 듯 소용돌이쳐 불어대던 돌풍도 날이 샐 무렵이 되니 언제 그랬냐는 듯 고요하기 그지없다.

어머니는 닭 우는 소리와 함께 아침밥을 짓기 위해 하시던 바느질을 멈추시고 내의며 양말짝 등을 주섬주섬 장롱 서랍 속에 밀어넣고는 "후~" 하고 등잔불을 단숨에 끄시더니 이내 방문을 열고 밖으로 나가신다. 어머니가 방문을 여는 순간 칼날 같이 싸늘한 공기 한 자락이 소리 없이 방안으로 스며든다.

어머니는 나가시면서 혼잣말로 "그러니 웬 눈이 이렇게 많이 왔데이." 하시면서 무언가로 눈을 치우는 듯 '쓰르륵, 쓰르륵' 하는 소리가 몇 번 들리더니 곧 바로 '드르륵, 삐그덕' 하고 부엌문 여닫는 소리로 이어진다.

방문을 처다보니 얼마나 날씨가 추운지 문살마다 성에가 더덕이 져 있고 아직은 꼭두새벽이라 방문 창호지는 어둠이 채 가시지 않았다. 누나 형 동생은 한밤중이다. 북북 긁기도 하고 쩝쩝하고 입맛 다시는 소리도 낸다. 이젠 서서히 날이 조금씩 밝아오는지 밖에서 '짹짹짹' 하는 참새소리, 그리고 간간히 '꼬꼬꼬' 하는 닭소리가 들려오기도 한다. 어머니는 밥 짓다 마시고 부엌에서 나와 우리들을 내쳐 깨우신다.

"얘들아 일어나라. 빨리 일어나서 마당에 눈 치워라, 눈이 얼마나 많이 왔는지 잘못하면 눈 속에 빠져 죽겠다."

빨리 일어나라는 어머니의 호통소리에 제일 먼저 일어난 사람은 우리 집 장녀인 누나다. 나와는 다섯 살 터울이고 내 바로 형하고는 세 살 터울이다.

이 때 누나 나이는 내가 일곱 살이고 나와 다섯 살 차이니까 열두 살 쯤 됐을 것이다. 누나는 아버지와 어머니를 쏙 빼 닮았다. 키는 작지만 다부졌다.

자존심이 강하고 욕심이 많아 남한테 지는 것을 싫어했던 까닭에 무엇이든 열심히 했다. 그래서 동네 사람으로부터 항상 부지런하다는 칭찬을 많이 받았다. 그리고 성격이 남달리 활달하고 사교성이 좋아 애칭 '불여우'란 닉네임도 갖고 있다.

우리 누나 이름은 설자이다. 한문으로 눈 설, 아들 자 즉 '성품이 눈처럼 희고 깨끗하며, 때 묻지 않은 순수한 사람'이라는 뜻으로, 이 같은 누나 이름은 할아버지께서 지어 주신 이름이다.

이때는 일제 강점기와 6.25동란으로 아버지가 군에 계셨기 때문에 할아버지께서 우리들의 이름도 지어주시고, 출생신고 등 신상에 관한 모든 것들을 아버지 대신 하셨다. 할아버지께서는 성격이 매우 급하셨던 걸로 기억된다. 한번 감정이 격해지면 할아버지의 고함소리가 집안은 물론 온 동네가 떠나갈 듯 요란했다. 그러나 우리들에게는 더 없이 인자하고 사랑이 넘치셨다.

그 때가 언제였던가…. 어머니 품속처럼 따사로운 봄볕이 빈곤으로 얼룩진 초가 지붕위에 살포시 내리던 어느 봄날, 시간적으로 정오가 가까워지는 때 인걸로 기억된다.

춘궁기가 한창인 오월 중순, 찔레꽃이 만개하여 온 동네가 화사하게 꽃의 향연이 감미롭게 연출되는 시기다. 형과 나 그리고 사촌동생 이렇게 세 명이 우리 집 옆 마당에서 놀고 있는데 할아버지께서 다가오시더니 "얘들아 배고프지?" 하시면서 일일이 우리들 머리를 쓰다듬어 주신다. 우리들은 가뜩이나 배가 고파 움츠리고 있던 차에 할아버지의 따뜻한 위로의 말씀을 들으니 순간 눈물이 핑 돈다.

할아버지는 그런 내 표정을 애처로운 듯 물끄러미 바라보시더니 다시 한 번 머리를 쓰다듬어 주시고는 말없이 자리를 뜨신다. 할아버지에 대한 기억은 이 밖에도 수 없이 많다.

제일 먼저 일어난 누나는 우리들을 몇 번 깨우다가 안 일어나고 버티니까 이불을 홀쩍 걷어치운다. 형은 더 자고 싶은데 누나의 이 같은 행동이 못마땅했던지, "xx" 하고 욕을 하더니 다시 이불을 갖다 덮는다. 나는 추워서 밖에 나가지도 못하고 문틈으로 내다봤다. 눈이 밤새 얼마나 많이 왔던지 마당과 토방이 구분이 안 된다.

토방이라면 빗물이나 바닷물이 마루 밑으로 들어가는 것을 방지하기 위해 마당의 지표면 보다 약 30cm정도 더 높게 쌓아 올린 부분을 말한다. 우리 집은 바로 바다와 경계하고 있어 하절기 백중사리 때가 되면 일 년 중 가장 해수면이 높아지는 때라 만조 때면 바닷물이 마당까지 들어와 요강 등이 나룻배처럼 둥둥 떠 다녔다. 그래서인지 우리 집은 남의 집보다 토방이 조금 더 높았다.

나는 옷을 입고 밖으로 나와 봤다. 세상은 온통 눈으로 하얗게 뒤덮여 있다. 초가지붕들은 흡사 버섯 모양을 하고 있고 뒤뜰 언덕배기에 서 있는 고목나무 가지마다엔 눈꽃이 만발하다. 돌풍과 함께 섬마을을 집어 삼킬 듯 휘몰아치던 성난 파도는 수평선너머 아득히 잦아들고 바다는 깊은 사색에 잠긴 듯 해조음 소리만이 간간히 들려올 뿐 잔잔하기만 하다.

아무개야 하고 부르면 들리기도 하고 거리에 사람들이 지나가는 모습도 보이는 전방에 병풍처럼 처져 있는 원산도는 한 폭의 산수화 그 자체이다.

흰 눈에 덮인 산자락엔 아침햇살이 곱게 어울지고 집집마다 밥 짓는 연기가 자욱하다. 누군가 쌓인 눈을 전부 치우기엔 너무 엄청나서 인지 한 사람 겨우 지나다닐 정도의 폭으로 토방 밑에서부터 마당을 가로질러 대문 밖까지만 뚫어 놓았다.

나는 한 동안 밖에 나와 겨울 정치에 취해있는데 날씨가 얼마나

추운지 바람이 한 점도 없는데도 손발이 시리다 못해 저려온다.

나는 더 이상 참지 못하고 대문을 열고 안으로 들어왔다. 집안으로 들어서는 순간 대문가 외양간에 있는 소와 시선이 마주쳤다. 소는 그 커다란 눈으로 아무런 감정 없이 나를 물끄러미 한 동안 바라보며 눈을 끔벅 끔벅 하더니 머리를 돌려 밖을 바라본다. 나는 소의 머리를 두어 번 쓰다듬어 주고는 오솔길처럼 뚫어 놓은 눈길을 따라 집안으로 들어오는데 마침 어머니가 조반을 가지고 부엌에서 나오시면서 "이 추위에 워디 갔다 왔니? 빨리 낯 씻구 들어와라. 아침 먹게." 하시며 밥상을 들고 서둘러 방안으로 들어가신다.

나는 토방에 있는 세숫대야를 들고 부엌으로 가려고 세숫대야를 드니 꽁꽁 얼어붙어 좀처럼 떨어지지 않는다. 발길로 차도 세숫대야는 떨어지지 않고 오히려 내 발만 아프다. 옆에 있는 빨래 방망이로 쳐 보려 해도 그것마저 얼어붙었다. 이렇게 온 집안에 있는 모든 것들이 하나같이 꽁꽁 얼어붙었다.

나는 부엌에 들어가 커다란 가마솥 뚜껑을 옆으로 밀고 바가지로 뜨겁게 데운 물을 한 바가지 퍼가지고 나와 대야에 부으니까 따다닥 소리를 내면서 그때서야 얼어붙었던 대야가 떨어져 나온다. 펄펄 끓던 물도 날씨가 얼마나 추운지 이내 식어버린다.

나는 대충 고양이 세수로 얼굴을 닦고 방으로 들어가려고 문고리를 잡는 순간 소스라치게 놀랐다. 문고리에 손가락이 소름끼치게 쫙 달라붙는 것이 아닌가, 나는 재빨리 문을 열고 방안으로 들어가보니 방안에는 전 식구가 모여 아침식사를 하고 있다.

할아버지, 할머니, 어머니, 큰 고모, 삼촌, 막내 고모, 누나, 형, 사촌동생 그리고 내 바로 밑 세 살 터울이 남동생까지. 약 세평 정도 크기의 안방에 뒷문 쪽에서 앞문을 향해 밥상 세 개가 횡렬로 나란히 놓여있고, 뒷문 쪽 첫 번째 밥상 남쪽 방향 아랫목엔 할아버지, 삼촌 그리고 형, 두 번째 밥상엔 할머니와 큰 고모, 작은 고모, 세 번째 마지막 밥상엔 어머니가 동생을 무릎에 안고 누나와 식사를 하고 있다.

평소에는 식구가 많은 관계로 할아버지는 사랑방에서, 할머니,

고모, 삼촌은 안방에서, 어머니는 부엌에서, 우리들은 가운데 방에서 식사를 했다.

그러나 이 날만은 예외였다, 이유인즉 이는 할아버지의 뜻이며 배려이다. 할아버지께서는 장기간 숙환으로 식구들과 함께 식사를 해보신지 오래인지라 식구들과 함께 식사를 하고 싶었을 것이고, 이제 생이 얼마 남지 않았음을 직감하고 계셨기에 식사를 하시며 덕담을 통해서 식솔들에게 인생교육을 시켜야 할 필요성을 느끼셨을 것이다.

식사를 하고 있던 온 식구의 시선이 순간 나한테로 집중된다. 제일 먼저 말문을 여신 분은 할머니다. "야 날씨 추운디 워디 갔다 왔니? 어서 밥 먹어라, 배그플텐디." 하시면서 밥상 옆에 놓인 커다란 양판 그릇에서 구수한 보리죽을 국자로 사기대접에 한 그릇 가득 퍼 주신다. 나는 배고픈 김에 수저를 들자마자 누가 빼앗아 먹을 세라 마구 입에다 퍼 넣었다. 내 밥 먹는 모습을 물끄러미 지켜보시던 할아버지께서 "성호가 되게 배그펐던 게구나. 얘야 천천히 먹어라 빨리 먹으면 체헌다." 다급한 할아버지의 명령에도 아랑곳하지 않고 나는 순식간에 보리죽 한 그릇을 마파람에 게눈 감추듯 뚝딱 해치웠다. 약간 모자란 듯한 느낌에 죽이 담겨있던 양판그릇을 들여다보니 어느새 깨끗하게 비워져있었다.

아침식사를 끝낸 식구들은 제각기 뿔뿔이 흩어진다. 할아버지는 사랑방으로 할머니와 큰 고모, 작은 고모는 안방에 남아있고, 누나는 가운데 방, 어머니는 설거지를 하기 위해 상을 들고 부엌으로 들어가신다. 그리고 우리들은 삼촌 따라 밖으로 나갔다. 삼촌은 밖으로 나오자 바로 아랫집 창고로 들어가더니 가래, 당그래, 빗자루 등을 있는 대로 꺼내 놓는다. 집안에 쌓인 눈을 치우겠다는 것이다. 우리들도 삼촌의 눈 치우는 것을 돕기 위해 빗자루며, 당그레 등을 하나씩 집어 들었다.

날씨가 얼마나 추운지 삼촌과 우리들은 손만 호호 불어대기 바쁘다. 해는 구름 속에서 잠깐씩 나왔다 반짝 비추고는 다시 구름 속으로 사라지곤 한다.

처마 밑을 보니 작대기만한 고드름이 나 보란 듯 주렁주렁 열려 있다. 나는 "형~" 하고 처마 밑 고드름을 손가락으로 가리키며 "저것 봐." 하니까 형이 고드름을 보더니 빗자루를 거꾸로 잡고 힘껏 옆으로 후려친다. 그러나 고드름은 비웃기라도 하듯 끝부분만 조금 살짝 떨어질 뿐 꼼짝도 하지 않는다. 나는 달려가서 눈 위에 떨어진 고드름 조각을 주워 입에 넣고 아드득 소리를 내어 깨물어 봤다. 나는 순간 얼마나 차가웠던지 소스라치게 놀랐다. 나는 황급히 얼음 조각을 뱉어버렸다. 이 광경을 지켜보고 있던 형과 사촌동생이 낄낄대고 웃는다. 갑자기 주위가 시끄러워지니까, 삼촌이 눈을 치우다 말고 "뉘들 왜 웃니?" 하고 의아한 표정으로 우리들을 번갈아 쳐다본다. 삼촌은 눈을 치우다 말고 "어이구 추워." 하더니 손을 입에다 갖다 대고 호호 하고 불면서 "얘들아 춘디 방에 들어가서 몸 좀 녹이구 나오자." 하더니 더는 못 참겠다는 듯이 걸음아 날 살려라 하고 쏜살같이 방에 뛰어 들어간다.

우리들도 삼촌 따라 안방으로 들어갔다. 할머니가 고모들과 함께 화롯가에 둘러 앉아 있다가 추위에 떨고 들어오는 삼촌과 우리들을 보시더니 "애들아 추운디 빨리 이리 오너라." 하시면서 인두로 정성스레 다독거려 놓은 불씨를 활짝 열어 놓으신다.

꽁꽁 언 손에 화로 불을 쬐니까 손끝이 아려온다. 아침에 반짝했던 날씨가 점심 무렵이 되니까, 건너편 원산도 선촌 뒷산 너머에서 짙은 먹구름이 강한 북서풍을 타고 몰려오면서 눈보라가 다시 몰아치기 시작한다.

삼촌과 우리들은 눈 치울 생각은 엄두도 못 내고 문구멍으로 밖을 내다 봤다. 목화송이만한 함박눈이 온 세상을 금시라도 덮어버릴 듯 무섭게 퍼부어 댄다.

참새들이 먹이를 찾아 떼 지어 아래채 방앗간에 날아와 짹짹거린다. 해풍이 얼마나 거세게 휘몰아치는지 함석처마가 당장이라도 부서져 날아갈 듯 요동치고 뒤뜰 언덕배기 미루나무 두 그루가 광풍에 역겨운 듯 몸부림친다. 그리고 대문은 장단이라도 맞추는 듯 연신 삐거덕거린다, 문풍지는 무엇이 그리 슬프다고 목 놓아 울부짖고, 벽에 걸어놓은 농기구, 가재도구 등이 마당에 떨어져 나뒹군다. 돌풍이 한 번씩 소용돌이쳐 불 때마다 그야말로 집안은 전쟁이라도 터진 듯 아수라장이다. 우리 온 집안 식구들은 문 밖에 한 발자국도 못 나가고 하루 종일 집안에 갇혀 있어야만 했다.

이렇게 한참을 정신없이 휘몰아치던 돌풍이 저녁 때 해질 무렵이 되니 언제 그랬냐는 듯 거짓말처럼 온 누리는 깊은 고요 속에 빠져든다. 어느새 저녁밥을 지었는지, "애들아 저녁 먹게 안방으로 넘어 와라." 하시는 낭랑한 어머니의 목소리가 감미롭게 귓전에 와 닿는다.

그렇지 않아도 배가 고파 웅크리고 앉아서 저녁식사 때만을 애타게 기다리고 있던 차에 우리들은 좋아 날뛰며 안방으로 우르르 달려 넘어 갔다. 어머니는 커다란 양판그릇 두 개에다 구수한 보리죽을 쑤어다 놓고 식구들 밥그릇에 담아 주고 계신다. 그 때의 밥그릇은 모두가 사기로 만든 커다란 대접이었다. 그릇이 크다 해도 건더기가 없어 밥 수저를 떼고 막 돌아서면 배고플 정도였기에 애들이라고 해서 작은 그릇에 줄 수가 없었다. 이 때 만들어진 속담 하나가 있다.

"흉년이 들면 어른도 죽 한 그릇 애도 죽 한 그릇" 요즘 신세대 젊은이들에게 우리 기성세대가 불가항력적으로 겪어야 했던 보릿고개에 대한 실상을 말해 주면 그저 그들의 귀에는 호랑이 담배 피우던 아득한 옛날얘기나 전설처럼 생각하고 있는 것 같다.

오늘날 영농 수준은 옛날엔 감히 상상도 못할 정도로 첨단화 되어있어 농사철에 비가 웬 만큼 안 와도 별문제 없지만 6.25동란이 종전된 지 불과 몇 년이 안 된 시기여서 영농시설이 피폐될 대로 피폐되어 있었을 뿐만 아니라, 그 때 우리나라의 경제적 수준이나 과학문명에 비춰 볼 때 영농시설이나 기술은 거의 원시적 수준에 머무르고 있었다.

현시대는 도처에 저수시설이 완비되어 있고 산에는 수림이 울창

해서 가뭄의 완충역할을 한다. 그리고 최악의 경우에는 장비를 이용해서 관정을 뚫어 지하수를 이용한다. 그러나 과거에는 장기간의 일제 강점기와 피비린내 나는 동족상잔의 6.25동란을 치루는 동안 치산치수의 지혜를 아예 생각할 겨를도 없이 나라의 운명이 풍전등화로 치닫는 급박한 상황이었기 때문에 '보릿고개'라고 하는 전대미문의 수난을 우리민족이 불가피하게 겪어야만 했던 것이다. 3년여에 걸친 전쟁으로 모든 것은 파괴되고 불에 타 오직 남아있는 것은 구사일생으로 살아남은 구차한 목숨 하나와 절망! 그리고 좌절과 자포자기뿐이었다.

이 같은 시대적 상황 등이 우리 기성세대들의 가슴마다에 '보릿고개'란 뼈아픈 비극적 생활상을 안겨줬고, 그것을 맛본 세대의 기억의 저 편에는 영원히 지울 수 없는 아픈 상처로 남아 있다.

저녁식사를 끝낸 식구들은 뿔뿔이 흩어진다. 각자 자기가 자야 할 방으로 가고 있는 것이다. 나는 누나와 형 따라서 우리가 기거하는 가운데 방으로 넘어 왔다. 따뜻한 안방에 있다가 넘어 오니까 방안이 썰렁해서 으스스 오한이 느껴진다. 우리가 기거하는 가운데 방은 마당을 향해서 커다란 앞문이 두 개 있고 대청과 연하고 있는 뒤에도 문이 또한 두 개가 있다. 거기에다 부엌에서 불을 지펴도 할머니와 고모들이 기거하는 안방을 거쳐 오기 때문에 화기 전달이 잘 안 되어 겨울이면 매우 추웠다. 뿐만 아니라 우리 집은 바다와 경계하고 있어 해풍이 드셌고, 그 때는 의복도 변변치 못한데다가 영양실조로 추위를 더 느꼈다. 우리들은 방에 들어오기가 무섭게 이불부터 폈다. 올해 초등학교 4학년인 누나와 1학년인 형이 방학숙제를 한다고 저마다 책보를 풀어 책 한 권과 공책 한 권씩을 들고 이불 속으로 들어와 엎드린다.

지금은 경제사정이 좋고 문화가 발달해서 노트 등 고급학용품을 책가방에 넣고 학교에 등교하지만 우리 초등학교 시절엔 6학년 때까지 책을 보자기에 싸가지고 다녔다. 그 때 당시에는 책가방이란 감히 상상도 못할 사치품이었으며 방학 때 도회지 학생이 책가방을 들고 시골 친척집에 놀러오면 책가방이 신기해서 매만져 보기도 했다.

만일 지각이라도 하는 날엔 서둘러 책보를 싸다 보면 허술하게 싸게 마련이고 그것을 허리춤에 매고 논둑길을 걷다가 학교에서 첫 수업을 알리는 종소리가 땡땡땡 하고 귓전을 때리면 논둑길을 걸음아 날 살려라 하고 사정없이 내달린다. 이 때 책보는 허리춤에 매달려 덜렁거리다가 급기야는 와장창 논둑에 쏟아지고 더러는 논 한가운데로 바람에 날아가기도 했다.

나는 호기심에 형이 옆에다 펴놓은 책과 노트 등을 물끄러미 들여다보고 있는데 갑자기 드르륵하고 방문 여는 소리와 동시에 칼날 같은 싸늘한 바람 한 줄기가 획하고 방안으로 스며든다. 고개를 들어 쳐다보니 어머니께서 설거지를 끝내고 들어오신 것이다. 어머니는 순간 소스라치게 놀라시며 "아이구 애들아 등잔불꽃 줄여라. 이것 봐라 방안이 자욱허잖니? 누가 보면 불났다구 불 끄러 오겠다." 하시면서 방안을 둘러보며 호통을 치신다.

어머니가 방문을 여닫는 사이 스며든 바람결과 어머니의 귀를 찢는 듯한 날카로운 호통소리가 한데 어우러져 방안은 한 동안 어수선하다. 천정 위로 길게 피어오르던 검은 등잔 불꽃이 봄바람에 버드나무처럼 요동을 친다.

어머니의 호통소리에 누나가 깜짝 놀라며 서둘러 등잔 꼭지를 잡고 심지를 조금씩 잡아당긴다. 어머니의 낭랑한 음성은 이내 이불속으로 깊이 잦아들고 사방은 쥐죽은 듯 아득한 정적 속으로 빠져든다.

갑자기 조용해져 옆에 누어 계신 어머니 얼굴을 드려다 보니 어느새 잠이 들어 있다. 몹시 피곤하셨던 모양이다.

밖은 나뭇잎 하나 바스락거리지 않는다. 고요가 짙은 어둠만큼이나 무겁다. 시간이 얼마나 흘렀을까, 옆에 있는 형을 보니 연필을 손에 쥔 채 침을 흘리며 엎드려 자고 있고 누나는 무언가 열심히 공책에 쓰고 있다.

누나는 공부하다 말고 나의 가느다란 인기척을 인지한 듯 나를 힐끗 쳐다보더니 "야 너는 왜 안자니? 공부도 안 허면서." 누나는 이 말을 끝내기가 무섭게 책이며 노트 등을 베게 맡에다 가지런히 정리해 놓고는 불을 훅하고 단숨에 끄더니 이불속으로 '쏘오옥' 들어온다. 누나가 이불속으로 들어오는 순간 이불이 들썩하면서 밖의 찬 공기 한 자락이 파고들더니 이내 사그라진다. 흰 눈에 덮인 섬마을의 밤은 소리 없이 깊어만 간다.

설날

　세월은 눈썰매를 타고 1953년도 한 해의 가파른 언덕을 넘어 우리나라의 2대 명절인 설이 바로 내일 모래로 바짝 다가왔다. 우리들은 모두 설레는 마음에 통 잠이 오질 않는다. 그렇게 오래 전부터 손꼽아 기다리고 기다렸던, 생각만 해도 가슴 벅찬 명절날이 아닌가!

　우리 유년시절에 명절을 기다렸던 이유는 어렵게 살던 시절이었기 때문에 평소에 구경조차 못하던 하얀 쌀밥과 떡 그리고 맛있는 고깃국을 먹을 수 있기 때문이었다.

　밤새 이불속에서 뒤척이다 어느새 나도 모르게 잠이 들었는지 밖에서 쿵쿵거리는 소리에 놀라 눈을 떠 보니 꼭두새벽부터 식구들이 일어나 설 쉘 준비를 하고 있는 것이다.

　나는 서둘러 잠자리에서 일어나 옷을 입고 밖으로 나가봤다. 날은 아직 완연히 새지 않아 어스름한데 아래채 방앗간에서 어머니와 큰 고모는 절구로 떡쌀을 찧고 할머니는 앉아서 체질을 하신다. 그리고 작은 고모는 부엌에서 불을 땐다.

나는 뛸 듯이 기뻤다. 드디어 명절이 코앞에 다가온 것을 실감할수 있었기 때문이다. 가슴이 사뭇 벅차오른다, 이제 머지않아 하얀쌀밥과 고깃국 그리고 맛있는 떡을 먹는다고 생각하니….

나는 벅차오르는 이 기쁨을 형과 나누고 싶어 형한테로 달려갔다. 형은 아직 세상모르고 자고 있다. 형은 나보다 두 살이 더 많고 내년이면 초등학교 3학년이 된다. 나는 형한테로 가만히 다가가"성~"하고 흔들어 깨웠다.

형은 더 자고 싶은데 깨운다고 생각해서 인지 "야 이 xxx야!" 하며 화를 버럭 내고는 다시 잔다. 그 때 형은 영리하기도 했지만 얼굴도 잘 생겼다. 그리고 특히 어른들의 말에 절대적으로 순종하는까닭에 어른들의 심부름을 한 밤중이라도 싫다는 한 마디 말없이척척해냈다. 거기에다 금상첨화 격으로 인사성 등 예절이 밝아 동네 어른들의 귀여움을 한 몸에 받았다.

지금 저자는 60여 년 전의 상황들을 찾아 아련한 기억의 가시밭을 헤매지만 그 때 우리 형의 나이가 불과 9~10살 정도 밖에 되지않았는데도 그 같은 행동거지로 동네 사람들을 감동케 한 점은 실로 경이로운 사실이 아닐 수 없다.

왜냐하면 이 같은 행동의 내용들은 어느 누가 가정교육이나 학교교육을 통해서 인성교육을 잘 시켜서가 아니라 천부적으로 타고난 심성에 의해서 이뤄졌을 가능성이 더 높기 때문이다.

그 때 아버지는 장기간(일제 강점기 때 일본 해군생활 및 6.25참전) 군에 계실 때고 할아버지는 숙환으로 가족들과 접할 수 있는 기회가 별로 없었기 때문이다. 그리고 나머지 가족들은 농사일에 항상 바빠 가정교육에 신경 쓸 겨를이 없었다.

지금 생각하면 형은 다 좋았다고 생각하는데 옥에도 티가 있다고 인내심이 없었다. 이 점은 할아버지와 아버지를 쏙 빼닮은 부분 중의 하나다. 조금만 자기 마음에 들지 않거나 뜻이 안 맞으면 버럭 화를 내곤 했다. 심할 때는 말보다 행동이 앞섰다. 이를테면 먼저 매를 때리고 나중에 화를 내고 욕을 했다. 나는 유년시절에 그 형과 함께 자라면서 형으로부터 매 맞은 기억이 뇌리 속에 남아있다.

나는 그러한 형의 성격을 잘 알기 때문에 더 이상 깨우지 않으려고 했지만 앞으로 두 밤만 더 자고나면 설이고 지금 설 쇨 준비를 하기 위해 온 식구가 꼭두새벽부터 일어나 떡방아를 찧고 부산스레 맛있는 음식들을 하고 있다는 가슴 벅찬 이 기쁨을 시방 세상 모르고 자고 있는 형에게 알리지 않고는 도저히 견딜 수 없어서 이제는 형의 귀에다 대고 "성~ 우리 떡헐려구 떡방아 찧어!" 하고 속삭이듯 하니까. 처음에는 별 반응이 없더니 조금 더 목소리를 높여 말하니까.

그때서야 형은 자다 놀란 토끼처럼 눈을 번쩍 뜨고 "뭐 우리 떡헌다구?" 하더니 그 급한 성격에 내의바람으로 후다닥 방문을 열고 나간다.

형은 자기 신발도 찾을 것 없이 닥치는 대로 아무 신발이나 찍찍 끌고 방앗간으로 달려가더니 펄쩍펄쩍 뛰면서 좋아 어쩔 줄을 몰라 한다. 이 광경을 지켜보시던 할머니와 어머니 그리고 고모는 합창이라도 하듯 "야 덕호야 추운디 옷이나 입고 나오지 왜 옷두 안 입구 나왔어. 빨리 옷 입구 나와, 감기 걸려." 하고 나무라듯 독려하신다.

잔뜩 찌푸린 하늘엔
목화송이처럼 탐스러운 함박눈이
떡가루처럼 하얗게 쏟아지기 시작한다.

초가지붕 위에도
앞마당에도
뒤 뜰 언덕배기 고목나무에도
그리고
우리들 조그만 가슴속에도
펑펑 쏟아진다!

쏟아지는 눈송이를 바라보고 있노라면 나도 어느새 흰 눈이 된다. 오늘은 새벽부터 눈이 와서 그런지 날이 더디게 새는 것 같다. 아까부터 온 세상을 하나도 남김없이 덮어버릴 듯 사정없이 쏟아지던 눈발이 날이 밝아오면서 서서히 약해지더니 지금은 하나둘 가끔씩 떨어질 뿐 오는 듯 마는 듯 그친 상태이다.

하늘엔 짙은 먹구름이 얼음 쩡 갈라지듯 갈라지면서 갈라진 틈

사이로 밝은 햇살이 눈부시게 쏟아진다. 찬란한 햇빛을 받은 흰 눈은 더욱 눈부셔 정면으로는 쳐다볼 수 없을 정도이다.

지금은 대기 오염으로 눈의 색깔이 옛날보다 못한 것 같다. 우리 유년시절엔 눈 색깔이 얼마나 희고 깨끗했었는지 겨울에 눈이 오면 백무리떡 뭉치듯 꼭꼭 뭉쳐 먹기도 했다. 백무리떡이란 충청도 방언이다. 내가 유년시절에 먹었던 백무리떡은 잡곡도 그 아무 것도 섞지 않은 순전히 멥쌀로만 시루에 쪄 만든 떡이다. 우리 보릿고개 세대들은 유년 시절에 이 같은 백무리떡을 많이 먹어 봤을 것이다. 특히 우리 집 같은 경우에는 대대로 내려 온 종가 댁이라 제사가 많고 게다가 식구가 많아 할머니께서 애경사에 쓰려고 큰 광 한 켠에다 커다란 독 하나를 놓고 그 안에다 비축미를 담아 비상시 외에는 절대로 축내지 않았다.

오늘은 명절이고 해서 조상님들께 제도 올리고 떡도 해먹기 위해 오랫동안 조금씩 독안에 비축해 놓았던 그 금쪽 같이 소중한 쌀을 아낌없이 퍼내어 쓰고 계시는 것이다.

이렇게 쌀이 오랫동안 독안에 있다 보니 바구미라는 쌀벌레가 생기고 쌀에서 곰팡이 냄새도 난다. 이 같은 쌀로 떡을 하게 되면 찰기가 없어 푸슬푸슬하다. 너무 푸슬푸슬하니깐, 눈처럼 손으로 꼭꼭 뭉쳐야만 했다.

수년에 걸친 흉년에 쌀이 귀하다 보니 자연 다른 잡곡도 귀할 수밖에. 그래서 민초들은 다른 어떤 잡곡도 전혀 넣지 않고 순전히 이 같은 쌀로만 떡을 해 먹었다. 그러나 아무리 곰팡이 냄새가 나고 찰기가 없는 케케묵은 쌀로 만든 떡이라 할지라도 "배고픈 자에게는 질 나쁜 빵이 없다"는 말이 있듯이 이 같은 떡이라도 금쪽 같이 귀했고 어쩌다 먹어 보면 꿀맛 그 자체였다.

해가 구름 사이를 들락거리더니 어느새 중천을 달리고 있다. 우리 집 총 열 한 식구, 할아버지, 할머니, 어머니, 큰 고모, 삼촌, 작은 고모, 누나, 형, 나, 사촌동생, 내 바로 밑 남동생 모두 일어나 설 명절을 이틀 앞두고 한껏 들떠 있는 분위기다.

할아버지께서는 사랑방에서 꼼짝도 안하시고 간간히 '꺼르륵' 소리만 내시고 계신다. 할아버지는 평소에 식사만 하시면 속이 쓰리고 아프다고 하셔서 할머니와 삼촌은 할아버지를 모시고 상필 형네 나룻배를 독선해서 광천에 있는 병원에 갔었는데 위궤양이란 진단을 받고 치료받으러 다니기도 하셨다.

그 때는 동력선(기계적인 힘으로 나가는 배)이 아닌 그 반대개념인 무동력선, 즉 풍선이었다. 이 때문에 옛날에는 바람소리, 파도소리, 물새 울음소리 빼면 섬은 그야말로 죽은 듯 고요했다. 그 때 우리 섬 주민들은 광천이나 오천으로 이 같은 배를 타고 시장을 보러 다녔다.

배가 크기나 한가. 약 4~5톤 정도의 풍선에다 그 많은 사람들을 콩나물시루처럼 싣고 바람이 불면 돛을 달고 바람이 자면 노를 저어 수 십리 수로를 따라 광천독배까지 하루 종일 항해를 해야만 했다.

새벽 밥 먹고 섬에서 출발하면 어두워 질 무렵에나 광천독배 갯

고랑에 당도하게 된다. 이렇게 하루 종일 배를 타고 다니다 보면 배 멀미하는 아낙들은 파김치가 되어 돌아온다.

바로 우리 할머니가 그랬다. 장에 한번 갔다 오시면 몇 날 며칠을 앓아누워 계셨다. 우리 속담에 '제사에는 관심이 없고 젯밥에만 관심이 있다.'는 말과 같이 우리들은 아파하시는 할머니는 관심이 없고 오로지 할머니가 장보따리를 언제 푸시나 하고 그것만 눈 빠지게 기다렸다. 기다리는 동안 그 장보따리 안에 도대체 무엇이 들어있는지 궁금해서 이리저리 만져도 보고 냄새도 맡아 보고 상상도 해 보면서 침을 흘리곤 했다.

할머니께서 누워 계신지 사흘 째 되는 날 드디어 할머니께서 일어나셨다. 할머니는 식구들을 불러 모아 놓고 장보따리를 푸신다.

그 보따리 안에는 섬에서 구경도 못 하는 각종 사탕이며 과자 그리고 과일 등을 손주 녀석들 주려고 푸짐하게 가득 사 오셨다.

우리들은 어렸을 적에 장배타고 광천으로 장 구경 한번 가는 게 소원이었다. 특히 장에 가면 과일하고 자장면 사 먹는 게 제일 좋았다.

자장면을 난생 처음 먹던 날 어떻게 먹어야 하는지 그 요령을 몰라 어리둥절하고 있다가 옆 사람이 먹는 걸 보고 따라 먹었던 에피소드도 있다. 옛날 어렸을 적 기억들을 더듬다 보니 주마등처럼 스쳐가는 옛일들이 백사장 모래알처럼 너무 많아 이야기가 빗나간 것 같다.

할아버지께서는 설 때 명절기분도 못 느끼시고 '꺼르륵' 소리만

내시면서 하루 종일 사랑방에 누워 계신다. 철모르는 우리들은 이에 아랑곳하지 않고 명절 분위기에 흠뻑 들떠 있다.

어른들은 아침밥을 보리죽 한 그릇으로 대충 때우고 설 쇨 준비에 동분서주 하신다. 형과 나는 누나와 함께 윷판을 벌리고 한참을 재미있게 놀고 있는데 옆집 외가댁 작은 이모가 찾아와 놀자고 누나를 데려간다.

누나가 이모 따라 나가니 한참 재미있던 윷판이 깨지고 말았다.

형과 나는 둘이서 꿀밤 맞기 윷놀이를 하고 있는데 밖에서 "덕호야" 하는 형 부르는 소리가 들려온다. 형이 잽싸게 문 밖으로 뛰어 나간다. 작은 마파지(작은 마을) 편형길과 오공진이 놀자고 찾아온 것이다.

날씨가 얼마나 추운지 두 사람은 귀를 손으로 감싸고 발을 동동 구르고 서 있다. 형은 두 친구들을 보자마자 추운데 방으로 빨리 들어오라고 재촉하며 방안으로 끌어드린다. 두 친구는 방안에 들어서면서 아랫목에 깔아 놓은 이불속에 우선 손부터 넣고 본다. 형길이, 공진이 이 두 친구는 우리 형하고 그야말로 콩 하나라도 반 조각씩 나눠 먹는 절친한 친구다.

내가 오래 전에 서울 을지로 중부시장에서 오공진이가 건어물 장사를 한다기에 찾아 갔더니 우리 유년 시절에 함께 경험했던 착한 심성과 속세의 때가 묻지 않은 천진함을 그대로 지니고 있었다. 나는 역시 '인격은 유년시절에 형성되고 완결된다.'라고 결론을 내리기도 했다.

이 세 친구들이 시간 가는 줄 모르고 윷놀이에 취해 있는 사이 어느덧 해가 서산에 기울고 한 겨울의 차가운 낙조 한 자락이 방문 창호지를 붉게 물들이고 있다.

저녁식사 시간이 됐는지 시장기가 뱃속으로부터 전달이 온다. '꼬로록~' 하고. 나는 형들이 하루 종일 윷놀이를 하고 노는 것을 옆에서 구경하다가 방문을 열고 나섰다. 내가 방문을 열고 나서는데 마침 어머니가 부엌에서 밥상을 들고 나오시면서 "성은 아직두 애들허구 논데이? 빨리 저녁 먹게 안방으로 건너오라고 혀라." 이 같은 어머니의 낭랑한 목소리를 방안에서 놀고 있던 친구들이 들었는지 어머니의 말씀이 끝나기가 무섭게 공진이가 "야 벌써 그렇게 됐다니?" 하면서 형과 형길이를 번갈아 쳐다본다. 그리고는 "형길아 그만 가자. 우리두 밥 다 했을 것 같다." 하면서 빨리 가자고 재촉한다. 형길이도 "그래 빨리 가자." 하더니 자리에서 벌떡 일어난다.

가만히 두 친구들을 지켜보던 형이 "가지 마. 뉘들 밥두 혀 놨을 껴." 하면서 가지 말라고 옷자락을 잡는다. 그러나 친구들은 가지 말라고 가로막는 형을 한사코 뿌리치고는 방문을 열고 마루 밑에 흩어져 있는 신발 속에서 자기 신발을 찾아 신고는 "아이구 춰!" 하면서 대문가로 달려가더니 공진이가 "덕호야 내일 또 놀자잉." 하면서 입가에 가벼운 미소를 띠운다. "그래, 잘 가거라" 하면서 형은 서운한 듯한 표정을 지으면서 손을 흔든다. 두 사람은 인사 한마디씩 주고받더니 대문 밖으로 빨려나가듯 사라진다.

형과 나는 친구들을 보내 놓고 저녁 먹으러 안방으로 건너갔다. 문 여는 소리에 할머니가 우리들을 보시더니 "애들 다 갔니?" 하고 형한테 물으신다.

"예, 갔슈." 하고 대답한다. 할머니는 형한테 나무라듯이 이렇게 말씀하신다. "뉘들 먹을 것두 부족헌디 밥 먹구 가라구 왜 혀. 만일 애들이 니가 밥먹구 가라구 잡을 때 그렇게 헌다구 허면 어쩔려구 그랬니?" 할머니의 이 말씀에 뭐라고 딱 답변할 말이 없는지 형은 머쓱한 표정으로 말없이 앉아 있다.

형의 표정을 물끄러미 지켜보고 있던 큰 고모(보배)가 "야 덕호야 밥은 안 먹구 왜 그렇게 앉아 있니? 빨리 밥 먹어라 배 그픈디." 큰 고모의 이 말씀을 기다렸다는 듯이 밥상머리에 재빨리 앉더니 다 식어버린 보리죽 한 그릇을 번개 불에 콩 구워 먹듯 순식간에 해치우고는 벌떡 일어선다. 형은 항상 우리 식구들 중에서 밥을 제일 빨리 먹었다. 어떻게 먹는데 빨리 먹느냐구? 예를 들어 밥상이 들어오면 밥상머리에 앉자마자 국이 어떤 국이든 상관없이 국 맛도 안 보고 국그릇에다 밥 한 사발을 통째로 들고 텀벙 소리가 날 정도로 쏟아 붓고는 숟가락으로 휘휘 젓은 다음 바로 먹기 시작 한다. 너무 빨리 먹다 보니 반찬도 제대로 먹지 않을 뿐만 아니라 음식물을 거의 씹지도 않고 삼키는 것 같다. 어른들은 형의 밥 먹는 모습을 보고 "야 덕호야 누가 쫓아오니? 천천히 먹어라 쳰다." 한사코 이렇게 말씀하시곤 하셨다.

형은 성격이 얼마나 급했던지 밥 먹는 것조차도 이 같이 빨리 먹었다. 우리들은 이 밤 자고 한 밤만 더 자고나면 설이라는 생각에 마음이 들떠 영 잠이 오지 않는다. 우리들이 방에서 놀고 있을 때 어른들은 부엌에서 설 준비 하느라 여념이 없다. 할머니는 떡과 함께 먹는다고 엿을 고시고 어머니는 큰 고모와 함께 부뚜막에 앉아 두부콩을 맷돌에다 교대해가면서 갈고 계신다. 그리고 작은 고모는 아궁이 앞에서 불을 때고 있다.

이렇게 한동안 소란스레 집안에 훤히 불을 밝히고 설 준비에 부산하던 집안이 갑자기 조용해졌다. 웬일인가 했더니 모두 일을 끝내고 잠자리에 드신 것 같다. 처마 밑에 매달아 놓은 등불이 이따금씩 불어오는 밤바람에 흔들거리며 등 꼭대기 까지 검게 피어오른 그름이 하늘하늘 춤을 춘다.

나는 좀처럼 오지 않는 잠을 억지로 청해 눈을 감았다. 설날 아침에 먹을 하얀 쌀밥과 떡과 맛있는 돼지 고깃국이 눈앞에서 아른거린다. 나는 이런 저런 생각 끝에 나도 모르게 어느새 잠이든 것 같다.

얼마쯤을 잤을까, 다시 불현듯 잠이 깨진다. 도저히 설레는 마음에 깊은 잠에 들 수가 없다. 나는 생각했다. 아까 저녁 때 할머니께서 엿을 고신다고 부뚜막에 걸터앉아 커다란 가마솥에 엿 재료를 넣고 끓이는 것을 보지 않았는가. 나는 갑자기 먹고 싶은 마음을 도저히 억누를 수가 없어 도둑고양이처럼 살금살금 부엌에 나가 가만히 부엌문을 열었다. 소리 안 나게 연다는 것이 드르륵하고 그만 소리를 내고 말았다.

우리 집 부엌문은 워낙 커서 소리를 안 낼레야 안 낼 수가 없다. 일단 문을 열어 놓은 채 엉거주춤하고 서서 방안에서 무슨 소리가 나지는 않나 하고 동태를 살핀 다음 부엌에 들어가서 큰 가마솥 뚜껑을 옆으로 살짝 제껴 보았다. 아닌 게 아니라 그동안 엿이 다 고아졌는지 펄펄 끓는 소리도, 김도 나지 않는다. 나는 이 때다 하고 벽에 걸어 놓은 국자로 한 국자 푹 떠서 입에 덥석 넣었다.

엿이 입안에 들어가는 순간 나는 소스라치게 놀랐다. 엿에 김은 안 났지만 아직 식지 않았던 모양이다. 얼마나 뜨거웠던 지 그 엿 한 모금 입에 넣었다가 어른들로부터 야단맞을까 봐 뜨겁다고 소리도 못 내고 부엌에서 혼자 가슴을 움켜쥐고 펄펄 뛰었다, 뜨거워서 혼자 펄펄 뛰는 순간 얼마나 당황하고 겁이 났던지 내정신이 아니었다. 전혀 예상도 못 했던 생사를 가르는 위중한 상황이 순식간에 벌어진 것이다.

순간 나의 뇌리 속에 이런 생각이 번개처럼 스쳐간다. 잘못했으면 죽었을 것이라고…. 등줄기에서 식은 땀 한 줄기가 주르륵하고 흘러내린다. 입천장과 혀가 화상을 입었는지 깔깔하기도 하고 텁텁하기도 하고 목구멍이 부어올랐는지 숨도 잘 쉴 수가 없다. 나는 어지럽힌 부엌을 대충 수습하고 살살 뒷문 밖으로 빠져나와 방으로 들어왔다. 방안에 들어 와보니 온 식구는 세상모르고 자고 있다. 나는 식구들 다리를 밟을까봐 어둠속에서 더듬거리며 내가 누울 공간을 찾았다. 한참을 더듬거리다가 겨우 공간을 찾아 누워서 조금 전에 벌어졌던 상황들을 곰곰이 생각하니 웃음이 절로 나온다.

나는 어느새 깜빡 잠이 들었나보다. 멀리서 닭 우는 소리와 함께 드르륵 하는 방문 여는 소리가 들리더니 뒤이어 콜록 콜록 하는 할머니의 헛기침 소리가 두어 번 들린다. 할머니께서 말 대신 식구들을 깨우는 소리다. 할머니의 기침소리를 듣자마자 어머니가 옷을 입고 방문을 나선다. 할머니를 시발로 식구들이 하나 둘씩 잠에서 깨어 일어나기 시작한다. 우리들도 일어나 이불을 개어 장롱 위에 차곡차곡 얹어 놓고 밖으로 나갔다.

아직 밖은 어둠이 채 가시지 않아 어스름하다. 외가댁 지붕너머 동녘하늘을 바라보니 구름 사이로 뽀얀 하늘의 속살이 드러나 있고, 바다건너 눈 덮인 섬마을엔 밥 짓는 연기가 한가롭다. 물결은 아직 깊은 잠에 빠져 있는 듯 바다는 조그만 호수처럼 잔잔하다.

간간이 불어오는 해풍이 싸늘하게 두 뺨을 스칠 때 마다 으스스 온 몸에 소름이 돋는다. 같이 문 밖을 나섰던 형이 "야, 성호야 그만 들어가자. 춥다." 하며 밀치듯 나를 집안으로 끌어들인다. 집안에 들어서니까 밖에는 아무도 없고 방안에 모여 아침식사를 하는 소리가 들려온다.

우리들은 부랴부랴 신발을 아무렇게나 마루 밑에 벗어 던지고 득달같이 방문을 열고 들어갔다. 드르륵하는 방문 여는 소리에 온 식구의 시선이 우리에게 집중된다. 어머니께서 우리들을 보시더니 대뜸 "늬들 워디 갔다 인저 오니? 이 추운디." 하신다. 어머니의 말씀이 끝나기가 무섭게 할머니께서 말문을 여신다. "어서 밥 먹어라. 죽 다 식었다."

밥상을 보니까 보리죽과 감주(식혜)가 한 그릇씩 각각 놓여 있다. 우리들은 보리죽은 아예 거들 떠 보지도 않고 감주에 먼저 숟가락을 가져갔다. 그 달콤한 감주를 한 술 듬뿍 떠서 입에 넣으니 감주의 달콤한 맛이 혀끝에 닿는 순간 온 몸에 전율이 인다. 짜릿하게! 그야말로 둘이 먹다가 하나 죽어도 모를 만큼….

이 같은 느낌과 감동은 당대에 경험을 해 본 사람만이 고개를 끄덕이며 공감할 것이다. 조금 더 먹고 싶어 양판그릇을 들여다보니 그릇은 이미 바닥이 나 있는 상태다.

우리들은 감주(식혜) 한 그릇씩을 먹고 대문 밖을 나섰다. 온 동네는 완전히 잔치분위기다.

해가 떠 올라와 흰 눈에 덮인 섬마을에 금빛 햇살을 눈부시게 뿌려 주고 있는 가운데 성급한 아이들은 벌써 설 명절에 입으려고 장롱 깊숙이 감춰 두었던 색동옷을 입고 강아지처럼 이리 뛰고 저리 뛰며 놀고 있고 어른들은 내일 설날 때 매구를 치며 집집마다 방문하여 추념을 걷기 위해 미리 예행연습을 하는 듯 풍악소리가 온 동네에 우렁차게 울려 퍼진다.

징 소리, 북 소리, 장구 소리, 꽹과리 소리 그리고 간헐적으로 불어대는 쇄납 소리가 자못 설 명절 분위기를 한 단계 끌어올린다.

옛날 우리 어렸을 적 충청도에서는 풍악 울리는 것을 매구 친다고 했다. 그리고 설 때 마다 매구를 치면서 집집마다 방문을 하여 추념이라는 것을 걷었다, 추념이란 마을 운영자금을 뜻한다. 현 시대는 지방자치단체에서 지원해 주지만 옛날에는 나라경제가 어려위 이 같은 지원은 상상도 못했다. 그래서 각 마을마다 운영자금을 마을구성원들이 자체적으로 해결했다. 이 같은 마을 운영자금을 추념이라 했으며 추념의 액수는 따로 정해지지 않았고 마음 내키는 대로 성의껏 내라고 각자 자유의사에 맡겼다.

추념을 걷기 위해 부잣집에 갔다가 추념의 액수가 적다고 판단되면 돈이 더 나올 때까지 매구를 더 크고 시끄럽게 오랫동안 쳐 댔다. 매구를 칠 때면 매구 치는 앞마당엔 멍석 하나가 깔리고 조그맣게 상이 하나 차려진다. 그리고 그 상위엔 자기가 내고 싶은 액수만큼 쌀과 돈을 올려놓는다. 그 액수가 그 집안 경제사정에 비춰 볼 때 흡족하다고 판단되면 집안 구석구석을 돌아다니며 흥겹게 매구를 쳐댔다. 매구꾼들은 가는 곳마다 각종 설음식과 술을 대접 받는다.

매구 칠 때면 온 동네 사람들이 모여 와 구경을 한다. 우리들은 하루 종일 매구꾼들의 뒤를 졸졸 따라다니면서 구경을 하면서 흥겨워했다. 손발을 호호 불면서 이 마을에서 저 마을로.

민족의 명절 설을 하루 앞둔 마을 주민들은 어른, 애 할 것 없이 그야말로 들뜬 분위기 속에서 하루를 보낸다. 어느덧 해가 중천을 지나 서쪽하늘로 기울고 있었다.

동네 어른들은 설날 먹기 위해 미리 예약해 놓은 돼지를 잡으려고 커다란 돼지 한 마리를 새끼줄로 꽁꽁 묶어가지고 바닷가로 나온다. 돼지도 자기가 지금 당장 죽는다는 사실을 직감이라도 한 듯이 꽥꽥 소리 높여 슬피 울어댄다.

돼지주인도 돼지 잡을 준비를 해가지고 바닷가로 함께 나온다. 반쯤 자른 드럼통 하나에 돼지 피 받을 그릇과 깔판으로 쓰기 위해 옆구리를 튼 가마니 한 장, 그리고 시퍼렇게 날선 식도 몇 자루와 돼지털을 벗기기 위해 펄펄 끓인 물을 물지게로 지고 바닷가로 나온다.

돼지의 비명소리는 한동안 황혼이 지는 바닷가에 구슬프게 울려 퍼지다가 허공 속에 쓸쓸히 메아리만 남긴 채 아득히 스러져 간다. 돼지의 숨통이 끊기고 나니 돼지의 꽥꽥거리는 소리에 한동안 어수선 하던 바닷가가 태풍이 불다가 잔 것처럼 조용하다.

돼지털은 순식간에 동네사람들에 의해 뜯기고 벗겨져 이윽고 검은 돼지가 흰 돼지로 변한다. 돼지의 배는 예리한 칼날에 의해 여지없이 쫙 갈라지고 아직 식지 않은 체온 때문인지 내장에서는 김이 무럭무럭 나온다. 방금 집도했던 동네 어른이 내장을 뒤적이다가 무언가를 칼로 뚝 떼어 입에 넣고 씹으면서 맛있다고 자랑삼아 말한다.

그 광경을 지켜보던 사람들은 모두가 하나 같이 꿀꺽하고 자신도 모르게 군침을 삼킨다. 동네 어른들이 삥 둘러 앉아 내장을 추스르다가 오줌보(방광)가 나오니까 아이들은 서로 달라고 졸라댄다. 왜냐 하면 우리 유년시절엔 축구공이나 배구공 같은 것들이 없어 돼지 오줌보에다 바람을 넣어가지고 볼 삼아 놀았기 때문이다. 그래서 아이들은 동네에서 잔치 때나 명절 때 돼지를 잡으면 돼지오줌보를 서로 차지하기 위해 경쟁을 했다.

돼지는 순식간에 산산조각이 나고 미리 예약했던 사람들에게 저울로 근을 달아 나누어진다. 우리는 식구가 많아 열 근이나 되는 뒷다리 하나를 샀다. 삼촌은 돼지 뒷다리를 어깨에 메고 우리들 보고 집으로 가자고 한다.

해는 어느덧 서산에 지고 눈 덮인 마을마다 떡 찌는 냄새가 구수하다. 이제 오늘밤만 자고나면 설이다. 우리들의 조그만 가슴은 더 없는 행복감으로 차오른다.

우리들은 설렘에 잠 못 이루고 밤새는 줄 모른 채 윷놀이에 취해 놀고 어른들은 온 집안에다 불을 훤히 밝혀놓고 이젠 막바지 설쇨 준비에 박차를 가하고 있는 중이다. 시루떡을 찌는 듯 부엌에서 떡 냄새가 구수하게 문틈으로 솔솔 스며든다.

밤새껏 부엌에서 음식준비 하느라 불을 얼마나 땠는지 방바닥이 뜨거워서 어느 한 곳 엉덩이를 붙이고 앉아 있을 수가 없다. 밖에 나가 마루에 앉아 있으면 추워서 5분도 못 있고 다시 방으로 들어오곤 하다가 누나가 장롱위에서 요를 하나 내리더니 이 위에 앉으라고 하면서 깔아준다. 우리 셋은 요위에 앉아 얼마쯤 놀고 있는데 형이 갑자기 "어 워디서 뭐 타는 냄새가 나는 것 같다." 하더니 코를 씰룩씰룩하면서 여기저기 냄새를 맡아 본다. 누나와 나도 형 따라서 냄새를 맡아보니 아닌 것도 아니라 무언가 분명 타는 냄새 같다.

누나가 그래도 나이 몇 살 더 먹었다고 깔고 있는 요를 들춰 본다. 요가 타기 직전 인 듯 누렇게 색깔이 변해 있었다. 누나가 얼른

요를 걷어 이번엔 윗목 쪽에다 깐다. 이젠 타는 냄새도 안 나고 적당한 것 같다. 시간이 얼마나 흘렀을까. 졸음이 눈꺼풀 사이로 엄습해오기 시작한다. 우리는 사정없이 밀려오는 졸음을 이기지 못하고 요 위에 아무렇게나 누워 깊은 잠속으로 빨려들어 갔다.

얼마나 잤을까. 드르륵 하는 문 여는 소리와 함께 칼날 같은 찬 바람한 줄기가 쌔 하니 꿈속으로 파고든다. 깜짝 놀라 눈을 떠보니 어머니가 일을 마치고 날이 새기 전에 조금이나마 눈을 붙이려고 방으로 들어오시는 길이다.

어머니는 방문을 열자마자 이리저리 어지럽게 누워서 잠자는 우리들을 보시고 기겁을 하시면서 "애들이 그러니, 애들아 일어나라 일어나서 이불 덮고 잘 자." 하시며 어머니는 쏟아지는 잠을 주체하지 못하고 이리 쓰러지고 저리 쓰러지는 형제들을 하나씩 안아다가 요 위에 나란히 눕히고는 이불을 덮어 준다. 그리고는 "후~" 하고 단숨에 불을 끄신다.

방안은 갑자기 어둠의 장벽이 쳐지다가 서서히 문살의 윤곽이 드러나기 시작한다. 시간은 새벽 세시쯤 돼 보인다. 밖은 이따금씩 불어오는 바람결에 벽에 걸어 놓은 생활도구들만 덜컹거릴 뿐 고요하다. 이제 날이 새면 그렇게도 일각이 여삼추라 기다리던 설이라고 생각하니 사뭇 가슴이 설렌다. 생각 끝에 잠이 온다고 나는 한동안 설날에 벌어질 상황들을 상상하며 어느새 나도 모르게 꿈마차를 탄 것 같다.

한참을 그렇게 꿈속 푸른 동산에서 즐겁게 뛰 노는데, 누군가 어깨를 잡고 흔들어 깨우는 소리가 들려 눈을 떠보니 벌써 온 식구들이 일어나 있었다. 늦게 잠이든 터라 그만 늦잠을 자고만 것이다.

어머니는 조상님들께 제사를 지내신다고 방마다 제사상을 차려놓으신다. 제사상을 보니 하얀 쌀밥 한 사발과 돼지고기 산적 한 접시 그리고 목기에 올려놓은 시루떡이 시선을 사로잡는다.

어머니는 우리들에게 제사 지낸다고 빨리 세수하고 들어오라고 명령하신다. 어머니의 말씀이 끝나기가 무섭게 우리들은 우르르 방문을 열고 나가 부엌으로 향했다. 부엌문을 열어보니 할머니는 상에다 갖가지 음식들을 차리시고 큰 고모는 할머니께서 제사상 차리시는 것을 돕고 막내 고모는 아궁이 앞에 앉아 불을 때고 있다. 온 집안 여기저기 제사상이 안 차려진 곳이 없다. 방은 물론 뒷마당에도 대문간에도 대문밖에도.

누나, 형, 나 그리고 내 바로 밑에 동생과 사촌동생 이렇게 집안 다섯 아이가 한꺼번에 부엌에 나와 법석이니까 할머니께서 우리들을 보시더니 "얘들이 그러니 하나씩 나와서 낯을 씻을 것이지 있는 대루 몽땅 나와서 낯을 씻을려구 혀." 하시면서 야단을 치신다. 할머니의 야단소리에 누나가 슬그머니 방으로 들어간다.

성미 급한 형이 세수를 하겠다고 제일 먼저 세수 대야를 잡는다. 이를 보고 있던 사촌동생이 자기가 먼저 하겠다고 떼를 쓴다. 할머니와 큰 고모는 "성 먼저 허라고 혀. 그리구 그 다음에 니가 허면 되잖니?" 하고 합창이라도 하듯 입을 모은다.

형은 조금도 양보하지 않으려고 하고 사촌동생은 계속 떼를 쓴다. 밖에서 일을 하고 계시던 어머니가 부엌에서 떠드는 소리에 달려와 형한테 "야 덕호야! 너는 성이잖니 동상 보구 먼저 허라구 혀라." 하고 달래듯 말하니까. 그 때서야 형은 들고 있던 세숫대야를 사촌동생한테 건네준다.

우리들은 몹시 추운 날씨라 대충 고양이 세수를 하고 방에 들어왔다. 방에는 갖가지 설음식이 차려진 커다란 제사상이 하나 돗자리 위에 놓여있다. 사랑방에서 오랫동안 병마와 싸우시던 할아버지께서도 이 날만은 가족들과 함께하셨다.

할아버지는 무척 야위셨고 병색이 완연하셨다. 그러나 할아버지는 설 명절 분위기를 고려해서인지 아픈 기색을 가족들에게 보이지 않으려고 무던히 노력하고 계시는 것 같다. 가끔 우리들에게 말씀을 건네시기도 하고 머리를 쓰다듬어 주시기도 한다. 제사준비를 마치신 할머니가 할아버지께 고하신다. "여보 이제 애들 데리구 절허슈."

할머니의 제사상 차리는 것을 물끄러미 보고 계시던 할아버지가 할머니의 말씀이 끝나기가 무섭게 "애들아 모두 일어서서 절허자." 하시면서 우리들을 쭈욱 둘러보시더니 삼촌이 안 보이니까. "범식이는 워디 갔어?" 하고 할머니께 물으신다. 할머니는 잠시 두리번거리시다가 "글쎄 얘가 워디 갔지?" 하시며 삼촌을 부르신다. 마침 밖에서 들어오고 있었는지 대문가에서 "예." 하는 소리와 함께 뚜벅뚜벅하는 빠른 발자욱 소리가 나는가 싶더니 드르륵하는 방문 여는 소리와 동시에 삼촌이 모습을 드러낸다.

삼촌은 날씨가 몹시도 추었던지 시퍼런 얼굴을 하고 손을 싹싹 비비면서 들어온다. 이러한 삼촌의 모습을 바라보고 계시던 할머니는 "이 추운 날씨에 워디 갔다 왔니? 빨리 세수허구 들어와라. 지사 지내자." 제사상은 할머니와 고모들이 기거하시는 안방 뒷문 쪽 동남방향에서 서북방향을 향해 차려지고 우리들은 할아버지를 필두로 오른쪽에서 왼쪽 시계방향으로 삼촌, 형, 나, 사촌동생 그리고 내 바로 밑에 동생 이렇게 서열대로 삥 둘러섰다. 할아버지는 향불을 피우시고 술을 따르시더니 우리들에게 절을 하라고 명령하신다. 우리들의 절이 시작되자 할아버지께서 축문을 읊기 시작한다.

"유 세 차 감 소 고 우"로 시작되는 할아버지의 축문 읊으시는 구성진 목소리가 설 명절 분위기를 자못 숙연케 한다. 우리들은 어린 나이에 그 내용이 무슨 뜻인 줄은 모르지만 한 동안은 신기하게 들렸는데 시간이 갈수록 싫증이 난다.

무릎도 아프고 빨리 제사를 마쳐야만 제사상에 차려 놓은 떡이며 고기 등을 먹을 텐데 끝없이 이어지는 축문소리가 나중에는 지겹게만 들려온다.

이윽고 할아버지의 축문소리는 우리들의 귓전에 아련히 여운을 남겨 놓고 끝을 맺는다. 우리들은 이제야 됐구나 하고 좋아서 벌떡 일어나려하니까 얼마나 오래 엎드려 있었는지 무릎에 쥐가 나서 잘 일어나지지 않는다. 제례가 끝나고 나니 할머니께서는 제사상에서 음식들을 거둬 밥상에다 옮겨 놓으시며 전 식구들을 불러 모으신다.

할아버지, 할머니, 어머니, 가운데 고모, 삼촌, 막내 고모, 누나, 형, 나, 사촌동생 그리고 남동생 한 명 이렇게 총 열한 식구가 한자리에 모였다.

설날 아침 밥상을 대하고 보니 그야말로 진수성찬이다. 하얀 쌀밥, 떡국, 돼지고깃국, 팥고물 시루떡, 찐 계란 등 이 모두가 극흉년에 멀건 보리죽만 먹고 살던 시절에 구경도 못하고 살다가 설 명절을 맞아 이 같은 음식들을 먹는다고 생각하니까 실로 꿈만 같다. 무어라 말할까… 이 벅차오르는 감동을!

우리들은 이 귀한 음식들을 마구 먹고 또 먹었다. 배가 터지도록 아침식사를 마치고 할아버지 할머니께 세배를 올리기 위해 삼촌이 안방으로 우리들을 모두 집결시킨다. 할아버지와 할머니는 아랫목에 나란히 앉아 계시고 우리들은 삼촌이 시키는 대로 서열대로 서서 세배를 했다. 세배를 하는데 동생이 팔짝 뛰면서 절을 한다. 마치 개구리가 뛰듯이. 할아버지와 할머니 그리고 우리들은 모두가 크게 웃었다. 세배가 끝나고 나니까 할머니가 장롱 위에서 무언가 내려놓으시더니 설날 선물이라고 양말 한 켤레씩을 나눠 주신다.

그 때 당시는 경제가 어려워 이 양말 한 켤레가 최고의 선물이었다. 우리들은 할머니로부터 양말 한 켤레씩을 받아들고 좋아서 어쩔 줄 몰라 온 집안을 뛰어 다니면서 즐거워했다. 당시의 의복은 한복이었다. 상의는 흰 저고리에 어두운색 계통의 조끼를 입었고 하의는 때탄다고 보편적으로 검정 바지를 입었는데 혁대가 없어 천으로 띠를 만들어 띠었는데 이것을 우린 '개타리'라고 불렀다. 이 개타리에 대한 에피소드는 우리 어린 날의 추억을 한층 더 즐겁게 해준다.

만일 개타리를 맬 때 잘 못 매어 옥 매게 되면 대변이 마려워 급할 때는 한참 진땀을 빼며 애먹는다. 변은 항문 입구까지 밀고 내려와 곧 잘못하면 속옷에 쌀 것 같은 긴박한 상황인데 풀릴 듯 풀릴 듯 개타리는 좀처럼 풀리지 않는다. 우리 세대들은 누구나 이 같은 유년 시절의 기억들을 갖고 있을 것이다. 그래서 우리들은 어려운 상황에 처하게 되면 다음과 같은 풍자로 대변했다.

해는 지는데
소는 뛰어 달아나고
소나기도 오고
깔(꼴)지게도 자빠지고
똥은 마려운데
개타리는 안 풀어지고...

신발은 주로 고무신이었는데 어른은 흰색, 아이들은 검정 고무신이었다. 여름에는 일본말로 '겟따'라고 하여 두꺼운 판자를 발 크기만 하게 잘라 신발 모양으로 만든 다음 앞쪽에다 끈을 달아 신었다. 이것을 신고 다니다 잘못하면 돌 뿌리에 걸려 넘어지기도 하고 여름이면 발바닥에 땀이 차 발가락이 끈 앞으로 밀려나와 발가락을 다치곤 하였다. 그리고 밤길에 무서운 곳을 지날 때면 겟따 소리를 세게 냈다. '따가닥 따가닥' 하고 말이다.

이 소리를 내면 조금은 두려움 같은 것이 갈아 앉는 것 같다. 우리들은 설 옷으로 갈아입고 친척집과 이웃집 어른들을 찾아다니면서 세배를 했다. 그러나 말이 설 옷이지 형제들끼리 뒤 물림해서 입다보니 다 헤지고 그래서 다시 기워 입고 그야말로 좀 심한 표현으로 걸레가 될 정도로 마르고 닳도록 입고 또 입었다.

그 때 우리가 입고 다니던 옷차림을 요즘 신세대들에게 이야기하거나 당시에 찍은 사진이 있어 보여준다면 첨단을 달리는 현대문명과 부를 누리고 있는 그들의 눈엔 과연 어떤 모습으로 비춰질까…

우리는 각종 헝겊으로 누덕누덕 기운 옷이지만 평상시 옷보다는 좀 더 좋은 옷이라고 이 옷을 입고 좋아서 강아지처럼 눈 위에서 뛰어놀았다. 그리고 할머니께서 설 선물로 주신 양말이 너무 소중해서 신지도 못하고 주머니에 넣고 다니면서 하루에도 몇 번씩 보고 또 보고 냄새를 맡아 보기도 하고 이웃집 애들한테 자랑도 했다.

우리 집하고 거리상 제일 가까운 곳이 외가댁이다. 그때 당시 외가댁은 울타리 하나를 사이에 두고 있었다. 그래서 우리들은 다른 친척집보다 외가댁을 제일 먼저 찾았다. 누나와 형 그리고 나는 대문을 열고 들어갔다. 외가댁은 우리 집 보다 잘 살았다. 그래서 대궐 같은 기와집에다 토방 같은 데가 콘크리트로 깔아 겨울에 눈이 조금만 와도 몹시 미끄러웠다. 우리들은 조심조심 발을 옮기면서 마루까지 당도했다. 어느새 우리들의 인기척을 들으셨는지 "밖에 누구냐?" 하는 외할머니의 카랑카랑한 목소리가 문틈으로 새어 나온다.

외할머니의 말씀이 끝나기가 무섭게 "설자유. 동상들허구 왈머니헌테 세배허러 왔유." 하고는 바로 방문을 연다. 형과 나도 누나 따라 방으로 들어갔다. 외할머니는 이모들과 함께 아랫목에 앉아서 떡을 드시고 계시다가 우르르 방으로 몰려드는 우리들을 보시더니 반색을 하며 "추운디 빨리들 와라 춥지? 따뜻한 아랫목에 앉아서 떡 먹고 가거라." 하시며 우리를 아랫목 화롯가로 붙잡아 끈다. 우리들은 세배부터 해야 하겠기에 누나가 먼저 말을 꺼낸다. "왈머니 세배부터 받으슈." 하고 누나가 독촉이라도 하듯 말한다.

외할머니는 빙긋이 웃으시며 "그까짓 시배 안 허면 워떴다구." 하시며 아랫목에 양반 자세로 앉으신다.

우리들은 누나, 형, 나 순서대로 서서 세배를 올렸다. 외할머니께서는 "올해두 건강허구 그러구 뉘매 숙 썩이지 말구 말 잘 들어." 이렇게 간단명료하게 덕담을 하시더니 허리춤에서 빳빳한 십 환짜리 지폐 한 장씩을 꺼내 세배 돈으로 주신다.

그 때 당시는 화폐 개혁이 안 이뤄진 까닭에 요즘처럼 화폐단위를 원이라 하지 않고 환이라 했으며 십 환짜리도 지폐가 있었다.

우리는 난생 처음 받아보는 세배 돈을 그 것도 은행에서 갓 나온 듯 빳빳한 세배 돈을 받아 들고는 뛸 듯이 기뻤다. 우리들은 하루 종일 친척집, 이웃집 어른들을 찾아다니면서 세배를 했다. 동네에는 어제 매구연습에 열중했던 매구꾼들이 추넘을 걷기위해 집집마다 돌아다니면서 매구치는 풍악소리가 설 분위기를 한층 더 고조시킨다.

징 소리, 장구 소리, 북 소리, 꽹과리 소리 그리고 간헐적으로 불어대는 쇄납 소리가 극 흉년에 찌들어 야외어진 가슴마다에 활력을 불어 넣는 듯 경쾌하게 섬마을 가득히 울려 퍼진다. 바닷가에 나가 봤다. 어젯밤에 고사(풍어제)지냈는지 중선 배(어선의 중간쯤 크기의 배)마다 여기저기 걸어 놓은 울긋불긋한 대형축기들이 고조된 설분위기에 흠뻑 취한 듯 펄럭이고 있다.

해는 중천쯤 떠 있는데도 바닷바람이 워낙 거세니까 체감 온도가 꽤 낮은 것 같다. 건너편 원산도 섬마을도 설 명절을 맞아 매구를 치는 듯 풍악소리가 바다건너 어렴풋이 끊어지는 듯 마는 듯 간간히 들려온다. 해풍에 잔뜩 성난 파도는 하얀 거품을 물고 내게로 달려왔다가 산산이 부서지곤 한다.

나는 섬에서 태어나 성장했지만 어릴 적부터 바다를 남 달리 무척 좋아했다. 언제든 틈만 나면 바닷가에 나와 모래 위를 홀로 걸으며 아득한 수평선과 멀리 보이는 산 너머 하늘을 바라보며 이유 모를 그리움에 젖기도 했다.

한 동안 그렇게 하염없이 바라보고 있노라면 이 같은 나의 행동을 이상하게 여긴 우리 집 식구뿐만 아니라 동네 어른들까지도

"야! 성호야 왜 너 거기서 넋 잃은 사람처럼 그렇게 서 있니?" 하고 놀리듯 말하곤 했다. 나는 오늘도 추운 날씨임에도 불구하고 홀로 해변을 하염없이 걷고 있는 것이다. 내가 유년시절이나 지금이나 바다를 얼마나 좋아하고 사랑하는지 자작시 한 편을 소개하려 한다.

아침에 일어나 언덕에 올라서면
잔잔한 고향바다
푸른 물노래소리
언제나 잊지 못할 정다운 그 바닷가
포오얀 그리움이 가슴 속에 밀리네!

날씨가 얼마나 차가운지 칼날 같은 찬바람이 두 뺨을 스칠 때마다 선뜻 선뜻 소름이 처진다. 나는 더 이상 바닷가를 거니는 것을 포기하고 집으로 돌아 왔다. 대문 안으로 들어서니 집안은 마치 시장바닥에 온 듯 떠들썩하다. 삼촌친구, 고모친구들이 몰려와 놀고 있다.

삼촌친구들은 안방에서 화투놀이를 하고 고모친구들은 마당에서 널뛰기를 한다. 그리고 우리가 기거하는 가운데 방에 들어와 보니 어머니와 누나는 이웃집 외가댁에 갔는지 없고 형 친구들이 윷놀이를 하고 있다.

형은 다른 친구도 많지만 공진이와 형길이, 이 두 친구는 형을 유달리도 좋아했고 따랐다. 그래서 신덕호, 오공진, 편형길 이 삼 총사는 하루 종일 붙어 살 정도였다. 나는 그들과 유년기를 함께 보내면서 이 세 친구가 싸우거나 말다툼하고 토라지는 것을 한 번 도 본적이 없다.

이렇게 말하면 거짓말 아니면 기억이 희미해서 잘못 알고 있는 것으로 오해하겠지만 나는 지금 유년기에 경험했던 옛일들을 하나 하나 기억을 더듬으며 리얼하게 적고 있다.

나는 형과 형 친구들이 놀고 있는 것이 재미있어 옆에서 물끄러 미 구경하고 있는데 공진이가 "야! 성호야 너두 헐래?" 하며 끼워 준다. 형과 형길이도 그렇게 하라고 동의한다. 우리 넷은 편을 갈 라 정신없이 놀고 있는데 드르륵하는 부엌문 여는 소리와 함께 "애 들아 저녁 먹자" 하는 어머니 목소리가 밖에서 들려온다. 방문을 열어보니 조금 전 까지만 해도 요란스레 떠들며 놀던 그 많은 사람 들이 어느새 가버렸는지 아무도 없고 집안은 조용하다 못해 허전 하기 까지 하다.

어머니는 우리에게 밥상을 건네주신다. 밥상을 보니 떡국 네 그릇 과 돼지고기 산적 등이 놓여 있다. 두 친구가 밥 먹으러 집에 간다고 신발을 신는다. "애들아 왜 가니? 뉘들 밥두 차려 왔다. 저녁 먹구 더 놀다가거라." 하시면서 어머니가 가려고하는 두 친구를 잡는다.

두 친구는 쑥스러운 듯 뒷머리를 긁적이며 마지못해 방으로 다 시 들어온다. 두 친구는 방에 들어와서도 선뜻 밥상 앞에 앉지 못 하고 엉거주춤하고 서 있다.

이번에는 형이 어머니 눈치를 잠시 살피며 한마디 한다. "얘들아 왜 그렇게 서 있기만 허니 빨리 이리 와라. 밥 먹자." 하면서 두 친구들의 옷깃을 잡아끌어 밥상 앞에 앉혀 놓는다.

어머니는 두 친구가 밥 먹는 걸 보고서야 밖으로 나가신다. 우리는 밥상을 물리고 바로 윷놀이를 시작했다. 한참을 놀고 있는데 대변이 마려워 밖으로 나가려고 방문을 여니까 형이 있다가 "너 워디 가니?" 하면서 나를 빤히 쳐다본다. "뒷간(화장실)에 갈려구." 밖에 나가보니 처마 밑에 걸어놓은 등불이 아직 설 명절의 가시지 않은 설렘을 말해 주듯 가늣한 미풍에 하늘거린다.

식구들은 모두 잠든 듯 집안은 짙은 적막만이 감돌고 하늘엔 수많은 크고 작은 별들이 금방이라도 우수수 쏟아질 듯 초롱초롱 빛나고 있다.

옛날 시골 화장실은 대부분이 초가로 돼 있었고 용도를 화장실 외에 다른 용도로도 쓰기 위해 화장실을 크게 만들었다. 그 때는 연탄이 없어 산이나 들에서 나무를 베다가 밥을 해 먹었다. 나무를 아궁이에다 넣고 태우다 보면 재라는 것이 발생하는데 이것을 농사지을 때 퇴비로 쓴다고 뒷간, 즉 화장실 한 켠에 쌓아 놓았다. 옛날에는 전등이 없어 밤에 화장실에 가려면 기분이 영 찝찝했다. 말하자면 화장실이 어두컴컴하니 분위기상 무섭다는 거지, 거기에다 모두 잠든 한 밤중에 혼자서 가려면 더욱 그랬다. 나는 남달리 겁이 많은 관계로 일을 대충 보고는 뒷간 문을 화들짝 닫고 무서운 짐승한테 쫓기는 사람처럼 헐레벌떡 방안으로 뛰어 들어왔다.

시퍼런 얼굴을 하고 들어오니까, 형길이가 나를 보더니 "밖에 춥데?" 하고 묻는다. 갑자기 어머니 생각이 나서 방안을 둘러보니까, 어머니는 아랫목에서 이불을 덮고 곤히 잠들어 계신다. 며칠 동안 설 준비에다 그 많은 손님 치르느라 몹시도 고단하신 모양이다.

외가댁에 마실 갔던 누나는 이모들과 놀다가 거기서 자는지 아직 들어오지 않았다. 한참 재미있게 시간 가는 줄 모르고 놀던 친구들이 밤이 깊어가면서 초저녁에 그렇게 초롱초롱하던 눈망울이 서서히 힘을 잃어간다. 공진이가 크게 입을 딱 벌리며 하품을 토하더니, "야! 형길아 이제 그만 놀구 집에 가자!" 공진이의 가자는 말에 힐끔 공진이의 얼굴을 쳐다보던 형길이는 "졸리냐?" 하고는 게슴츠레하게 뜨고 있는 공진이의 눈을 잠시 살피더니 "그래 이만 가자. 내일 또 놀구." 하더니 바로 일어선다.

공진이도 기다렸다는 듯 벌떡 일어선다. 형은 두 사람이 마루 밑에 벗어 놓은 신발을 찾기 좋게 성냥을 가지고 나와 불을 켜 준다.

형은 두 친구들을 대문밖에 까지 배웅 나갔다가 잘 가라는 말을 남기고는 신발을 잘잘 끌면서 들어온다. 집안에 들어 온 형은 뱃속이 출출하다고 말하면서 부엌으로 들어간다. '삐그덕' 하는 부엌문 여는 소리가 죽은 듯이 고요한 적막 속에서 한층 더 요란하게 귓전에 와 닿는다.

그 순간, 부엌문 여는 소리와 동시에 누구냐 하는 다급한 목소리가 방에서 흘러나온다. 잠귀가 밝은 어머니가 부엌문 여는 소리에 잠에서 깨신 것이다. 나는 마루에 서 있다가 "성이 출출허다구 부엌으로 떡 찾으러 갔유." 하니까 어머니는 부엌에 있는 형이 들으라고 좀 더 음성을 높여 "야! 덕호야 선반위에 보재기 씌워 놓은 바굼지(바구니)에 떡이 있으니께 끄내 먹어라." 하시더니 "애들 다 갔데이?" 하시며 내게 묻는다. "예, 쪼끔 아까 갔유." 하고 난 다음 어머니가 무슨 말씀을 하실까 하고 기다리는데 아무런 기척이 없다. 어머니는 그 말 한마디를 끝으로 바로 잠이 드신 것 같다.

어머니께서는 종가 댁 장손며느리로서 집안의 거칠고 궂은일은 혼자 도맡아 하다시피하다 보니 항상 쉴 틈이 없으셨다. 때문에 아기를 해산하시고도 바로 다음 날 밥하러 부엌에 들어가는 일이 비일비재했다.

지금 어머니는 임신 7개월 째 접어들었다. 애기를 뱃속에 담고 몇날 며칠을 설 준비하랴, 그 많은 손님 접대하랴 한 시도 쉴 새 없이 일했으니 그 피곤함이야 어찌 무어라 말로 다 형용할 수 있으랴! 어머니는 이같은 상황 속에서도 한마디 불평불만을 말하지 않으셨다. 잠시 뒤 형은 부엌에서 떡과 김치를 들고 방안으로 들어왔다.

형은 떡과 김치를 내 앞에다 내려놓고 먹으라고 한다. 나는 아침부터 떡이며 고기 등 갖가지 설음식들을 얼마나 먹었던지 목구멍에서 쉰 물이 다 넘어오던 차인데 형이 하도 맛있게 먹는 걸 보니 도저히 참을 수가 없어서 형 따라서 한 조각 한 조각 먹어댔다.

형과 나는 떡을 다 먹고 잠자리에 들었다. 눈 감고 잠을 청하려 하니까, 배가 살살 아파오기 시작한다. 아무리 참으려 해도 도저히 참을 수가 없다. 나는 어머니께 아프다는 말도 못하고 혼자 끙끙대고 있는데 주무시고 계시던 어머니가 내 신음소리에 잠이 깨셨는지, "야! 성호야, 너 또 챗구나. 그럴 줄 알았다. 아침부터 그렇게 먹어대더니 쪼끔씩만 먹지 않구!" 하시면서 배를 손으로 쓸어 주신다.

어머니가 배를 쓸어 주시니까, 조금은 낳은 것 같지만 배는 여전히 아프고 시간이 갈수록 점점 더 아파온다. 나는 심한 통증 때문에 엉엉 울음을 터드렸다. 내 울음소리에 식구 전체가 잠에서 깨어났다. 할머니가 안방에서 건너오시더니 나의 배를 연신 쓸어 주신다.

사랑방에서 주무시던 할아버지도 집안이 시끌벅적하니까, 잠에서 깨셨는지 "누가 아프다고 그런다니?" 하고 물으신다. 이 때 어머니가 "성호가 그래유." 하고 할아버지께 고하신다. 할아버지는 "쯧쯧" 하고 혀를 두 번 차더니, "조금씩만 먹지 않구, 내일 아침에 눈 뜨자마자 성호 데리구 작은 마파지 정길아배한테 가서 침 맞춰라." 하시고는 잠이 드셨는지 잠잠하다.

지금도 내 고향 효자도 섬에는 섬이 작고 인구가 얼마 안 되는 관계로 약국이나 병원 같은 의료기관은 존재하지 않고 옛날과는 달리 시 보건소에서 진료소를 설치해 놓고 섬 주민들의 건강을 보살펴 주고 있다는 소식을 고향 사람을 통해서 들었다.

그러나 6.25동란 직후 수 십 년간은 약국이나 병원과 같은 의료기관은 전무해서 죽을 병 아니고는 육지에 있는 병원에서 치료 받는다는 것은 상상도 못할 일이었다. 그리고 예를 들어 응급환자가 발생했을 때 갑자기 태풍이 불어 배가 묶이면 민간요법 외에는 별 대안이 없었다.

그 때 당시 동네의원 역할을 하신 분이 정길씨 부친(편창학)이시다. 지금은 이미 고인이 되셨지만 실로 고맙고 훌륭한 분이셨다. 약국이나 의료기관이 없는 의료사각지대 섬마을 주민들의 질병을 민간요법으로 고쳐 주시고 건강관리를 무보수로 해 주셨다. 그 분은 정규의과대학을 졸업하고 의사 면허증을 취득한 분이 아니시다. 지금 생각하면 아주 옛날에 웃어른들한테서 조금씩 터득한 의술인 것 같다. 우리가 체했다고 찾아가면 사관이라 하여 쌈지에서 커다란 바늘 하나를 꺼내가지고 머리에다 몇 번 비비다가 손가락 사이마다 깊게 찌르기도 하고 손톱 밑을 찔러 피를 짜내기도 한다.

커다란 바늘이 손가락 사이나 손톱 밑을 파고들 때마다 얼마나 아팠던지 우리들은 눈물을 글썽이며 맞아야 했다. 그리고 엉덩이에 부술 목(종기)이 나면 바수라는 예리한 칼(목각을 새길 때 사용하는 칼 모양) 몇 자루를 칼집에서 꺼내가지고 소독하신다고 화롯불에 빨갛게 달궜다가 식힌 다음 엉덩이에 난 부술 목에 깊이 칼을 박는다. 인정사정없이! 얼마나 아팠던지 나 죽는다고 소리치며 흐느끼는 사람도 있었다. 그도 그럴 것이 병원에서 통상 외과 수술을 할 때는 수술 전에 마취를 시키는데 마취도 안하고 칼로 찌르니 그 통증이야말로 살인적인 통증이라 해도 과언은 아니다.

그 때 그 어른신은 우리들이 아프다고 펄펄 뛰면 "내가 이렇게 안 허면 부술 목 이거 고치지 못 혀." 이같이 말씀하시곤 하셨다. 사실 너무나 당연한 얘기다. 만일 수술할 때 환자가 아파할까봐 집도를 못 한다면 의사는 결국 환자의 병을 고치지 못할 것이다.

그 어르신은 부술 목이 엉덩이에 생겨 하도 쑤시고 아파서 찾아가면 우리들 엉덩이를 까 보시고는 아직 덜 곪았으니 조금 더 있다가 완전히 다 곪아서 끝이 노랗게 되면 그 때 오라며 그냥 돌려보내신다. 말하자면 아직 수술하기에는 이르다는 것이다.

우리들은 집에 돌아와서 몇날 며칠을 부술 목이 노랗게 익을 때까지 통증에 시달려야 했다. 얼마나 아팠던지 밤잠도 설치면서 끙끙 앓았다.

옛날 우리 어린 시절엔 왜 그렇게 종기가 많이 났던지. 동네아이들치고 자라면서 엉덩이에 종기 몇 번씩 안 나보고 자란 아이가 없을 정도로 많이들 났었다.

다음 날 아침 조반도 거르고 작은 마파지 편 씨 어르신을 찾았다. 어머니와 내가 대문 앞에 당도 했을 때 어르신은 마당에서 일을 하고 계셨다. 인기척 소리에 하던 일을 멈추시고 "자네가 웬 일인가 식전부터 일찍." 하시면서 의아스럽다는 표정으로 어머니를 빤히 쳐다보신다.

어머니는 편 씨 어르신의 말씀이 끝나기가 무섭게 "애 송호 침점놔 줘유. 아푸다구 밤새 한 심두 못 자구 울었데유." 어르신은 어머니의 말씀을 잠자코 듣고 계시더니 나를 한번 아래위로 훑어보시고는 "그려, 그러면 안방으로 추운디 들어가 있어." 하신다. 어머니와 나는 안방에 들어와 보니 아직 해가 안 떠서 그런지 방이 어두침침하다. 조금 있는데 어르신이 들어오시면서 "거기는 윗목이라 방바닥이 차. 이쪽 아랫목으로 와." 하시면서 아랫목으로 안내하신다. 어르신께서는 침을 다 놔주시고 다음과 같이 주의 사항을 말씀해 주신다. "집에 가서 그릇에다 소금물을 타서 한 대접 마시구 아침과 점심은 굶구 다 났거든 당분간 소화 잘 되는 누른 밥을 끓여 줘. 그리구 반찬은 배추짠지(배추김치)는 먹지 말구 무수짐치나 소화 잘 되는 것만 먹여." 하시며 어머니께 당부하신다.

그 때 당시 명절날 음식을 너무 많이 먹어 배탈 나보지 않은 아이들은 거의 없을 것이다. 그도 그럴 것이 어려운 시절에 맨날 보리밥이나 보리죽만 먹다가 명절을 맞아 허연 쌀밥과 떡 고깃국 등 평소에 구경조차 못 하던 음식들을 대하니 식욕이 발동해서 그 동안 못 먹고 살았던 삶을 보상이라도 받고 싶은 심정으로 먹고 또 먹고 그야말로 배가 터지도록 먹었다.

그 때의 쌀밥은 집집마다 경제적 차이에 따라 쌀과 보리가 섞이는 비율이 달랐다. 아주 잘 사는 집은 100% 쌀이고, 조금 더 못 사는 집은 5:5, 그보다 더 못 사는 집은 3:7, 아주 못 살면 거의 보리밥 수준이었으며, 흉년 때는 아주 잘 사는 집을 제외하고는 초근목피로 연명했다.

그 시절의 쌀밥은 동경의 대상이었고 쌀밥을 먹는 사람은 선망의 대상이었다. 설 명절에 그렇게 쌀밥이며 떡이며 고기 등을 지나치게 많이 먹었던 죄로 우리들은 한 바탕 홍역을 치러야 했다.

설 명절 분위기는 그렇게 며칠 동안 이어지다가 어느새 사그라지고 평상시로 회귀했다.

정월 대보름

언제나 그렇듯이 현란한 축제 뒤에는 허탈감과 아쉬움이 엄습해 오듯 그렇게 마냥 즐겁고 흐뭇하던 설 명절이 꿈결처럼 가버리니 허전하기 그지없다. 그러나 머지않아 따뜻한 봄이 온다고 생각하면 한결 마음이 가볍고 위안이 된다.

그렇게 며칠을 설 때 있었던 갖가지 재미있었던 이야기들을 나누며 지내다 보니 어느덧 정월 대보름이 눈앞에 다가왔다.

성미 급한 선주들은 벌써부터 부푼 풍어의 꿈을 안고 고사(어선의 안녕과 풍어를 비는 제사)를 지내기 위해 대형 축기들을 어선 여기저기 울긋불긋하게 걸어놓고 흥겹게 풍악을 울리고 있다.

이제 머지않아 멀리 큰 바다로 나가 고기를 잡을 때가 왔기 때문이다. 날씨는 설 때와는 달리 동장군의 칼날이 많이 무뎌진 것 같다. 어쩌면 초봄의 문턱에 서 있는 듯 포근한 봄기운마저 바람타고 온 몸을 휘감는다. 서슬 퍼런 동장군의 칼날도 끊임없이 변화하는 자연의 섭리 앞에서는 어쩔 수 없나 보다.

양력으론 2월 중순쯤, 저녁 무렵이 되니 아직 한 겨울의 잔재가 남아있는 듯 이따금씩 두 뺨을 스치는 바람결이 자못 으스스하게 한기를 느끼게 한다. 오늘 대보름날은 섬마을 전체 주민들의 안녕과 발전을 비는 당제도 지내는 날이기도 하다. 그래서 인지 여기저기서 울리는 풍악소리가 섬마을 가득히 메아리친다. 바다는 잔잔하다 못해 거울 같다. 그 위에 갈매기 한 쌍이 나니 마치 한 폭의 그림 같다.

아침부터 형 친구들이 놀자고 찾아 왔다. 공진이와 형길이, 두 친구다. 나는 그 때 내 또래 아이들에 비해서 키가 많이 작고 왜소했기 때문에 나보다 두세 살 정도 차이나는 애들과 어울려 때로는 황혼이 지는 바닷가에서, 때로는 꽃피고 새우는 뒷동산에서 다람쥐처럼 뛰놀며 유년기를 보냈다.

나는 형 친구들과 제기차기를 하면서 신나게 놀고 있는데, 갑자기 울타리 너머 외가댁에서 여자들 떠드는 소리가 들려 가봤더니 작은 이모와 누나친구 작은 마파지 편순희, 놉사시 서옥자 이렇게 네 명이 널뛰기를 하면서 놀고 있다. 누나는 어려서부터 사교성이 좋고 성격이 활달해서 친구가 많았다.

그중에서도 서옥자, 편순희는 누나와 힘께 삼총사다. 이 셋은 늘 상 한 몸뚱이처럼 붙어 다녔다. 저녁만 먹고 나면 서로의 집으로 교대해 가며 마실을 다녔다. 마실을 갈 때는 으레 수틀을 갖고 다녔다. 밤새 수를 놓으며 무슨 이야기들을 하는지, 요란스레 조잘거리다가 때로는 뭐가 그리도 우스운지 깔깔대며 웃기도 한다.

누나와 이웃집 외가댁 작은 이모와는 이모 조카사이지만 나이가 한 살 차이 밖에 되지 않아 어려서부터 친구처럼 지냈다. 그래서 늘 상 밥만 먹으면 울타리를 넘어 외가댁으로 놀러갔다. 어느덧 겨울의 짧은 해가 바다건너 원산도 당산 너머에 반쯤 걸려있다. 형과 형 친구들은 저녁 먹고 지불놀이를 가자고 약속을 하고는 헤어진다. 오늘은 오곡밥을 먹는 날이지만 워낙 흉년이 극심한지라 오곡밥은 엄두도 못 내고 멀건 보리죽으로 저녁을 때워야 한다.

우리 집은 고조할아버지께서 옛날에 간척지를 개발해서 우리 효자도 섬마을에서 논이 제일 많다. 그러나 이 모두가 천수답이라 모내기철에 비가 안 오면 그냥 묵혀야 했다.

나는 보리죽으로 간단하게 저녁을 때우고 형 따라서 형 친구들과 들로 나갔다. 마침 보름달이 산 너머에서 빠끔히 얼굴을 내밀고 있다. 아직 풍악소리는 멎지 않고 멀리서 간간히 들려온다. 형 친구가 평소에 봐뒀다는 곳은 형 친구네 억새풀이 우거진 밭둑이다. 아직 한 겨울에 쌓였던 눈이 완전히 녹지 않고 군데군데 잔설이 남아 있다. 공진이가 준비해왔다고 주머니에서 성냥과 불쏘시개로 종이 몇 장을 형 앞에다 꺼내 놓는다. 형이 공진이가 꺼내놓은 종이에다 불을 붙인 다음 억새풀에 옮겨 붙이니까 처음에는 잘 타지 않더니 일단 옮겨 붙으니까 서서히 타오르기 시작한다. 거기에다 조금 전만해도 한 점도 없던 바람결이 갑자기 '휙~' 하는 소리와 함께 거세게 일기 시작한다.

바람결에 타오르는 불길은 얼마나 거세게 요동치는지 한편 신도 나지만 불안하기까지 하다. 이러다 잘못하다간 딴 데까지 불이 붙어 큰불이 날까 봐. 불기둥은 따닥따닥 소리를 내면서 하늘 높이 치솟는다.

우리는 동시에 "정월 대보름날 지불이여!" 하고 신나게 외쳐댔다. 우리들의 외침이 끝나기가 무섭게 "정월 대보름날 지불이여!" 하는 소리가 서로 경쟁이라도 하듯 요란스레 여기저기서 터져 나온다. 사방을 둘러보니 밭두렁 논두렁 할 것 없이 온통 불야성을 이루고 있다.

불이 타오르고 있는 곳은 어디나 할 것 없이 "정월 대보름날 지불이여!" 하는 홍겨운 외침이 터져 나온다. 아까 산 너머에서 살며시 얼굴을 내밀었던 달이 어느새 중천을 달리고 있다. 하늘은 구름 한 점 없이 맑기만 하다.

한참을 이렇게 지불놀이에 정신이 팔려 있는 사이 멀리서 '둥둥 둥둥둥' 하고 북치는 소리가 숨 가쁘게 들려온다. 그 북소리는 어선이 고사(풍어제) 지내는 것을 알리기 위해 선원이 치는 북소리였다. 우리들은 오늘 윗말(윗마을) 우리 신 씨네 집안 할아버지네 중선 배(어선의 중간 크기의 배)가 대보름을 맞아 고사(풍어제)를 지낸다는 사실을 익히 알고 있었는데 노는 데 정신이 팔려 그 것을 깜박 잊고 있었다.

우리들은 떡 한 쪽을 얻어먹기 위해 황급히 불을 껐다. 너무 바빠 끄려하니 좀처럼 꺼지지 않는다. 소변을 누워서 끄기도 하고 소나무 가지를 꺾어다 두들겨 보기도 해서 겨우 불씨를 잡고는 걸음아 날 살려라 하고 고사지내는 현장으로 헐떡이며 내달렸다.

　가는 도중 신발이 벗겨져 찾아 헤매기도 하고 돌부리에 걸려 자
빠지기도 하고 온갖 고생 끝에 당도해 보니 마침 모여 있는 아이들
에게 선원들이 떡과 고기 등을 나눠 주고 있었다. 두루 살펴보니

거기에는 온 동네 아이들이 다 모여 있다. 누나와 누나 친구들도 눈에 띈다. 떡은 하얀 백무리떡 한 덩어리에다 삶은 돼지비계 한 점이다. 떡이 얼마나 푸슬푸슬한지 선원이 눈 뭉치듯 솔방울만 하게 꼭꼭 뭉쳐서 나눠 준다.

세차게 몰아치는 해풍에 배 이곳 저곳에 걸어 놓은 울긋불긋한 축기들이 스산하게 펄럭이고 있다. 모여온 동네 아이들이 빨리 자기차례가 왔으면 하고 장벌(바닷가)에 쪼그리고 앉아 오들오들 떨고 있다. 우리들은 제일 뒤에 앉아 차례를 기다리며 가쁜 숨을 몰아쉬었다.

우리 유년시절엔 얼마나 어려운 상황 속에서 살았는지 찹쌀 한 알 안 들어간 묵은 멥쌀로 만든 떡이라 찰기가 없어 푸슬푸슬한 백무리떡 한 덩어리와 돼지비개 한 점을 얻어먹기 위해 초저녁부터 해변에 나와 모닥불을 피워가면서 때로는 밤을 새우기도 했다.

선주들은 대개 초봄 그러니까 이걸 어업의 적기라고 해야 하나, 말하자면 물고기의 산란기다. 이때를 놓치지 않기 위해 겨우 내내 바닷가에 매어 놨던 배를 띄운다. 이때는 시기적으로 양력으로 3월 초순쯤이라 해풍이 드세고 몹시도 추웠다.

어선은 일단 어장에 출어를 떠나기 전에 풍어와 어선의 안전을 비는 제례를 용왕님께 올리는 의식을 취한다. 이것이 바로 우리가 말하는 고사라는 것이다 그리고 고사는 자정을 약간 넘어서 지내거나 아니면 새벽녘에 지내기도 한다. 우리들은 몇 시에 지내든 상관없이 저녁을 먹고 바닷가에 나와 고사지낼 때까지 기다려야 했다. 왜냐하면 늦게 지낸다고 해서 집에서 자다가 나올 수는 없기 때문이다.

그리고 한 가지 재미있는 것은 고사를 지내는 첫 순서로 부정 상이라는 절차가 있는데, 선원 한 사람이 배에서 아이들 앞으로 가지고 내려오면 동네아이들이 마침 기다리고 있다가 "와~" 하고 몰려들어 서로가 부정 상에 있는 떡과 고기 등 제물을 차지하기 위해 치열하게 경쟁한다. 이런 상황에서는 키가 제일 크고 힘센 친구가 그 부정 상에서 떡과 고기 등 제물을 차지한다. 그 부정 상에서 제물들을 서로 가져가려고 아귀다툼하는 광경은 가히 동물의 세계를 보는 듯 했다. 이렇게 치열하게 다투다 보면 그 부정 상은 풍지박살이 난다.

전에는 플라스틱 그릇이 없고 목기 아니면 사기그릇이었다. 때문에 바닷가에 떨어지면 그릇 깨지는 소리가 와장창 쨍그랑 하는 요란한 파열음과 함께 산산 조각이 난다.

이 같은 풍습은 언제부터 전래되어 왔는지 몰라도 우리 민족은 백의민족으로써 항상 몸과 마음이 청결하고 순수한 것을 좋아하는 품성을 지니고 있어 멀고 험한 큰 바다로 고기를 잡으러 가는 첫 출어 길에 이 같은 행사를 통해서 일말의 어떤 부정적인 요소마저도 일소시키고자 하는 의지의 한 표현이 아닌가 생각된다.

선원들이 동네 아이들에게 떡과 고기 등을 나눠 주는 것을 지켜보고 있는 사이 어느새 내 차례가 돌아왔다. 가까이 보니 아까 떡 나눠주던 선원이 이웃집 아저씨다. 그 아저씨는 나를 힐끗 쳐다 보더니 빙긋이 웃으시면서 "너 떡 받아먹으러 왔구나." 하면서 혹하고 불면 날아갈 정도로 푸슬푸슬한 백 무리떡을 꼭꼭 뭉쳐서 돼지비개 한 점하고 손에 쥐어 준다.

손안에 들어 온 떡과 고기를 보니 기대한 만큼의 양이 못 된다. 나는 크게 실망하고는 아저씨한테 조금만 더 달라고 졸라댔다. 선원 아저씨는 아무 대꾸도 하지 않고 아이들한테 떡만 나눠주고 있다. 그 때 당시는 왜 그렇게 남에게 주는 떡이 더 많고 커 보였던지 그래서 떡 나눠주는 선원 아저씨한테 서운한 감정을 갖기도 했다.

우리들은 고사떡을 받아 들고 차가운 바다 바람에 으스스하게 한기를 느끼면서 집으로 돌아오는 길에 식구들과 함께 먹으려고 주머니에 넣은 떡이 얼마나 먹고 싶었던지 깨알만큼씩 떼먹으며 발길을 재촉했다.

아까 지불놀이 갔을 때 숨바꼭질하듯 산 너머에서 빠끔히 얼굴을 내밀던 커다란 달덩어리는 어느새 중천하늘을 지나 서편 하늘을 달리고 있다. 시간은 대략 축시는 훨씬 지난 것 같다. 사방은 그야말로 죽은 듯이 고요하다. 조금 전에 불던 바람도 이젠 깊은 잠에 빠진 듯 섬마을은 무거운 적막 속에 푸른 달빛만이 고고 요요 아득한 그리움에 젖어간다.

우리들은 그 무서운 원둑 수채문(수문) 후미진 곳과 당집을 지나 장승백이 언덕을 넘어 귀신에 쫓기듯 허겁지겁 내달려 대문 안으로 들어서면서 나도 모르게 "아이쿠!" 하는 소리를 냈다.

잠귀 밝은 어머니가 잠에서 깨어 "뉘들 이 밤중에 춘디 워디 갔다 왔니?" 하고 걱정 어린 어조로 물으신다. 형이 있다가 "오머니 웃말 할아버지네 중선 배 구사지내서 떡 받어왔유." 하고는 방문을 열고 들어가 어머니 앞에 떡과 고기를 내 놓는다.

누나와 나도 함께 어머니 앞에 받아 온 떡과 고기를 내 놓았다. 이렇게 세 명이 떡과 고기를 한 자리에 내 놓으니까 제법 많아 보인다. 어머니는 갑자기 눈을 휘둥그레 뜨시면서 "웬 떡을 이렇게 많이 받어왔데이. 얘들아 뒀다 아침에 식구들 허구 같이 먹자." 하신다. 우리들은 그 먹고 싶은 마음을 꾹꾹 눌러 참으면서 잠을 청했다.

초등학교 입학하러 가던 날

　세월은 사리 때 썰물처럼 빨리 지나간다. 설과 대보름을 보내고 나니 봄이 성큼 성큼 빠른 걸음으로 산과 들, 그리고 우리 집 뒤뜰 언덕배기에도 어김없이 찾아 든다.

　때는 3월 중순 그 악명 높은 춘궁기의 서막을 알리는 시점에 다다른 것이다. 우리들은 태풍 전의 고요 속에서 사뭇 부푼 가슴을 안고 새 봄을 맞이했다. 다음 달 4월 1일이면 내 나이 여덟 살로 초등학교에 입학한다. 날짜를 세어보니 앞으로 꼭 열다섯 밤 밖에 남지 않았다.

　얼마 전에 할아버지께서 내 입학통지서를 학교 측으로부터 받았다고 알려 주실 때 너무 좋아서 어쩔 줄 몰라 밤잠을 설쳤던 그 때를 생각하니 하루가 열흘 같아 지루하고 따분하다.

　어느덧 뒤뜰 언덕배기엔 갖가지 이름 모를 새싹들이 파릇이 돋아 나오고 알을 열다섯 개나 품고 있던 우리 누런 암탉이 드디어 노랗고 귀여운 병아리를 탄생시켰다. 할머니께서는 앞마당 볕바른 곳에 병아리 집을 마치 에스키모인의 얼음집처럼 타원형으로 대나무를 쪼개어 만들어 놓고 낮에는 방목하고 밤엔 가둬놓곤 하신다.

나는 그 병아리들을 얼마나 좋아했는지 꼭 끌어안고 놀았다. 그리고 병아리들이 성장하는 과정들을 쭉 지켜보면서 그 신비감을 금치 못 하기도 했다.

특히 수탉이 그랬다. 날개의 색채나 무늬하며 벼슬의 모양새 등 수탉으로서의 면모를 갖추어가는 과정들, 사람으로 말하자면 유아기에서 아동 전기, 후기 그리고 청년기로, 이 같은 일련의 과정들을 동물들도 예외 없이 밟는 것이 아닌가, 닭의 암수 구별이 뚜렷해지는 시기는 유아기에서 아동기로 넘어가는 시기다. 그리고 한편 수탉이 수탉으로 태어나서 난생 처음 '꼬끼오' 하고 첫 일성을 내는 시기는 빠른 닭의 경우 아동 후기, 좀 늦은 닭의 경우 청년 초기다. 이 시기에 '꼬끼오' 하고 내는 소리는 제각각 특색 있게 나타낸다. 구태여 표현하자면 아직 서툴고 가냘픈 소리! 그 소리를 듣고 있노라면 신비롭고 귀엽기까지 하다. 그래서 나는 닭이 울음소리를 그치는 즉시 쫓아가서 붙잡아가지고 꼭 안아 주기도 했다.

따뜻한 봄볕 아래 노오란 병아리들이 삐악거리며 어미 뒤를 하루 종일 졸졸 따라 다닌다. 내가 귀여워 병아리 한 마리를 잡으려 하면 어미닭이 성을 내며 '꼬꼬꼬' 하고 달려든다.

부모의 자식에 대한 사랑은 고등동물이든 저등동물이든 별반 다르지 않다. 우리 속담에 '고슴도치도 제 새끼 귀한 줄 안다.' 라는 말이 있지 않은가. 한 어미닭에서 태어난 수탉들은 성장하는 과정 속에서 수 없이 싸우며 성장한다. 그리고 한번 싸워서 지게 되면 그 닭한테는 영원히 지고 만다.

나는 유년시절에 닭싸움을 유난히도 좋아했다. 옛날에 우리들은 수탉을 '장닭'이라고 불렀다. 우리 집 좌측에 이웃하고 있는 외가댁은 하얀색 장닭, 우측 구석이네는 알록달록한 무늬의 회색 장닭, 그리고 우리 장닭은 날개와 꼬리 부분이 붉은 색이었고 목덜미는 황금색이었다.

나는 번갈아 가면서 이들 닭과 싸움을 시켰다. 그리고 어느 닭이 이기든 승부가 나면 다른 상대를 물색하러 닭을 안고 동네 이곳 저곳을 돌아다녔다.

돌아다니다가 싸움을 잘할 것 같은 큼직한 장닭이 눈에 띄면 우리 닭을 그 앞에다 내려놓는다. 두 마리의 장닭은 그 즉시 목털을 불끈 세우고 전투에 돌입한다. 피를 흘리며 악착같이 엎치락뒤치락 하면서 죽을힘을 다해 싸운다. 이 때 우리 닭이 이길 것 같으면 나는 펄쩍펄쩍 뛰면서 손뼉을 치고 좋아했다. 반대로 우리 닭이 남의 닭한테 지고는 꼬리를 내리고 '꼬꼬꼬' 소리를 내며 걸음아 날 살려라 하고 줄행랑을 치면 얼마나 화가 나고 닭이 미웠던지 때리고 모이도 안 주는 등 학대를 하기도 했다.

닭은 어떤 닭과 싸우든 그 닭과 싸우다 지고 나면 몇 달 후 아니 몇 년 후에 만나도 어떻게 상대를 알아보는지 꼬리를 바짝 내리고 달아난다.

나는 언젠가 이런 생각을 해 봤다. 만일 장닭한테 거울을 비춰주면 어떻게 반응할까? 그게 궁금해서 어느 날 장닭이 마당에서 모이를 먹으며 놀고 있기에 거울을 가져다 장닭 앞에 세워 놓으니까, 거울 속을 잠시 들여다보더니 목털을 불끈 세우고 쪼아대며 거울 속의 자기와 싸우고 있지 않은가. 거울 밖의 자기가 목털을 불끈 세우고 쪼아대면 거울 안쪽에 있는 또 다른 자기가 거울 밖의 자기가 한 만큼 거세게 저항하는 것이 아닌가. 그러니까 장닭은 더 한층 전투가 격렬해진다. 한참을 그렇게 거울과 싸우다 지치니깐 거울 안쪽에 있는 자기의 눈치를 기웃거리며 살피더니 모르는 척하고 슬그머니 자리를 뜬다.

그 때는 계란 하나하나가 금쪽같이 값지고 소중했다. 그래서인지 우리 식구들은 평상시엔 계란을 반찬으로 먹어 본다는 것은 감히 엄두도 못 냈다.

계란을 먹어보는 시기는 제사 때, 명절 때, 애경사 때, 혹은 귀빈이 오셨을 때로 한정된다. 만일 우리들이 손님과 한 밥상에서 식사를 같이 하면서 계란에 젓가락이 자주 가면 어른들의 눈 흘김을 당한다. 즉 손님이 드시게 많이 먹지 말라는 뜻이다.

내 유년기 때는 할머니께서 집안 살림을 도맡아 하셨기 때문에 양계도 할머니 주관 하에 하시고 계란도 직접 관리하셨다.

닭의 숫자는 약 열다섯 마리 정도로 기억된다. 닭이 알을 낳으면 꼬꼬댁거리며 둥지에서 푸드득 하고 땅으로 날아 내려온다. 우리들은 꼬꼬댁 소리와 동시에 닭장 문을 열고 들어가 계란을 손에 쥐면 뽀얀 계란 색깔과 따스한 느낌이 좋아 볼에 갖다 대곤 하였다.

닭이 알을 낳도록 만들어 준 둥지는 볏짚이나 밀짚으로 초가집
영 엮듯이 엮어가지고 오목하게 하여 닭장 천정에 매달아 놓았다.
이렇게 하여 생산된 계란은 광속 한 켠에 우리들 키보다도 더 큰
독 안에 꼭꼭 숨겨 놓았다가 한 달에 한 번 볏짚으로 열 개씩 나란
히 엮어 장날에 내다 팔아 그 돈으로 각종 생필품을 사들였다.

이윽고 내가 초등학교 1학년에 입학하는 날이 바로 내일로 다가
왔다. 나는 설렘에 잠도 제대로 못 이루고 뜬 눈으로 밤을 새우다
시피하고 아침밥을 보리죽으로 대충 때운 뒤 할아버지 손에 이끌
리어 논둑길을 걸어 학교로 향했다. 하늘을 쳐다보니 구름 한 점

없이 맑고 푸르다. 해는 산봉우리 끝에서 반 뼘쯤 떠올랐고 따사로운 봄볕이 아직 거치지 않은 아침안개와 어우러져 자못 신비로운 풍광을 연출하고 있다. 들녘엔 영롱한 아침이슬을 머금고 피어난 갖가지 들꽃들이 그 예쁜 자태를 자랑하며 수줍은 듯 말없이 웃고 있다. 노란 민들레꽃, 자주색 제비꽃하며, 온갖 꽃들이 봄나들이에 한창이다.

나는 할아버지 손을 잡고 깡충깡충 뛰면서 즐거워하는데 할아버지께서는 속이 안 좋으신지 연신 '꺼르륵' 소리를 내시면서 미간을 찌푸리신다.

건너편 언덕배기에 있는 학교가 가까워지면서 아이들 떠드는 소리, 책 읽는 소리가 어렴풋이 귓전에 와 닿는다. 지금까지 한 마디 말씀도 없으시던 할아버지께서 생기 없는 목소리로 힘없이 부르신다. "성호야!" 나는 할아버지의 부르심이 끝나기가 무섭게 "예" 하고 대답했다. 할아버지께서는 뒤이어 "성호 너 학교에 입학허면 공부 잘 허야 헌다." 이렇게 말씀하시고는 할아버지는 말문을 닫으신다. 할아버지와 나는 어느덧 학교에 당도했다.

우리 집에서 학교는 그리 멀지 않지만 할아버지께서는 장기간 병마와 싸우시고 있는 터라 허약하시고, 나는 어리고 키가 작아서 우리가 걷는 속도가 빠르지 못해 꽤 시간이 걸린 것 같다.

나중에 학교에 들어가 3학년 때인가, 4학년 때인가, 집에서 학교까지 거리가 도대체 얼마나 되나 하고 발걸음으로 재어보니 우리 집 대문 문턱에서부터 교문 앞까지 1천 걸음이 채 안 됐던 걸로 기억된다.

초등학교 저학년 그것도 나처럼 신장이 1미터 20센티미터 정도
밖에 안 되는 아이의 보폭으로 계산하면 약 5~600미터 정도 밖에
안 됐지만 학교길이 비좁은 논둑길이고 더욱이 비바람이나 눈보라
가 몰아칠 때면 엉금엉금 기어 다니다시피 해서 더욱더 학교길이
멀게만 느껴졌다.

할아버지와 나는 학교 언덕 밑에 당도해보니 학교로 올라가는
약 45도 경사진 언덕길에 말뚝을 박고 거기에다 나뭇가지를 걸쳐
놓은 계단을 하나씩 밟으며 올라갔다. 언덕에는 심은 지 얼마 안
돼 보이는 소나무, 오리나무, 포플러 나무 등이 가지마다 파랗게
움트고 있다.

할아버지는 언덕을 다 오르시더니 가쁜 숨을 몰아쉬면서 "얘야
조금만 쉬었다 가자." 하신다. 나는 순간 할아버지 얼굴을 바라봤
다. 할아버지는 병색이 완연하셨다. 야윈 얼굴에 두 눈이 쑥 들어
가 횡해 보이고 양쪽 뺨마저 들어가서인지 광대뼈만 툭 불거져 나
왔다.

약 5분 정도 있었을까, 할아버지께서 "성호야 이제 그만 가자." 하
시며 내 손목을 잡고 교무실로 이끄신다.

학교는 정 남향에 두 칸짜리 목조 건물이다. 그리고 외벽엔 파란
하늘색을 칠한 약 15센티 넓이의 편목을 횡으로 붙여 놓았고 지붕
은 검붉은 기와로 덮여 있다. 교무실을 기준으로 좌측은 4, 5, 6학
년 우측은 1, 2, 3학년 교실이다. 그리고 교무실은 두 교실 중간에

위치하고 있고, 교실 밖 전면엔 횡으로 만든 화단이 약 1미터 간격으로 두 개가 있다. 그리고 외벽과 화단 사이마다 바닷가에서 주어온 듯 뽀얀 자갈이 깔려 있다. 교무실로 들어가는 입구 우측엔 국기게양대가 있으며 좌측 처마 밑에 누렇게 빛바랜 종이 하나 매달려 있다. 그때는 화장실을 변소라고 하였고 변소는 학교 우측에 있으며 역시 목조 건물이다.

나는 할아버지가 이끄시는 대로 교무실에 들어서니 선생님 한 분이 무언가 열심히 하고 있다가 인기척을 듣고 우리와 시선이 마주쳤다. 선생님은 할아버지께 고개 숙여 공손히 인사하더니 "많이 편찮으시다구 허던디 왜 딴 사람 시켜 보내지 안구 워떻게 여기까지 힘들게 오셨데유?" 하면서 나무로 만든 걸상 두 개를 내어 주시며 앉으시라고 권한다.

훗날 알고 보니 이 분이 1, 2, 3학년을 맡고 있는 정 선생님이시다. 정 선생님은 나를 가리키며 "이 애가 올해 취학할 아동인가유?" 하고는 할아버지와 나를 번갈아 쳐다 본다. 할아버지는 꺼르륵 소리를 두어 번 내시고 속이 쓰린지 미간을 약간 찌푸리시더니 "예, 그래유." 하시고는 고개를 위아래로 끄덕이신다. 정 선생님은 할아버지의 말씀을 잠자코 듣고는 다시 시선을 돌려 나를 살펴보고는 다시 말문을 연다. "이 아동은 나이에 비해 너무 어려서 취학하기에 적합하지 않으니 내년쯤 취학허면 워떻겠유?" 하고는 할아버지의 눈치를 잠자코 살핀다.

할아버지는 잠시 망설이더니 이내 선생님의 의견에 동의하시는지 고개를 위 아래로 끄덕이며 "선생님 의견이 정 그렀다면 헐 수 웁지유." 하시고는 내 손을 힘없이 잡으시며 "애 성호야 집에 가자." 하신다.

선생님은 교문 밖까지 따라 나와 할아버지께 고개 숙여 "안녕히 가십시오." 하고 공손히 인사를 한다. 할아버지도 약간 허리를 앞으로 구부려 "수고허슈." 하고 답례를 하신다. 나는 할아버지를 따라 교문을 나섰다. 운동장을 지나 가파른 언덕 나무 계단을 한 계단씩 타고 내려와 논둑길을 지나 윗말 할아버지네 밀밭에 당도하니 책 읽는 소리, 아이들이 신나게 떠들며 노는 소리가 아까 보다는 더 한층 요란하게 귓전을 때린다. 무슨 생각을 하고 계시는지 아까부터 묵묵히 발길을 옮기시던 할아버지께서 불연듯 내게 말씀을 건네신다. "성호 너 올해 학교에 입학 뭇허니께 서운허지?" 하시며 측은한 표정으로 나를 처다 보신다.

나는 어린 마음이지만 오래 전부터 이 날만을 생각하며 설레는 마음으로 손꼽아 기다리고, 어젯밤에 잠도 제대로 못 자고 설쳤는데, 그리고 내 또래 동네아이들은 모두 학교에 입학한다고 좋아들할 텐데, 나만 학교에 못 들어간다고 생각하니 눈물이 절로 난다. 할아버지는 내 표정을 가만히 살피시더니 머리를 두어 번 쓰다듬어 주시면서 "성호야 너무 서운허게 생각허지마라. 1년만 더 있다가 내년에 학교에 들어가면 되잖니." 하시고는 울상을 짓는 나를 애써 달래신다.

나는 이 같은 할아버지의 따뜻한 위로의 말씀을 듣고 나니 조금은 울적했던 마음이 가라앉는 듯하다. 할아버지는 이 말씀을 끝으로 한동안 아무 말없이 내 손을 꼭 쥔 채 집을 향해 발걸음을 재촉한다.

어느덧 논둑길을 지나 장승배기 언덕위에 올라섰다. 이곳이 우리 집이 있는 일명 큰 마파지 동네 어귀다. 할아버지는 이제 집에 다 왔다고 잡고 계시던 손을 놓으신다.

장승배기 언덕위에 올라서서 멀리 건너편 학교를 바라보니 아이들 뛰노는 소리와 함께 종치는 소리가 들려온다. '땡땡땡~땡땡땡~'

집에 도착해 보니 아무도 보이지 않는다. 모두 들로 일하러 나가신 모양이다. 할아버지는 집에 도착하자마자 드르륵 소리를 내며 방으로 들어가신다.

솜같이 보드랍고 따스한 봄볕이 한 마당 가득히 눈부시게 쏟아진다. 나는 허전한 마음을 안고 한동안 마루에 앉아 넋 잃은 사람처럼 담 너머 허공을 망연히 바라보고 있었다.

해는 중천에 떠 있는데 집안은 '꼬꼬꼬' 하는 닭소리, 이따금씩 처마 밑을 스치는 가늣한 바람소리뿐 고요하다.

시간이 얼마나 흘렀을까, 산 너머 저 멀리 학교에서 정오를 알리는 오포소리(사이렌소리)가 들려온다. 동시에 우리 기둥나무에 걸어놓은 커다란 괘종시계가 '댕댕댕' 하고 둔탁한 소리로 정확히 열두 번을 친다. 할아버지는 주무시는지 집안은 온통 침묵만이 짙게 깔려 있다.

조금 있는데 들로 나가셨던 식구들이 점심식사 하려고 집에 오나보다 대문 밖 멀리서 낭랑한 어머니의 목소리가 들리는 듯 마는 듯 미미하게 귓전에 와 닿는다. 이윽고 할머니를 필두로 어머니, 가운데 고모, 막내 고모가 수건을 쓴 모습으로 대문 안으로 들어선다. 그리고 삼촌이 맨 나중에 뒤따라 들어온다. 들로 나가셨던 식구들과 시선이 마주치는 순간 일제히 합창이라도 하듯 "야, 너 입학했니?" 하고 할머니께서 묻는다. 나는 힘없이 머리를 떨구고 "안유, 선생님이 너무 어리다구 내년에 입학허라구 혀서 그냥 왔유." 식구들은 당연하다는 듯 고개를 끄덕이며, "그러면 그렇지. 송호 쟤는 학교가기는 너무 어려." 하시며 이번에는 가운데 고모가 나선다.

내 얼굴만 빤히 쳐다 보던 어머니가 가운데 고모의 말씀이 끝나기가 무섭게 "송호 쟤는 넘들 다 클 때 뭐 혔는지 물르겄어." 하고는 점심을 차리신다고 부엌으로 들어가신다.

어머니가 부엌으로 들어간 사이 가운데 고모가 큰 광문을 열고 들어가서 무언가로 독안을 긁는 듯 '바악, 박' 소리를 몇 번 내더니 무언가에 놀란 사람처럼 새파랗게 질린 얼굴로 광문 밖으로 황급히 튀어나오더니 큰소리로.

길고도 긴 봄

"오머니, 양석이 다 떨어졌는디 워떻헌데유." 하고는 할머니를 근심어린 표정으로 빤히 건너다본다. 할머니는 이미 다 알고 있었다는 듯 담담한 표정으로 아니, 이 많은 식솔들을 거느리는 웃어른으로서 아랫것들을 당황케 하지 않으시려고 더 나아가서 안심시키기 위해 이렇게 비장한 어조로 말씀하신다. "걱정들 허지 마라. 우리만 그런 게 아니라 넘덜두 벌써 양석이 다 떨어졌단다. 며칠 전부터 산에 올라가서 송화가루두 털어 먹구, 소나무 껍질두 베껴 먹구, 잔다구두 캐먹구 산다구 허더라, 우리두 그렇게 허면 되잖니." 하시고는 식구들을 번갈아 처다보신다. 순간 식구들의 어두운 표정 사이로 한 줄기 끈적끈적한 긴장감 같은 것이 홀연히 스쳐간다. 시간이 얼마나 흘렀을까, 대문 밖에서 "오머니~" 하는 어머니를 부르는 다급한 형 목소리가 들리는가 싶더니 누나와 형이 점심 먹으러 학교에서 한 걸음에 달려온 것이다.

형은 그 급한 성격에 집에 까지 달려오느라 기진했는지 헐떡이며 가쁜 숨을 몰아쉰다. 이렇게 온 집안 식구가 한데 모여 점심식사를 마치고는 앞으로 햇보리 수확할 때까지 먹고 살 걱정과 묘안을 찾느라 머리를 싸맨다.

할머니께서는 식구들의 약해지는 모습을 추스르려는 듯 힘주어 다음과 같이 말씀하신다. "옛 말에 후레이(호랑이)한테 물려가두 정신만 차리면 산다구 혔어. 너무 걱정들 허지 마라." 하시고는 비장한 표정을 짓더니 "야~ 설자 오메야, 오늘 저녁부터 무숫닢 삶어서 섞어먹자. 뒤것에 가보면 벽에다 쭉 걸어 놓은 거 봤지?" 하신다.

우리들은 그것도 모르고 소한테 주려고 말려 놓은 줄 알았다. 연례행사처럼 해마다 겪는 일이라 작년 가을부터 먹을 수 있는 것이라면 무엇이든 다 준비해 놓고 이 같은 상황에 대비한 것이다. 할머니께서는 보리양식이 완전히 고갈나는 최악의 상황이 오는 시기를 조금이라도 지연시키기 위해 그동안 보리 한 톨이라도 절약하기 위해 죽을 쒀서 온 식구들한테 죽지 않을 정도로 조금씩 주었던 것이다. 그러나 강물도 쓰면 준다고 이것도 한계에 이르고 보니 이제 막 바닥이 보이기 시작한 것이다.

할머니께서는 식구들을 모아놓고 이렇게 단단히 타 이르신다, "햇보리 나올 때 까지는 꼭 참구 살어야 헌다. 그리구 배그프다구 아무거나 먹지 말구." 할머니는 식구들을 물가에 내 놓은 애처럼 사뭇 걱정이 되는지 식구들을 바라보는 표정이 몹시 어두워 보인다. 할머니의 말씀을 잠자코 듣고 계시던 어머니가 한 말씀하신다.

"샘 근너 아무개네 집은 며칠 굶어서 얼굴이 뚱뚱 붓구 누렇게 들떴다구 허데유. 그리구 작은 마파지 누구네 집 애는 소나무 껍질을 너무 많이 베껴 먹어서 배탈이나 설사허느라구 밤새 한 심두 못 잤다구 허데유."

"워디 그 뿐이유? 윗말 누구네 집 오매는 애를 낳는디 며칠 제데루 못 먹어서 헛것이 뷋는지 애가 밥으루 보이드라구 허데유" 하면서 가운데 고모가 한 수 거든다, 막내 고모도 경쟁이라도 하듯 이에 뒤질세라 눈을 동그랗게 뜨더니 "멍데기 누구네…" 하고 말을 이어가려하는데 식구들의 얘기를 심각하게 듣고 계시던 할머니께서 "고만들 해라 끝이 읍다." 하시며 막내 고모의 말문을 막아선다. 그리고는 "뉘들두 지금부터 정신 바짝 차려! 밥 다 먹었으면 이제 밭에 가자. 허다 만 거 오늘 다 끝내야지." 하고는 식구들을 독려하신다.

식구들이 밭에 나가고 조금 있는데 밖에 놀러 나갔던 사촌동생 수호가 선문이를 데리고 들어왔다. 선문이는 우리 신 씨 집안의 먼 친척이다. 아버지를 일찍 여의고 어머니가 우리 옆집 최 씨 댁에 재출을 왔는데, 그 이후 작은 아버지 슬하에서 자라면서 모정이 그리워 이따금씩 어머니가 사시는 큰 마파지로 넘어 오곤 하였다.

그럴 때마다 선문이 어머니는 남편 보기에 입장이 곤란해서인지 선문이를 달래기도 하고 혼내기도 해서 윗말로 돌려보내곤 하였다. 그러나 어디 혈연의 정이라는 것이 달래고 혼낸다고 해서 그리 쉽게 단념할 수 있겠는가. 더구나 아직 여섯 살밖에 되지 않은 어린 나이라서 모정이 더욱 더 그리웠던 것이다. 어떻게 보면 우리

사촌동생하고도 같은 처지인 셈이다. 그래서인지 두 아이는 자주
어울려 놀았다.

수호가 갑자기 낯을 찌푸리며 배고프다고 하면서 종종걸음으로
부엌을 향해 달려가더니 부엌문을 잡고 힘껏 드르륵 소리를 내면
서 부엌문을 열고 들어갔다. 조금 있다 나오면서 "에이, 앙컷두 웁
다." 하고 투덜대듯이 이렇게 말한다. 이 소리를 듣고 있던 선문이
가 "야, 우리 깔딱뿌리 캐 먹으러 가자." 하고 제의한다. 깔딱 뿌리
란? 충청도 사투리로서 금잔디 뿌리를 말한다.

온갖 들풀들이 파릇파릇 새 싹이 돋아나오는 초봄에 금잔디 뿌
리를 캐보면 뽀얗고 오동통하게 물이 올라 와 있다. 이것을 씹으면

달콤한 즙이 나오는데 우리 유년시절 그 힘거운 고난의 보릿고개를 넘을 때 배가 고프고 먹을 것이 없으면 가장 쉽게 찾을 수 있는 먹거리가 금잔디 뿌리인 깔딱뿌리다.

우리 사자성어에 초근목피란 단어가 있다. 이 때 초근이 바로 이 같은 금잔디 뿌리인 풀뿌리인 것이다. 이것을 한 동안 씹고 있노라면 어느새 시장기가 달아난다. 선문이가 안내하는 대로 따라간 곳은 평소에 배고플 때면 수호와 내가 가끔씩 찾아 와 금잔디 뿌리를 씹으며 시장기를 달래던 바닷가 외가댁 밭둑이다. 그 밭둑은 약 60도 경사에다 정 남향이라서 겨울철이라도 따뜻해 사철나무가 잘 자랐고 초봄이면 민들레꽃, 할미꽃, 제비꽃, 오랑캐꽃 등 온갖 풀꽃들이 우리 유년의 해맑은 가슴속에 알록달록 수놓는다.

우리들은 도착하자마자 누가 먼저라 할 것 없이 가지고 온 호미로 흙을 파헤쳐 하얗고 연하게 생긴 뿌리들만 골라 마구 씹어대며 시장기를 달랬다. 한참을 이렇게 정신없이 풀뿌리를 씹다가 서로의 얼굴을 쳐다보니 흡사 죽 먹던 돼지 얼굴 같아 낄낄대며 웃었다.

시간이 얼마나 흘렀을까? 간사지 건너 편 저 멀리 학교에서 '땡땡땡' 하고 종치는 소리가 몇 번 들려오더니 오늘 하루 수업이 끝났는지 아이들이 학교에서 쏟아져 나오는 소리가 밭둑 너머로 야젓이 들려온다.

하늘을 바라보니 어느덧 해가 중천을 지나 서편 하늘을 달린다. 우리들도 이제 시장기가 풀렸으니 각자 집으로 돌아가야겠기에 선문이 보고 "야, 이제 그만 가자." 하니까, 조금 전 까지만 해도 낄낄대며 즐겁게 웃던 애가 갑자기 얼굴이 굳어진다. 왜냐하면 어머니가 살고 계시는 우리 동네 큰 마파지에 머물 것인지, 아니면 현재 사는 윗말로 돌아가야 할 것인지, 선뜻 결정을 못하는 모양이다. 선문이는 잠시 머뭇거리더니 작심이라도 한듯 이내 발걸음을 뗀다. 잘 있으라는 인사인듯 어설프게 손을 흔들더니 총총걸음으로 윗말을 향해 가는 것이 아닌가. 집에 들어 와 보니 매캐한 생솔가지 타는 연기가 집안에 자욱하다. 나는 순간 "오머니~" 하고 어머니를 불러봤다. 어머니는 밥 짓다 마시고 부엌에서 나오시면서 나와 수호를 번갈아 쳐다보시면서 "뉘들 워디서 뭘 먹구 왔길래 주둥백이가 천상 돼지 주둥백이 같다." 하시면서 웃으신다. 나는 집안을 둘러보며 "성허구 누나는 워디 갔데유?" 하고 물었다. "성허구 누나는 하이꾜에서 오자마자 책보만 말레다 던져 놓구 친구들 허구 놀러 나갔다." 하시면서 아무렇게나 내팽개치듯 던져 놓은 책보를 손가락으로 가리키며 겸연쩍은 표정으로 말씀하신다. 벌써 해가 저무는지 앞 담장 그늘이 마당을 지나 토방 밑에까지 길게 다가왔다. 마루에서서 돌담너머 서쪽 하늘을 바라보니 원산도 당산위에 구름을 붉게 태우며 해가 기울고 있다.

그리 멀지 않은 곳에서 할머니 목소리가 들려온다. 가만히 들어보니 외가댁 언덕배기에서 들려오는 것 같다. 조금 있으니 드르륵 하는 대문 여는 소리와 함께 맨 먼저 할머니가 모습을 드러낸다. 머리엔 하얀 수건을 쓰시고 옥색 저고리에 검은 몸빼 차림이다. 그 뒤를 이어 고모 두 분 그리고 삼촌이 대문 안으로 들어선다. 절간처럼 조용하기만 하던 집안이 갑자기 시장바닥처럼 소란해진다.

어머니는 부엌에서 밥 짓다 말고 나와 할머니를 맞으신다. 어머니는 할머니께 "큰 밭 다 맷데유?" 하고 물으신다. 할머니는 "매긴 뭘 다 매. 밭이 월마나 짓었는지 원 한 열흘은 더 매야 헐 것 같다." 하신다. 할머니의 말씀이 끝나기가 무섭게 "형수님 저녁밥 다 됐대유?" 하고 삼촌이 배고파 못 견디겠다는듯 어머니께 다그쳐 묻는다. 어머니가 "예, 다 됐유. 데련님." 하고는 부엌으로 들어가려 하니까, "다 됐으면 빨리 주슈. 배그퍼 죽겠유." 하고 삼촌이 어머니에게 마치 졸라대듯 말한다. 삼촌의 일거수일투족을 가만히 지켜보고 계시던 할머니께서 쯧쯧 하고 혀를 두어 번 차더니 "우리 범식이가 되게 배 그픈 게구나, 허긴 그려 한참 먹을 나이에 끼니마다 머얼건 보리죽만 먹으니…" 하시면서 안타까운 마음에 제대로 말을 잇지 못 하신다. 그리고는 어머니께 명령하신다, "야, 설자 오매야, 빨리 밥 차려라 나두 배그프다야." 하신다. 어머니는 부엌에서 "야, 성호야 공진네 집이나 즉은 마파지 형길네 집에 가서 성 찾어와라 저녁 먹게." 하신다. 나는 어머니의 말씀이 끝나기가 무섭게 먼저 우리 집에서 가까운 공진네 집으로 내처 달려갔다.

나는 외가댁을 지나 단숨에 공진 네 집에 당도했다. 나는 문밖에서부터 "성~" 하고 큰소리로 형을 부르면서 대문 안으로 들어섰다. 내 목소리를 듣고 공진이 할머니가 부엌에서 나오시면서 "야, 여기 덕호 읎다. 공진이두 아까 나가서 안 들어온다. 아마 즉은 마파지 형길네 집에서 놀구 있을게다 거기 한번 가봐라 가서 공진이 보거든 집에서 찾는다구 빨리 오라구 혀라." 공진이 할머니는 이 말씀을 끝으로 삐그덕하고 부엌문을 닫고 들어가신다. 나는 발길을 돌려 공진네 집과 덕규네 집 사이 가파른 언덕길을 넘어 작은 마파지 형길네 집으로 향했다.

계절은 잔인한 4월의 한 가운데 멈춰 서 있다. 온 동네는 그야말로 꽃들의 향연이 화사하게 연출되고 있다. 덕규네 집 연붉은색 살구꽃, 외가댁과 용식이네 집 하얀 배꽃, 이장댁 익두네 집 담장가에 연분홍색 앵두꽃이….

해는 서산에 기울고
그림 같은 꽃물결 속에
붉게 타는 낙조!
초가삼간 지붕위엔 저녁연기 한가롭다.

팽나무 고목이 서 있는 작은 마파지 가파른 언덕길을 굴러가 듯 넘어 형길네 집에 들어서니 아닌 게 아니라, 삼총사가 거기 있었다. 무언가 열심히 하다가 나와 시선이 마주쳤다. 나는 형을 보자마자 "성! 오머니가 저녁 먹는다구 빨리 오랴." 하고 크게 외쳤다. 나의 일성에 일동은 일제히 일손을 멈춘다. 형이 사방을 둘러보더니, "벌써 저녁 먹을 때가 됐다니?" 하며 자리에서 벌떡 일어선다. 두 사람도 동시에 따라 일어선다.

형과 공진이 그리고 나는 형길네 대문 밖을 나와 팽나무 언덕을 넘어 집으로 향했다. 해는 벌써 지고 거리는 어둠이 옅게 깔렸다.

외가댁 밭을 지나 우리 집으로 내려가는 언덕배기에 다다랐을 때 형이 공진이한테 "잘 가거라." 하고 짧게 인사말을 건넨다. 공진이도 "그래, 내일 또 놀자." 하더니 집을 향해 내처 달려간다. 우리는 공진이와 헤어지고 경사도가 약 50도 정도 되는 가파른 언덕길을 미끄러지듯 달려 내려갔다.

유년 시절엔 이 언덕 위에 수령이 몇 백년 씩이나 되는 고목들이 즐비했고 고목 아래 움푹 패인 곳이 있는데 어두운 밤에 그곳을 지날 때면 왠지 머리가 찌뿟찌뿟 해지고 기분이 나빴다. 그래서 우리들은 이 언덕을 넘을 때면 무서워서 후다닥 하고 젖 먹던 힘까지 총 동원해서 달렸다. 그렇게 빨리 언덕길을 달리다 보면 때로는 신발이 벗겨지기도 하고 엎어지기도 미끄러지기도도 한다. 이렇게 해야만 그 무서운 곳을 빨리 벗어 날 수 있기 때문이다.

형과 나는 대문 안에 들어서면서 후유하고 비로소 안도의 한숨을 내쉬었다. 형이 날 빤히 쳐다보더니 "야! 거기 지나려면 왜 그렇게 무서우냐?" 우리의 인기척을 듣고 어머니가 낭랑한 목소리로 "덕호 들어왔니?" 하며 부엌에서 나오신다. 어머니는 형을 보시더니 대뜸 "누구네 집에서 놀다가 인저 왔니? 저녁 먹을 시간이 다 됐는디. 놀러 간 애두 안 오구 사람 찾으러 간 애두 안 오구, 식구들이 너 하나 때문에 월마나 걱정했는지 아니?" 하시면서 잠자코 고개 숙이고 듣고만 있던 형에게 "담부터 일찍 일찍 들어와! 어서 배그픈디 밥 먹어라." 하시더니 부엌에 들어가서 밥상을 내다가 마루에 놓으신다.

상을 보니 퍼놓은 지 꽤 오래된 듯 식다 못해 굳어버린 보리죽 두 그릇과 달래김치와 간장 한 종지가 놓여 있다. 우리는 밥상을 보자마자 굶주린 하이에나가 먹이를 보고 달려들 듯 밥상머리에 잽싸게 주저앉아 누가 뺏어 먹을세라 식은 죽 한 그릇을 번갯불에 담배 불 붙이듯 순식간에 해치우고는 "오머니 밥 다 먹었유." 하고 자리를 떴다.

"그렇게 배그프면서 저녁 먹으러 일찍 들어오지 안구." 어머니는 우리들이 밥 먹는 동안 어디 가시지 않고 우리들의 밥 먹는 모습을 먼발치에서 지켜보며 혼잣말처럼 중얼거리듯 이렇게 말씀하시고는 밥상을 들고 부엌으로 들어가신다.

형과 나는 저녁상을 물리고 방으로 들어왔다. 형은 방에 들어오자마자 성냥을 찾아 등잔에 불을 붙인다. 아랫목엔 동생이 혼자서 곤히 자고 있다. 형은 동생의 자는 모습을 보고는 입을 크게 딱 벌리고 하품을 하더니 장롱 위에서 요와 이불을 내린다. 내가 "벌써 자려구?" 하니까, 형은 "졸려서 오늘은 일찍 자야겠다." 하면서 책보를 베게 맡에 갖다 놓고 이불 속으로 쏘옥 들어가더니 엎어진 채로 책과 노트를 펴놓는다. 나도 형 따라서 이불 속으로 들어왔다. 조금 있는데 어머니가 설거지를 끝내고 부엌에서 들어오셨다. "누나는 워디 갔데이?" 하고 물으신다. "방에 들어 와보니께 웁데유." 하고 어머니의 물음에 뒤이어 나는 대답했다. 어머니는 나와 형을 번갈아 쳐다보시더니 "덕호는 벌써 자는구나. 옷두 안 벗구. 야! 덕호야 일어나라. 일어나서 옷벗구 자거라, 빨리." 하신다. 잠자기 전에 공부 좀 하려고 베게 맡에 책을 퍼봤지만 억수같이 쏟아지는 졸음을 주체하지 못해 무기력하게 잠에 침몰 당하고 만 것이다.

얼마쯤을 잤을까, 옆에 자고 있던 형이 가려워서 못 견디겠다는 듯이 북북 소리 나도록 마구 긁어댄다. 그렇지 않아도 나도 아까부터 가려워서 긁고 있던 참이었는데, 형이 내 어깨를 잡고 흔들더니 "야, 송호야 자니?" 하고 나를 깨운다. "아니." 하니까, 형은 애원하듯이 "내 등 좀 긁어라." 한다. 나도 가려운 터라 내 등을 긁듯이 형의 등을 마구 긁어댔다. 그러나 형은 눈치가 영 시원치 않은 모양이다.

긁어 달라고 등을 맡기고 가만히 있던 형이 갑자기 따지듯이 묻는다. "왜 너는 개려운 디는 안 긁구 엉뚱헌 디만 긁니?" "그럼 워디 긁어?" 하니까 형은 말로 정확하게 설명할 수 없어서인지 자꾸 요기조기 한다. 형은 가려워서 미치겠는데, 나는 어디를 긁어야 할지 몰라 내 손끝은 정작 긁어야 할 부위는 안 긁고 전혀 엉뚱한 데만 긁어대니깐 참다못한 형이 버럭 화를 내며 "야! 이 xx야!" 하고 큰소리로 이젠 욕설까지 한다. 이 소리에 놀라 잠에서 깨어난 어머니가 "왜 뉘들 자다말구 싸우니?" 하고 나무라신다. 형이 가만히 있다가 "송호 쟤가 등 점 긁어 달라구 허니께 엉뚱헌 디만 긁어서…" 하고는 말끝을 흐린다. 어머니는 형의 말이 끝나자 "내일 식전에 일찍 일어나서 내복 다 벗어서 말래(마루)다 내놔라 솥에다 푹푹 삶게." 하신다.

한 동안 소란하던 방안은 어머니의 교통정리로 다시 고요 속에 잠긴다. 새벽녘이 되니까 배속이 허전해서 잠이 빨리 깨진다. 옆을 보니 어머니는 벌써 아침 식사 준비하러 부엌에 나가셨는지 안 계시고 누나와 형만 온 몸을 긁적대며 잠에 매달리고 있다.

나는 살그머니 일어나 부엌으로 나갔다. 어머니는 나를 보시더니 "왜 더 자지 않구 벌써 일어났니?" 다그치듯이 생솔가지를 꺾어 아궁이에다 하나씩 넣으시며 이렇게 물으신다. "배그프니께 잠이 안 와유." 하고는 하소연하듯 고통스러운 표정으로 어머니의 얼굴을 쳐다봤다. 어머니는 무슨 말을 해야 할지 몰라 잠시 망설이더니 이내 말문을 연다. "오늘은 굉일(공휴일)이니께. 이따가 아침 먹구 산으루 잔다구 캐 먹으러 가자. 그리구 삐비두 뽑어 먹구…."

그 시절엔 봄에 산에 올라가면 먹거리로 '잔다귀'라는 도라지과에 속하는 풀뿌리, 찔레, 소나무 껍질, 송화가루(소나무 꽃가루), 뽑을 때 '삐~' 하는 소리가 난다고 해서 '삐비'라고 하는 벼과에 속하는 갓 나온 연한 풀 이삭, 씹으면 시다고 해서 부르는 납작한 일년초 풀잎사귀인 '시엉', 금잔디 뿌리인 '깔딱뿌리' 등이 있다. 이러한 것들은 비단 그 때 우리 세대뿐만 아니라, 그 훨씬 이전 시대로 거슬러 올라가 우리 선조들이 국난이나 흉년이 질 때마다 기아의 고통을 달래기 위해서 산과 들을 헤매며 찾아낸 먹거리가 전래되어 온 것이 아닌가 생각된다.

이 같은 먹거리 중에 제일 선호도가 좋은 것으로부터 나열한다면 잔다귀, 찔레, 삐비, 깔딱뿌리(금잔디뿌리) 순이다. 왜냐하면 잔다귀는 크고 맛도 있지만 무처럼 통째로 먹기 때문이고, 그리고 그 다음 순으로 찔레와 삐비인데 찔레는 4월 초순경이면 새 순이 나오기 시작한다. 이 때 갓 나온 어린 순은 떫어서 못 먹고 약 10센티 정도는 자라야 먹을 만하다. 이걸 꺾어 씹으면 연하고 달콤해서 그냥 통째로 삼켰다.

유년시절에 우리 집 뒤 언덕배기엔 커다란 미루나무가 두 그루서 있었고 그 옆으로 찔레나무가 우거져 있었다.

봄이면 우리들은 타잔처럼 갖가지 넝쿨을 잡고 올라가 찔레를 꺾어 먹고 놀았다. 찔레는 4월 중순까지는 그런대로 먹을 만한데 중순이 지나면 세서 껍질을 벗겨 먹어야 했고 말쯤이면 나무가 되어 그 마저도 먹지 못 한다. 그리고 5월 중순쯤 되면 하얗게 꽃이 피기 시작한다.

삐비는 맛보다는 갓 나온 풀 이삭이라 연해서 통째로 씹어 삼켰다. 이 중에서 제일 인기가 없는 것이 소나무 껍질과 송화 가루인데 소나무 껍질은 선호도가 높은 잔다귀나 찔레 등이 없을 때 마지못해 먹게 된다. 4월 초순쯤 이면 소나무에 물이 오른다. 이 때 껍질을 한 겹 한 겹 벗겨 나가다 보면 제일 나중엔 하얗고 연한 부분이 나온다. 이것을 씹으면 약간 달콤한 맛이 난다. 그리고 송화 가루는 소나무에서 털어다가 떡을 해 먹기도 했는데 송진 냄새가 몹시 났던 걸로 기억 된다. 이러한 것들이 민족의 수난기인 보릿고개시절에 우리 민초들의 기아의 고통을 조금이나마 덜어주곤 하였다.

"야! 송호야!" 하고 누군가 갑자기 큰 소리로 나를 부르는 소리가 들려 나는 화들짝 놀라 눈을 떠보니 어머니가 나를 부르는 소리였다. "너 그럴 줄 알았다. 니가 웬 일루 일찍 일어났나 헸지. 방에 들어가서 누나허구 성보구 밥 다 됬다구 빨리 일어나서 낮 씻으라구 해라." 하고 명령하신다.

어머니가 불 때는 아궁이 앞에 앉았다가 따뜻해서 나도 모르는 사이에 깜빡 졸았나 보다. 부엌문을 나서다가 누나와 마주쳤다. 누나는 의아하다는 표정으로 "니가 왜 밥두 안 허면서 새복에 부엌에서 나오니?" 한다.

방에 들어가 보니 형은 벌써 일어나서 어디 나갔는지 방에 없다. 나는 형 찾으러 대문 밖으로 나가봤다. 마침 형이 삼촌과 함께 어딘가 갔다가 집으로 들어오고 있는 중이었다. 삼촌이 날 보더니 "밥 다 했다니?" 하고 묻는다. "예." 하고 대답하니까. 삼촌은 "그 눔의 돼지죽 같은 밥은 백날 먹어 봐야 맛도 웂구 배그프긴 마찬가진디 원제나 맛있는 하얀 쌀밥 한 번 배부르게 먹어 본다니." 하면서 형과 나에게 하소연이라도 하듯 이렇게 말한다.

때는 5월 초순 춘궁기의 절정에 접어드는 시기라서 보리 식량은 거의 바닥이 난 상황이다. 그래도 굶고 살 수는 없기에 보리 가루에다 마른 무 잎 잘게 썰어 쑨 죽을 삼시 세 때 먹어야 했다.

언젠가는 점심때가 좀 지나서인데 우리 집 뒤뜰 언덕배기 밑에 수령이 약 3백년 쯤 되는 소태나무 밑에 잎사귀 모양과 색깔 등이 예쁘고 부드럽게 보이는 나무 한 그루가 서 있었다. 할머니께서 그

나무 잎사귀를 따서 물에 담갔다가 호박을 넣고 죽을 끓여 준적도 있었다. 아침을 먹고 나니 공진이와 형길이가 찾아와 잔다귀 캐먹으러 산에 가자고 한다. 형과 나도 기다렸다는 듯이 연장 광에 들어가서 호미 하나씩을 들고 나섰다. 찾아간 곳은 무성이네 산 중턱이다. 거기에는 무덤이 있는 밭둑 아래 양지바른 곳이다. 무덤가 이곳 저곳에 할미꽃, 민들레, 제비꽃 등이 한창이다.

우리 넷은 도착하자마자 온 산을 뒤져 삐비, 잔다귀 할 것 없이 닥치는 대로 먹어 치웠다. 한참을 이렇게 정신없이 이것저것 먹다 보니 입안이 깔깔하고 텁텁하다. 조금 있는데 동네 아이들이 떼를 지어 산으로 올라온다. 우리처럼 배고파서 산으로 올라오는 것 같다. 5월의 비정한 춘궁은 민초들의 가슴마다에 평생 씻지 못할 아픈 기억의 상체기를 남긴다.

시간은 어느덧 정오인가 보다, 멀리 학교에서 오포(사이렌) 우는 소리가 청승맞게 들려온다. 이제 배가 부르니까 잠이 쏟아지기 시작한다. 접착제에 붙어버린 것처럼 붙어버린 눈꺼풀은 아무리 잡아당겨도 뗄 수가 없다. 우리 넷은 졸음 앞에서 제대로 저항도 못한 채 무기력하게 양지바른 밭둑아래 풀밭에서 깊은 잠의 나락으로 떨어지고 말았다.

얼마나 잤을까, 몸에 으스스하게 한기가 돈다. 가만히 눈을 떠보니 해가 서산에 기울고 있었다. 마침 형도 잠에서 깨어 나를 바라보고 있다. 형길이와 공진이는 해 저무는 줄도 모르고 추운 듯 웅크리고 새우잠을 자고 있다.

형은 두 사람을 물끄러미 보고 있다가 웃으면서 "공진아, 형길아" 하면서 어깨를 잡고 흔들어 깨운다. 두 사람은 한 밤 중에 귀신 만난 사람처럼 소스라쳐 놀라며 벌떡 일어나더니 공진이가 사방을 둘러보면서 어이가 없다는 듯 "허허, 벌써 이렇게 됐다니?" 하고는 "애들아 빨리 집에 가자." 하고 재촉한다.

우리 집 뒤뜰 언덕배기엔 하얀 찔레꽃이 흐드러지게 피었다. 찔레를 꺾어 먹으러 올라가보니 찔레는 이미 다 세 버리고 딱딱한 나무가 되어있다. 나무숲을 살펴보니 우리가 충청도 사투리로 '뽀루떡'이라고 부르는 대추 모양 은색의 열매가 먹음직스레 빨갛게 익어가고 있다. 나는 웬 떡인가 하고 배고픈 김에 마구 입에 따 넣었다. 그렇게 정신없이 따먹다 보니 갑자기 형 생각이 나서 먹는 것은 그만 두고 주머니에 하나씩 따 넣었다. 이젠 낮은 데는 다 따고 높은 데만 남았다, 나는 아예 나무위로 올라갔다. 나무 위에 올라서니 온 동네가 한 눈에 내려다보인다. 어인 일인지 저녁때가 다 돼가는데 몇 집 빼놓고는 밥 짓는 연기가 통 피어오르지 않는다. '여느 때 같으면 이맘 때 온 동네가 밥 짓는 매캐한 연기로 자욱할텐데…' 난 이렇게 생각하며 언덕배기에서 내려와 따온 뽀루떡 열매를 호주머니에서 꺼내 형 앞에다 먹으라고 내 놓았다. 형은 이걸 보더니 눈을 갑자기 크게 뜨면서 "너 이거 워디서 따왔니?" 하고 다짜고짜 묻는다. 나는 형 말이 끝나기가 무섭게 "뒤껕이서." 하고 대답했다. 형은 아쉽다는 표정으로 "다 익으면 내가 아무두 물르게 따 먹을라구 봐 놨었는디. 니가 워떻게 알구 따 먹었니?" 하면서 아쉬운 표정을 짓는다. 형이 맛있게 먹고 있는데 동생들이 우르르 몰려와 순식간에 바닥을 낸다.

그 때는 끼니도 못 잇고 초근목피로 연명하며 살던 시대라서 좀 지나친 표현 같지만 아사의 위기상황에 내몰리고 있는 터라 간식거리란 비오는 밤 별빛만큼이나 찾아보기 힘들었다. 이 때문에 아이들은 배고픔을 감내하지 못하고 하루 종일 풀이 죽은 채로 양지 바른 곳에 웅크리고 앉아 설상가상 격으로 이의 괴롭힘을 당해야 했다.

때는 6월 중순 그 잔인하기만 했던 기근의 긴 터널의 끝이 저 멀리 희미하게 보이기 시작한다. 이제 막 보리이삭이 익어가기 시작하고 있는 것이다.

성미 급한 동네사람들은 아직 다 익지도 않은 보리 이삭을 따다가 멍석에 말리고 볶아 맷돌에 갈아서 죽을 쒀 먹기도 한다. 이 같은 행위를 그땐 "풋보리 잡아먹는다."라고 했다.

남동생 탄생하던 날

5월 중순쯤 되었을까. 내 기억으로는 아마 그 때쯤이 아니었나 생각된다. 온 식구가 깊은 잠에 빠져있는 새벽녘인데 내 옆에서 주무시던 어머니께서 어디가 아프신지 끙끙거리시며 신음소리를 내신다. 어머니 옆에서 자고 있던 누나도 그 소리를 들은 것 같다. "오머니 애기 날려구 허나?" 하더니 벌떡 일어나 안방으로 건너가 "할머니! 오머니 애기 낳을려구 허는 것 같어유." 하고 큰소리로 곤히 주무시는 할머니를 다그쳐 깨운다.

할머니께서는 무엇에 놀란 사람처럼 주무시다 "이!" 하시고는 황급히 가운데 방으로 건너오시더니 우리들 보고 전부 안방에 가서 자라고 하시며 막내고모를 깨워 부엌에 들어가서 물을 끓이라고 명령하신다, 우리들은 어린 마음이라도 안방에서 들려오는 어머니의 신음소리에 걱정이 돼서 잠 못 이루고 한 동안 어머니와 고통을 함께 해야만 했다.

시간이 얼마나 흘렀을까, 갑자기 "응앵응앵" 하는 고고의 소리가 숨 가쁘게 터져 나온다. 진땀으로 뒤범벅이 된 긴장감이 한순간에 풀리고 한 생명의 탄생의 희열이 집안 가득 넘쳐흐른다. 애기울음 소리가 들리자마자 도저히 궁금해서 못 참겠다는 듯 누나가 큰소리로 "뭐 낳데유?" 하고 할머니께 묻는다. "뉘매 또 아들 낳았다." 하고 할머니는 반갑지 않는 듯 시큰둥한 말투로 말씀하신다.

그도 그럴 것이 누나 하나 빼놓고 내리 아들만 넷을 낳으니깐 할머니께서는 실망하실 만도하다. 할머니와 고모는 산후 뒤처리를 하시느라 매우 분주하다. 할머니는 방에서 무엇인가 닦는 듯 쓱쓱 소리를 내시고 고모는 대야에 물을 떠가지고 부엌에서 방으로 연신 들락거린다.

밖에 걸어 놓은 괘종시계가 둔탁한 소리로 '댕댕댕댕' 하고 네 번을 친다. 할머니가 "인저 됐다. 그만 허구 날 새기 전에 쪼금이라두 눈 붙이자. 낮에 졸려서 일 못혀. 오늘 중으루 상수리 밭 다 매야 혀." 하시며 서둘러 일을 끝내시고 고모와 함께 안방으로 건너오시는지 드르륵하고 방문 여는 소리가 들려온다. 나는 자는 척하고 눈을 감고 있었다. 할머니는 자는 우리들을 보시고는 한 말씀하신다. "줘매는 애기 낳느라구 밤새 고상혔는디 새끼들은 시상 물루구 자구 있구먼 그려." 하시더니 등잔불을 단숨에 혹 끄고는 고모와 함께 이불속으로 들어오신다. 이렇게 해서 한 바탕 큰일을 치르고 난 집안은 태풍이 불다 막 잦아든 것처럼 고요하기 그지없다. 나는 눈을 감고 아기의 얼굴이 어떻게 생겼을까 하고 어렴풋이 그려 봤다. 나도 모르는 사이에 깜빡 잠이 들었는지 누군가 어깨를 잡고 흔들어 깨우는 소리가 들려 눈을 떠봤다. 고모가 빨리 일어나라고 야단을 친다. 일어나 보니 누나와 형은 간 곳이 없고 나만 혼자 자고 있었다. 어젯밤에 늦게 잠들어 늦잠을 잔 것이다.

밖에 나와 봤다. 해가 어느새 중천에 떠 있다. 자다가 방금 일어난 터라 햇살이 눈부시다. 기둥나무에 걸어 놓은 괘종시계를 보니 벌써 9시 30분이다. 멀리 언덕너머 학교에서 아이들 뛰어 노는 소리, 책 읽는 소리가 아스라이 귓전에 와 닿는다. 나는 아기가 궁금해서 우리들이 기거하는 가운데 방으로 살며시 들어가 봤다. 어머니는 안 계시고 아기만 아랫목에 누워 새근새근 자고 있다. 나는 아기가 하도 귀엽고 예뻐서 가까이 다가가서 가만히 얼굴을 들여다봤다. 밖에 나가셨던 어머니가 들어오시면서 "애기가 이뿌냐?" 하고 물으신다. "예." 하고 나는 짧게 대답했다. 어머니는 "인저 동생 하나 또 생겼응께 말 잘 들어" 하시고는 내 얼굴을 물끄러미 쳐다보시면서 빙긋이 웃으신다. 나는 어머니께 "아까 워디 갔었유?" 하니까, "부엌에 갔었다." 하신다. 옛날 우리 어렵게 살던 시절엔 어머니들이 애기를 낳고도 바로 다음날 아침밥 하러 부엌에 들어가셨다. 우리 어머니도 예외는 아니었다.

요즘은 산모가 아기를 낳으면 산후조리에 각별히 신경을 쓰는데 전에는 "셋 이레"라 하여 즉 21일 동안 가사에 참여하지 않고 몸조리를 하였다. 그러나 웬만한 가정 아니고는 21일 동안 몸조리를 한다는 것은 꿈에도 생각 못했다. 왜냐하면 그 때 당시는 먹고 살기가 힘들었기 때문이다. 옛날에 아기를 많이 낳으셨던 여성분들은 나이가 들면서 날이 궂으려면 으레 허리 등 온몸이 쑤시고 아프다고 하소연하기도 했다. 그러나 이를 어찌하랴 난세는 시운인 것을….

한참 동안 그렇게 아기를 보고 있다가 대문 밖을 나가는데 대문간에 고추와 숯을 엮어 만든 금줄이 처져 있다. 그 때 당시 고추는 아들을, 숯은 딸을 상징하는 의미로 아들을 낳으면 고추의 숫자를 숯의 숫자보다 더 많이, 딸을 낳으면 숯의 숫자를 고추의 숫자 보다 더 많이 새끼에 매달아 대문간에다 걸어놓았다. 금줄이 갖는 의미는 아기 탄생을 성스럽게 생각해서 아기 건강에 부정정적인 영양을 미칠 수 있는 사람의 출입을 금한다는 의미로 아기를 낳으면 대문간에 걸어 놓았다.

출입금지 대상자로서는 초상집에 갔다온 사람이라든가 전염병에 걸린 사람 등 아기 탄생의 의미와 건강 등에 있어서 정서적으로 맞지 않는 사람들이다. 이 같은 풍습은 우리 선조들의 인명 중시 풍조사상의 산물이라고 할 수 있다. 그래서 예전엔 이웃집에 초상이 나면 함께 슬퍼하며 위로하기도 했다.

어디서 놀다 왔는지 동생이 헐레벌떡하고 달려와서는 "오머니" 하고 부르더니 다짜고짜 어머니와 아기가 있는 가운데 방으로 들어간다.

어머니는 조용히 하라는 뜻으로 "쉿~" 하시며 손가락을 입술에 갖다 댄다. 동생은 자꾸만 아기를 만지려고 한다. 어머니는 못 만지게 말로는 못하고 표정과 손짓으로 제지한다. 어머니는 배가 고프신지 부엌에 들어갔다. 나오시면서 밥상을 한 상 봐가지고 들어오신다. 밥상을 보니 밥상엔 보리가 약간 섞인 하얀 쌀밥 한 사발과 미역국이 차려져 있다. 동생과 나는 어머니 밥상을 보고 눈이 휘둥글해졌다. 흉년에 보리죽도 제대로 못 먹고 살던 시절에 하얀 쌀밥과 미역국을 보니 군침이 절로 넘어 간다. 우리들은 어머니 식사하시는 밥상 앞에 제비새끼처럼 나란히 앉아 혹시 남기지는 않나 하고 생각하면서 군침을 흘리며 어머니의 밥 수저를 뚫어지게 쳐다보고 있었다. 기대했던 대로 어머니는 몇 수저 뜨시다 말고 상을 물리시면서 우리 보고 먹으라고 주신다. 동생과 나는 꿈에만 그리던 쌀밥과 미역국을 미친 듯이 순식간에 해치웠다.

이제와 수많은 세월이 흐른 지금 곰곰이 생각해 보니 그 때는 너무 나이가 어리고 철이 없었던 때여서 어머니의 깊은 모성애를 헤아리지 못 했던 것 같다. 어머니 자신도 우리들과 같이 기아에 허덕이다가 애를 낳은 바로 뒤라 어쩌면 우리들 보다 속이 더 허하고 건강이 안 좋으실 텐데 자신이 먹고 있는 밥을 먹고 싶어 하는 어린 자식들을 보기 안쓰럽고 밥이 목에 걸려서 자신은 배고파도 참고 자식들에게 먹인 어머니의 거룩한 자식에 대한 사랑과 희생의 정을 표현할 때 우리의 국문학에서 가능한 모든 수식어를 갖다 붙여도 부족하리라!

어머니는 우리들이 말끔히 비운 밥상을 들고 부엌으로 가신다. 밖에서 인기척이 들려 문을 열다가 외할머니와 큰 이모가 대문 안으로 들어오시면서 나와 시선이 마주쳤다. 외할머니는 대뜸 "야 뉘매 뭐 낳데이?" 하고 도대체 궁금해서 못 견디겠다는 듯 다그쳐 묻는다. 나는 외할머니의 말씀이 끝나기가 무섭게 "머슴애 낳데유." 하니까, 외할머니는 "그려." 하시더니 이모와 함께 아기가 있는 가운데 방으로 들어가신다. 부엌에서 설거지하고 계시던 어머니가 외할머니 목소리를 들었는지 밖으로 나오시면서 "위할머니 왔데이?" 하고 물으신다. 나는 "방금 애기 본다구 방으루 들어가셨유." 하니까 어머니도 방으로 들어가신다. 외할머니는 어머니를 보자마자 "야! 애 참 이뿌다! 누구 타개서 이렇게 이뿌데이." 하고 감탄사를 연발한다.

그랬다. 정말이지 내 동생 원호는 어렸을 적에 너무 예뻤다. 남동생 보고 예쁘다고 표현하니깐 좀 어울리지 않지만 어쨌든 내가 아기를 업고 다니면 동네 사람들이 가던 발길을 멈추고 예쁘다고 한동안 쳐다보곤 했다. 원호라는 이름은 우리 형제들 중에서 제일 마지막으로 할아버지께서 지어주신 이름이다. '으뜸 원, 넓을 호'. 난 원호를 약 1년간 업고 다녔다. 특히 여름철이면 무척 곤혹스러웠다. 날씨가 더운데다 애를 등에 업고 있으니까 더 더웠고, 애가 침

흘리고 잠들어 축 늘어져 있으면 꽁꽁 매었던 포대기 끈이 느슨해져 애가 허리 밑으로 내려오게 돼 애는 한층 더 무거워 진다.

어쩌다 보면 애가 엉덩이 밑으로 내려와서 땅바닥에 떨어지기도 하고 똥이나 오줌을 싼다 치면 내 옷에도 영향을 받는다. 물론 기저귀는 채워주지만.

애는 똥이나 오줌을 싸고 나면 자기 몸이 축축해지니깐 불쾌한 느낌 때문에 칭얼대기 시작한다. 날씨는 덥고 허리춤에 축 늘어져 있는 애는 무겁고 침과 콧물로 범벅이 된 애는 등에 얼굴을 대고 비벼대며 칭얼대고…. 나도 어렵지만 내 허리춤에 매달린 동생도 어렵기는 매 마찬가지다.

날마다 자고 일어나면 애 업고 다니는 게 일이었다. 나는 체구가 작아서 어머니가 애를 업혀 주면 꼭 영락없이 애가 애를 업은 것 같다고, 동네 사람들이 이구동성으로 놀려대곤 하였다.

어머니는 총 10남매를 낳았다. 그래서 우리 형제들은 항상 학교 갔다 오면 애를 업고 다녔다. 아마 6~70대 이상 노년층이라면 유년 시절에 동생을 안 업어보고 자란 사람이 거의 없을 것이다. 그리고 갖가지 추억과 에피소드도 많았을 것이다.

어느 여름날인가, 그날따라 몹시도 무더웠다. 바닷가를 보니까 동네아이들이 재미있게 물놀이를 하고 있다. 나는 애만 업고 있지 않다면 당장이라도 저 아이들처럼 물속에 뛰어 들어가 놀고 싶은 마음이 굴뚝같았다. 그래서 생각 끝에 '아기를 억지로라도 재우면 되지 않을까' 하고 아기를 방에 뉘어 놓고 손으로 토닥토닥 두드리

며 자장자장 해봤다. 하지만 아기는 눈만 빠끔히 뜨고 전혀 잘 생
각을 않는다.

아까 업고 있을 때는 그렇게 잘 자던 애가 막상 재우려고 하니까
오히려 방글방글 웃으며 같이 놀자고 한다. 나는 하는 수 없이 아
기 눈을 손으로 감기고 자장자장 하고 몇 번 토닥토닥 하다가 이
제야 잠 들었겠지 하고 손을 떼고 보면 또 마찬가지다.

그래서 이번에는 네가 이기나 내가 이기나 하고 잠들 때까지 계
속해서 토닥토닥, 자장자장을 한 10분 간 하다가 살며시 손을 떼보
니 이젠 눈을 뜨지 않는다.

나는 가만히 일어나 고양이 걸음으로 문 앞에 와서 문을 소리
없이 살며시 연다는 것이 그만 드르륵 소리를 내고 말았다. 애는
이 소리에 깜짝 놀라 눈을 번쩍 뜨고 문 앞에 서 있는 나를 바라
본다. 나는 다시 시도했다. 이번에는 아예 문을 열어 놓고 재웠다.
그리고 살며시 나와 문을 닫는 둥 마는 둥 살짝 문턱에 걸쳐놓고
는 아기가 자나 안자나 살며시 문틈으로 드려다 보고는 너무 좋아
펄쩍펄쩍 뛰며 아이들 물놀이 하는 바닷가로 한걸음에 달려가 후
다닥 옷을 벗고 바닷물에 뛰어 들었다. 이렇게 시원하고 좋은 걸
애 때문에 놀지 못 하고 하면서…

한참을 그렇게 물놀이에 정신이 팔려 놀고 있는데 누군가 멀리
서 다급하게 "송호야~" 하고 부르는 소리가 들려온다. 가만히 들어
보니 이웃집 용식이 어머니 목소리다. 나는 불현듯 아기가 또 깨어
났구나 하는 생각이 뇌리를 스쳐간다. 나는 급한 마음에 몸도 제

대로 말리지도 못 하고 걸음아 날 살려라 하며 눈썹이 휘날리도록 뛰어 가봤다. 아닌 것도 아니라 예상대로 아기가 깬 것이다.

용식이 어머니가 우는 아기를 안고 있다가 나를 보시더니 아기를 내게 안겨 주시면서 "애가 투방 아래루 떨어져 가지구 울구 있는디 애는 안보구 미역 감구 놀구 있니?" 하고 나무라신다. 혹시 다친 데는 없나 하고 두루 살펴보니 다행히 다친 데는 없는데 마루에서 떨어질 때 크게 놀랐는지 애가 새파랗게 질려 있었다. 나는 한참을 얼레고 달래어 겨우 진정시키고는 "휴우~" 하고 안도의 한숨을 내 쉬었다. 나는 생각해 봤다. 이제 겨우 엎어져 바닥을 두 발로 밀어서 조금씩 이동하는 정돈데 어떻게 문을 열고 마루까지 나왔을까? 하는 의문이 생겨서 돌이켜 생각해 보니 내가 아까 애를 재우고 나올 때 애가 깰까봐 문짝을 문턱에 살짝 걸쳐 놓았기 때문에 애가 싑게 문을 밀고 나온 것 같다.

그리고 바람이 몹시 불던 어느 추운 겨울 밤 온 식구가 모두 잠들어 고요한데 아기가 자다 말고 칭얼댄다. 아기 칭얼대는 소리에 우리형제들이 동시에 잠에서 깬다. 어머니는 아기가 배가 고파서 그러는 줄 알고 아기에게 젖을 물리지만 아기는 조금도 그칠 줄을 모른다. 어머니는 좀 아이가 이상하다는 생각에서인지 이마에 손을 대보기도 하고 아기의 손과 발을 이리저리 매만져 보더니 "체했구나, 쳇어." 하시면서 걱정을 태산같이 하신다. 그렇다고 동네에 약국이나 병원이 있는 것도 아니고 세상이 모두 잠든 이 야삼경에 전기나 전화도 없는 섬 지방에서 막막하기 짝이 없다. 아기는 점점 아파오는지 아까보다 조금 더 큰 소리로 울어댄다.

이 상황에서 어머니가 해결할 방법은 전무하다. 배를 쓸어 주기도 하고 업고 서성이며 달래기도 한다. 우리 형제들도 답답하긴 마찬가지다. 난 그때 어린 마음이었지만 잠시 이 같은 생각을 해봤다, 하도 아기가 아파 울어대서 차라리 내가 아기대신 아팠으면 좋겠다고. 어디가 어떻게 아프다고 말은 못하고 자기의 고통을 말 대신 울음으로 표현하는 아기가 안쓰러워 약 2시간쯤 지났을까, 아기 울음소리가 어머니 품속에서 조금씩 잦아들기 시작한다. 우리들은 이때까지 잠 한숨 못자고 뜬 눈으로 아기와 아픔을 함께 해야 했다.

형제들이 많다 보니 백사장 모래알처럼 수많은 아기에 대한 추억들이 저 멀리 기억의 푸른 언덕너머 사리 때 밀물처럼 밀려왔다 사라지곤 한다.

떡 한 덩어리의 추억

때는 7월 중순, 무더위가 한창 기승을 부리는 여름의 한 복판에서 나는 자꾸만 엉덩이 밑으로 내려오는 아기를 추스르며 이곳저곳 동네를 배회하고 있었다. 윗겉의 최영숙이네 집 앞을 지나치고 있는데 누군가 뒤에서 부르는 소리가 들려 힐끗 뒤돌아보니 영숙 어머니가 날보고 오라고 손짓한다.

나는 왜 부르는지 궁금해서 달려가 봤다. 영숙 어머니는 내가 가까이 다가가니까 푸슬푸슬한 백무리떡을 솔방울만 하게 두 손으로 꼭꼭 뭉쳐 손에 쥐어주면서 "오늘 저녁 때 배 나가려고 구사(고사) 지낸 구사 떡이다."라고 하신다. 나는 떡을 보는 순간 형에게 줄 생각을 하니 너무 좋아 떡을 빼앗다시피 냉큼 받아들고는 설레는 맘으로 떡을 호랑(주머니)에 넣고 깨알만큼씩 떼어 먹으며 장승백이에 서서 형을 기다렸다.

"기다리는 아침은 더디 온다."고 그날따라 형은 왜 그렇게 늦게 오는지…. 형이 빨리 와야 이 맛있는 떡을 함께 먹을 텐데 하면서 나는 학교만 뚫어지게 쳐다보고 있었다.

시간이 얼마나 흘렀을까. 수업이 끝났다는 종소리인 듯 땡땡땡
몇 번 울리고 조금 있는데 아이들이 교문 밖으로 우르르 쏟아져
나온다.

나는 누가 형인가 하고 눈길을 떼지 않고 살펴보고 있었다. 점점
가까워지면서 형의 모습이 드디어 내 시야에 들어왔다. 나는 가까
이 오기만을 기다리고 있을 수 없어서 아기를 업은 채로 형을 향
해 논둑길을 내달렸다. 감격에 겨운 목소리로 "성~" 하고 부르면서.

이윽고 형과 나는 몇 미터 앞에서 시선이 마주쳤다. 형은 자기를 향해 아기를 업고 쏜살같이 달려오는 나를 보더니 의아한 표정을 짓고 멍하니 서 있다. 나는 가까이 다가서자마자 주머니에서 떡을 꺼내어 형한테 건네주면서 "영숙 오머니가 구사 지냈다구 떡 줘서 얻어왔어." 하니까, 형은 그때서야 떡을 받아들고는 좋아서 어쩔 줄을 몰라 한다. 형은 잠시 내 눈치를 살피더니 "너는?" 하고 묻는다. "안 먹었어." 하고 고개를 좌우로 흔드니까 형은 그 솔방울만한 떡 한 덩어리를 절반으로 나눈 다음 "어떤 거 먹을래?" 하고 묻는다. 형이 들고 있는 떡 두 조각을 살펴보니 둘 중에 하나는 크고 하나는 조금 작아 보인다.

　나는 조금 작아 보이는 쪽으로 시선을 돌리며 "이거 먹을래." 하고는 형의 손에서 떡을 낚아 채 듯이 받아들었다. 형과 나는 두 살 터울이다. 하지만 나는 형의 말이라면 무조건 복종했고 따랐다. 그리고 먹을 것만 있으면 항상 형에게 갖다 주었다. 이 같은 나의 행동을 지켜보시던 어머니께서는 이따금씩 이렇게 말씀하시곤 하셨다.

　"송호 쟤는 미련허게 쥐이 성한티 추남 맞으면서 먹을 것만 있으면 저는 안 먹구 꼭 준다니께, 이담에 커서 쟤는 잘 살기 틀렸어." 하시며 내 장래를 걱정하시곤 했다.

큰 샘

　춘궁기의 분수령이라고 할 수 있는 그 잔인했던 오뉴월도 민초들의 가슴마다에 기근의 아픈 상처를 남겨놓고 시드는 찔레꽃과 함께 바람결에 흩어져 흰 구름 저 편 언덕 넘어 쫓기듯 달아나고 그 공간으로 여름철이 다가와 무더위가 기승을 부린다.

　때는 6월 중순 작황은 썩 좋지는 않지만 "일각이 여삼추"라고 눈 빠지게 바라보던 보리이삭이 민초들의 기근으로 허덕이는 참담함을 아는 듯 이젠 누릇누릇 익어가기 시작한다. 지역에 따라서 빨리 익은 밭은 벌써부터 수확하는 집도 있다. 할머니께서는 "우리도 며칠만 있으면 보리를 비야할 것 같다."고 말씀하신다.

　동네 사람들은 이제 기근으로부터 해방된다는 기쁨과 희망으로 사뭇 들떠있다. 바야흐로 어둡고 침울하기만 했던 동네 분위기가 활력이 넘치는 분위기로 반전된 셈이다. 동네 가득 웃음꽃이 피어나기 시작한다. 인생사 춥고 배고픈 고통보다도 더한 고통과 슬픔 또 어디 있으랴! 예로부터 백성들을 배불리 먹고 잘살게 해준 임금님이 제일 훌륭한 임금이라는 말도 있다. 이토록 먹고 산다는 것 즉 경제는 삶을 영위하는 데 있어서 그 무엇보다도 기초적이고 기본적이며 행복을 산출하는 데 있어서 최고의 가치를 지니는 것이다.

드디어 우리 집도 보리 수확하는 날이 다가왔다. 꼭두새벽부터 할머니께서 독려하신다. "범식아! 빨리 일어나서 낫 갈어라. 아침 먹구 보리 비러가자." 하시며 곤히 자고 있는 삼촌을 다그쳐 깨우신다. 삼촌은 피곤하다는 말투로 아니 잠에서 덜 깬 듯 "워떤 밭부터 빈데유?" 하고 퉁명스러운 목소리로 할머니께 묻는다. "상수리 밭부터 비야헐 것 같다. 상수리 밭이 제일 많이 익은 것 같다." 할머니 말씀이 끝나기가 무섭게 삼촌은 "예, 알었유." 하더니 방문을 열고나와 아랫집 연장 광에 들어가더니 낫 네 자루를 가지고 나와 하나씩 갈기 시작한다.

식구들은 보리죽으로 아침식사를 간단하게 때우고, 누나와 형은 학교에 간다고 서둘러 책보를 싸가지고 나가고, 어머니는 나에게 아기를 업혀 주시며 "애기 업구 밭으루 오지마. 나한티 온다구 울어." 하신다.

어른들은 나와 이제 다섯 살 난 내 바로 밑 동생과 사촌동생만 집에 남겨놓고 밭으로 가려하니 사촌동생이 자기도 따라가겠다고 떼를 쓴다. 식구들이 아무리 달래도 사촌동생은 막무가내다. 할 수 없이 사촌동생을 데리고 가니까 바로 밑에 동생도 샘이 났는지 "나두 갈래." 하더니 누가 가라마라 할 것 없이 저만치 앞질러 달려나간다. 이렇게 해서 온 식구가 썰물에 물 빠지듯 모두 나가고 집안엔 병환으로 누워계시는 할아버지와 나만 남는다.

집안은 적적하다 못해 쓸쓸하기까지 하다. 나는 밖으로 나가 하늘을 처다보니 구름 한 점 없이 맑고 청명하다. 업고 있던 아기가 오줌을 쌌는지 축축하다. 나는 그런대로 참을 수 있는데 아기는 더운데다 자기 몸이 축축하고 불쾌하다는 느낌 때문인지 칭얼대기 시작한다.

서성이며 달래 봐도 애는 그치기는커녕 오히려 내 등에다 얼굴을 비벼대며 이젠 소리 내어 울기 시작한다. 나는 도저히 안 되겠다는 생각이 앞섰다. 그래서 난 밭에 계시는 어머니한테 가기로 결심했다. 어머니는 우는 애기를 업고 오니까, 무슨 일인가 싶어 걱정이 돼서인지 내가 밭에 도착하자마자 밭에서 달려 나오시며 겁먹은 표정으로 "애가 왜 운데이?" 하시며 아기를 빤히 처다보신다. 아기는 어머니를 알아본 듯 더 힘차게 울어대며 어머니한테 가려고 몸을 비비꼬아댄다.

어머니는 경험상 애가 우는 이유를 직감이라도 한듯 애를 내 등에서 받아 들고는 기저귀를 풀어본다. 어머니의 직감은 적중했다. 아기가 오줌을 싼 것이다. 어머니는 기저귀를 갈아끼우신 뒤 잠시 수유를 하시고는 다시 내 등에 아기를 업혀 주시며 "큰 샘에 가서 물 좀 떠 오너라." 하시고는 내 손에 주전자를 쥐어 주신다.

아기는 이제 칭얼대지도 울지도 안고 등 뒤에서 알 수 없는 소리로 흥얼거리면서 혼자 놀고 있다. 날씨가 더운데다 아기를 업고 있으니까 땀을 주체할 수 없다. 가파른 비탈길을 내려와 논둑길을 지나 큰 샘에 도착하니 보리 베다가 덮고 목이 말라 나처럼 물을 뜨러 온 사람으로 북적인다.

 내 차례가 돌아와서 두레박으로 물을 뜨기 전에 우물 안을 들여다보니 우물물이 얼마나 맑던지 내가 우물 안에 있는지 우물 밖에 있는지 분간하기 어렵다.

우물 밑 하늘가에
흐르던 흰 구름 한 덩어리가
두레박이 우물물에 철석하고 떨어지는 순간
여울지는 파문에 사르르 흩어진다.

찔레꽃 필 때면

물을 한 두레박 떠서 줄을 당겨 위로 끌어 올리는데 키가 작고 힘이 달려서인지 두레박이 우물 안쪽 벽에 계속 턱턱하고 부딪치는 바람에 찔름거리다 보니 우물 밖으로 끌어 올린 물은 절반도 안 된다. 나는 물을 주전자에 담기 전에 목도 마르고 해서 한 모금 쭉 들여 마셨다. 물이 입 안으로 들어오는 순간 얼마나 차가운지 입안이 얼얼하다. 샘물을 한 모금 마시고 나니 온종일 괴롭히던 무더위가 한 순간에 달아나고 천근만근 무겁기만 하던 온 몸이 새털처럼 가벼워진다.

이 샘은 동네사람들이 이름 하여 큰 샘이라고 부른다. 이 큰 샘은 큰 마파지, 작은 마파지, 샘 건너 마을 이렇게 세 개 동네가 식수로 쓰는 효자도 공동 샘이다. 4면이 바다로 둘러싸여 있는 섬인데도 조금도 짠 맛이 없고 오히려 달콤하기까지 하다. 이 샘물을 한 모금 마시면 깊은 계곡 약수터에서 약수를 마시는 착각에 빠지기도 한다.

그리고 동네 사람들은 하루일이 끝나고 나면 여기 모여서 등목을 했다. 한 두레박 떠서 냅다 등에다 끼얹으면 물이 얼마나 차가왔던지 어이쿠 하는 비명까지도 내곤했다. 그 때는 더구나 섬이라서 수도라는 것은 상상도 못할 사치스러운 고급 시설이었다. 그래서 집집마다 식수로 쓰기 위해서 물지게나 동이로 물을 길러다 독에 채워놓고 썼다. 누나는 욕심이 많고 부지런해서 우리 부엌에 큰 물독이 두 개 있었는데 그 독엔 항상 물을 가득가득 채워 놓고 썼다. 특히 명절 때는 며칠 맘 놓고 놀기 위해 독 두 개는 기본이고,

그릇에 있는 대로 물을 채워 놓았다.

나도 초등학교 2~3학년쯤 되어 큰 샘으로 물지게를 지고 물 길러 다녔는데 물을 지고 다니면 얼마나 찔름거렸는지 약 400미터쯤 되는 집에까지 오면 물통에 물이 몇 방울 남아 있지 않았다. 왜냐하면 그 때는 비포장도로라 울퉁불퉁했고 더구나 샘과 집 사이에 장승백이라는 약 45도나 되는 가파른 언덕길이 하나 있는데 그 언덕을 넘으려면 키가 작아서 물통이 땅에 닿아 찔름거리고 언덕길을 내려와 골목길에 접어들면 좌우양쪽에 있는 집 돌담에 이리저리 부딪치다 보면 또 찔름거려 결국 집에 다 와서 보면 물통엔 물이 몇 방울 남아 있지 않았다. 그리고 어쩌다가 돌부리에 걸려 자빠지는 날엔 물이 전부 쏟아져 옷을 흠뻑 적시고는 다시 샘으로 가기도 했다.

나는 언젠가 동네 아이들한테 이런 수수께끼를 낸 적이 있다. 이 세상에서 제일 무거운 게 뭐냐고. 아이들 답은 각자가 다양했다. 누구는 쇠, 누구는 돌, 그리고 누구는 흙 등 나는 다 아니라고 고개를 좌우로 흔들었다. 그러니깐 선문이가 있다가 의아한 표정으로 "그럼 너는 뭐냐?" 하고 되묻는다.

나는 의연하고 당당한 어조로 아니 그러다가 장난기 어린 목소리로 "물이다 물." 하니까, 내 말이 끝나기가 무섭게 모여 있던 아이들이 "에에에~" 하고 일제히 야유를 터뜨린다. 야유가 끝나고 나니까, 이번에는 복길이가 "그걸 수수께끼라고 내니?" 하면서 왜 물이 제일 무거운지 설명이라도 하라는 것이다. 나는 자신만만하게 다음과 같이 말을 이어갔다. 쇠나 돌은 가지고 다닐 때 출렁거리지 않지만 물은 출렁거리기 때문에 이 세상에서 제일 무겁다고 힘주어 말하니까, 동네 아이들이 합창이라도 하듯 낄낄대며 웃는다.

　이 같은 우리 유년시절의 큰 샘에 대한 추억들이 지금은 아득한 기억의 저편 모래밭에 점점이 남아 그 때를 잠시 회상하면서 그리움에 젖기도 한다.

보리밥

이제 날씨는 갈수록 더워지고 보리 수확이 한창이다. 매미 울음 소리가 한 여름을 더욱 달군다. 동네사람들은 구슬땀을 흘리며 보리를 베다가 마당에다 쌓기도 하고 도리깨로 타작도 한다. 이렇게 타작한 보리로 삼시 세 때 밥을 해 먹게 되니 동네사람들은 언제 기근으로부터 고통을 받았느냐는 듯, 악몽의 그 순간들을 까맣게 잊어가고 있다.

점심 때 식구들이 마루에 모여앉아 부채질하며 보리밥에다 상추쌈 또는 열무김치를 넣고 고추장으로 빨갛게 척척 비벼 저 밥이 저 입에 어떻게 들어갈까 싶도록 크게 한술 떠서 우그적 우그적 게걸스럽게 먹노라면 보는 사람으로 하여금 군침이 꿀꺽하고 절로 넘어간다.

이 세상엔 그야말로 산해진미가 따로 없다. "배고픈 자에게는 질 나쁜 빵이 없다."는 말과 같이 악몽과 같은 춘궁기! 그 기근의 아픈 상처를 떠올리면 보리밥에 상추쌈, 열무김치를 넣고 고추장으로 빨갛게 비비는 보리 비빔밥이야말로 진정한 산해진미가 아니고 또 무엇이겠는가!

  동네사람들은 춘궁기에 못 먹고 살았던 시절을 보상이라도 받고
싶은 심정으로 속된 말로 밥을 배가 터지도록 먹고 또 먹었다. 더
구나 그 때는 경제가 피폐했던 시대라서 육식 등 영양식이 전무하
다시피 했고 춘궁기가 종언을 고한지 얼마 되지 않아 오랜 기간 동
안 누적된 영양실조로 인해 더더욱 과식을 했다. 아이들이 집에서
밥을 먹고 나오면 밥을 얼마나 많이 먹었던지 맹꽁이배처럼 하고
다녔다. 그래서 어머니께서는 애들에게 "보리자루 차구 다닌다."고
놀리기도 하셨다. 춘궁기가 끝나고 보리밥을 먹은 지 몇 개월 되지
도 않았는데 벌써 보리밥이 지겨워 진다. 그도 그럴 것이 매 끼니

마다 찰기도 없고 감칠맛도 없는 거무칙칙한 보리밥, 그것도 하루 이틀도 아닌 몇 달을 걸쳐 매 끼니마다 먹으려니 지겨울 때도 됐다. 하지만 사람은 간사한 동물이라 보리죽도 없어서 못 먹고 초근목피로 연명하던 시절을 까맣게 잊어버리고 머지않아 오곡백과가 풍성한 가을이 온다고 생각하니 하얀 쌀밥이 더욱 그리워진다.

그 시절 보리밥을 먹으면 얼마나 방귀가 자주 나왔었는지 모른다. 그래서 초등학교 저학년 시절에 다음과 같은 노래가 유행되기도 했다.

"엄마엄마 보리밥 싸줘~
학교 가서 방구 꾸게 보리밥 싸줘~"

잡곡 한 톨 안 넣고 보리만으로 밥을 지으면 거무칙칙한 것이 끈기가 없어 모래알 씹는 듯 입안에서 각각 놀았다. 지금은 보리밥을 건강식으로 즐겨 먹긴 하지만 그것도 한두 번 하루 이틀이지 옛날처럼 매끼마다 그렇게 먹는다면 누구 하나 질리지 않을 사람 없을 것이다. 그러나 아무리 보리밥이 이렇다 해도 초근목피보다는 백 번 낫지 않겠는가? 이토록 인간의 욕망은 끝이 없는 이유로 좀 더 좋고 더 나은 것을 추구하다보니 참담하기만 했던 바로 어제 같은 과거사를 까맣게 잊고만 것이다.

그러나 아무리 쌀밥이 그립다 해도 봄에 비가 안와 벼농사를 망쳐 논에는 잡초만 무성하다. 그나마 우리 같은 경우엔 산 밑에 조그만 보가 하나 있어 가뭄이라도 조금씩 오는 빗물을 모아 조그만 논 한 다랑이에 농사를 지을 수 있었다. 가을에 여기에서 수확한 벼를 한 톨도 안 먹고 광속에 깊이 감춰 두었다가 애경사 때나 명절 때만 조금씩 꺼내 썼다. 쌀밥은 그 때 그 시절엔 동경의 대상이었고 쌀밥을 먹고 사는 사람은 선망의 대상이었다. 부자들은 100% 쌀밥을 먹고 살았지만 가난한 사람들은 한 10리 밖에나 가야 겨우 쌀 한 톨 있을까 말까 한 꽁보리밥을 먹고 살았다. 우리들은 그 때 이 같은 보리밥을 보리 '꽝탱이'라고 부르기도 했다. 때문에 그 때 당시 쌀밥은 부의 상징이었고 보리밥은 빈곤의 상징이었다. 보리밥은 왜 그렇게 소화가 잘 됐는지 밥 수저 떼고 막 뒤 돌아서면 배가 고플 정도다. 그래서 간식거리로 방앗간에서 보리방아를 찧을 때 제일 마지막에 나오는 고운 보리 겨를 받아 놨다가 이것으로 '겨떡'을 해 먹기도 했다.

보리 겨떡은 말이 떡이지, 요즘 사람한테 먹으라고 주면 먹을 사람 한 사람도 없을 것이다. 경제와 문화가 고도로 발전하다 보니 그만큼 입도 고급화되었기 때문이다. 그러나 인간은 환경의 지배를 받고 살아가는 동물이기 때문에 며칠 굶은 상황에서는 안 먹을 장사가 없을 것이다. 왜냐하면 두말할 나위 없이 안 먹으면 죽을 수밖에 별도리가 없으니까. 우리 보릿고개 세대의 그 때 당시 생활 수준은 저 아프리카 에디오피아나 케냐를 방불케 할 것이다. 우리는 지금 얄팍한 경제 수준에 취해 참담했던 과거사들을 혹 망각하고 살고 있지는 않는지?

지금은 아득히 멀어져간 옛일을 떠올리며 가뭄에 콩 나듯 어쩌다 한번 씩 먹어볼 때 아! 하고 탄성이 터져 나올 만큼 감미롭기만 하던 그 하얀 쌀밥의 맛은 그 어디에서도 찾을 길 없고 요즘 먹는 쌀밥의 맛은 그냥 차지도 않고 뜨겁지도 않은 맹물처럼 덤덤할 뿐이다. 그 누가 말했던가?

　"인간은 행복 이외에 그것과 같은 정도의 불행이 항상 필요하다."

외가댁

　내 유년 시절은 누구나 마찬가지로 외할머니의 사랑을 듬뿍 받고 자랐다. 우리 외가댁은 전장에서도 잠시 언급했지만 우리 어머니가 바로 옆집 신 씨 댁으로 시집온 관계로 울타리 하나를 사이에 두고 있었으며 우리보다 비교적 잘 살았다. 우리 집은 종가 댁이라 집은 컸지만 초가집이었고, 외가댁은 'ㄷ'자형 고래 등 같은 기와집이었다. 그리고 식구로는 외할아버지, 외할머니, 외삼촌 두 분, 이모 두 분 그리고 큰 외삼촌 딸 한 명 이렇게 해서 총 일곱 식구였다.

　지금으로부터 약 60여 년 전 그 때 당시 우리 외할아버지께서 커다란 중선배(중간크기의 어선) 한 척을 운영하고 있었는데 옛날에는 지금과 달리 물고기가 굉장히 흔했던 걸로 기억된다. 그래서인지 여름에는 새우를 배 한가득 잡아와 젓갈로 팔기 위해 드럼통에다 소금을 넣고 저리는 것을 많이 보았다.

　그 때는 우리 섬에서 중선배 한 척만 있어도 부자라고 했다. 왜냐하면 어선은 그리 많지 않고 고기가 흔했기 때문에 어선을 갖고 있는 사람은 비교적 잘 살았다. 그녀들은 우리가 초근목피로 연명할 때 하얀 쌀밥을 먹고 살았으며 보릿고개를 모르고 살았다. 좀 우수개 소리로 흉년들어 광속에 양식이 떨어진 집은 끼니 때 불을 땔 일이 없어 굴뚝에서 연기가 안 나는데 어선을 갖고 있는 부자 몇 집에만 연기가 났었다는 일화가 있다.

외가댁이 그랬다. 그래서 어머니도 외가댁에서 처녀 때까지 고생을 모르고 부를 누리며 살아왔는데 신 씨 댁으로 시집오는 바람에 고생을 사서하게 된 것이다.

우리 집은 이조 말엽에 고조할아버지께서 참봉벼슬로 한 마을의 지도자 길에 올라 간척지를 개발해 후손들에게 물려주셨는데 부자 삼대 못 간다고 후손들이 모두 날린 터라 아버지 대에는 전답이 그리 많지 않았다.

전에 언급했던 이야기들을 다시 중언부언하지만 6.25동란이 한창일 때 할아버지는 숙환으로 누워 계시고 아버지와 가운데 작은 아버지는 전장에 참전하신 터라 나이 어린 삼촌과 고모들만 집에 남아 살림을 꾸려나갈 사람이 없어 하는 수 없이 할머니께서 열두 식구라는 그 많은 식구를 이끌고 나아가셨다.

할머니는 농사 이외에 양잠을 하셨다. 대문간에 미닫이문 방 두 칸짜리 아래채가 있었는데 이곳에서 누에를 길렀다. 큰 밭 밑 뽕나무밭에서 뽕잎을 따다 주면 누에가 뽕잎을 먹는 소리가 마치 고요한 밤 비오는 소리와 같았다. 그리고 삼도 물에 담갔다가 물레를 돌려 실도 뽑고, 소 한 마리에다 양계까지 하는 등 그 많은 식구들을 굶기지 않으려고 그야말로 최선을 다 하셨다. 저자가 이 글을 쓰고 있는 동안 유년의 잔잔한 기억들이 무수히 주마등처럼 스쳐 간다.

시간의 수레바퀴는 역으로 돌릴 수 없었나 보다. 어느 덧 60여 년! 그러나 외가는 흉년과는 전혀 무관했고 윤택한 생활을 이어갔다. 외가는 고래 등 같은 기와집에다 집 뒤뜰 약 45도 경사 언덕배기엔 아름드리 고목이 즐비했고 한여름이면 매미 울음소리가 장관을 이뤘다. 뒷마당 장독대 뒤편에 커다란 대접감나무가 두 그루 서 있었는데 오뉴월 감꽃이 필 때면 형하고 감꽃 주워 먹으러 다니기도 했다.

그리고 앞마당 한 가운데에다 동그랗게 멍석만한 텃밭을 하나 만들어 놓고, 단 수수(설탕 수수), 오이 등을 심어 놓고는 우리들이 한번쯤 놀러 가면은 우리를 보자마자 벽에 걸어 놓은 낫을 들고 맛있게 생긴 커다란 장대만한 단 수수 하나를 척 베어가지고 먹기 좋게 도막도막 잘라 그것도 껍질까지 벗겨 주신다. 외가댁은 그전에는 잘 살았기 때문에 대청마루도 근사했다. 아래채 정 북쪽에 커다란 나무대문이 있었고 그 옆으로 방앗간 그리고 나무계단을 타고 올라가게끔 이층 대청마루가 좀 야트막하게 정 서쪽 방향에 위치하고 있었다. 무더운 여름밤 저녁 먹고 이모들과 함께 올라가 창문을 열면 바다에서 불어오는 해풍이 얼마나 시원했던지 모른다.

한참을 그렇게 놀고 있노라면 외할머니께서 치마폭에다 참외와 오이를 따다 주신다. 언제였던가? 시기적으로 9월 중순쯤 되었을 것이다. 저녁 때 쯤 동네 아이들과 외가 댁 앞마당에서 소꿉장난하고 놀고 있는데 갑자기 와르르 하는 소리와 함께 주먹만 한 먹음 직스러운 배가 쏟아져 나뒹군다. 우리들은 화들짝 놀라 위를 치켜보니 외할머니가 우뚝 서서 놀라는 우리들을 보시고는 빙그레 웃으시며 먹으라고 손짓을 하신다. 외할머니께서는 외손자들이 마당가에서 놀고 있으니까 사랑스러워 잘 익고 연하게 생긴 배를 골라 치마폭에 한 아름 따가지고 와서 우리들 노는 앞에다 장난삼아 왈칵 쏟아 놓은 것이다. 외할머니께서는 이토록 우리들에게 말없이 사랑을 표현하셨다.

반면 우리들이 말을 잘 안 듣거나 외할머니 맘에 안내키는 행동을 한다 치면 꼬집거나 주먹을 쥐고 머리에다 꿀밤을 주곤 하셨다. 그래서 우리들은 외할머니 별명을 '꼬잡쟁이 왈머니'라고 했다.

우리 어렸을 때는 왜 외할머니를 왈머니라고 했는지 모르겠다. '왈머니' 그 왈머니께서는 키가 작고 다부졌으며 성품이 온화하고 항상 정이 넘치셨다. 특히 우리 외손자들에게는 무한한 사랑을 베풀었다. 흉년 때는 배고플까봐 울타리 너머에서 우리들을 불러 밥도 주시고 우리들은 너무 먹어 배가 부른데 더 먹으라고 하시면서 우리 의사와는 상관없이 무조건 밥에다 물을 말아주신다. 그러면 우리들은 억지로라도 이 밥을 다 먹어야 했고 그 많은 밥을 다 먹고는 하루 종일 부대껴서 혼난 적도 있다.

눈 내리는 겨울밤이면 화로 불에 고구마 구워주시며 재미있는 옛날 얘기로 한 밤을 꽃 피우던 영원히 잊지 못할 그리운 외할머니! 외할머니! 눈 감으면 아련히 떠올랐다가 사라지고 다시 떠오르는 정겨운 그 모습….

추석

길고도 긴 한여름의 해 그림자는 마당가에서 조금씩 짧아져 가고, 용광로처럼 이글거리던 무더위는 매미 울음소리와 함께 미미한 여운을 남기고, 팽나무 저편 언덕너머로 뒷걸음쳐 달아난다. 이젠 아침저녁으로 서늘한 바람결이 옷깃을 여미고, 가을의 전령사 귀뚜라미들의 합주곡이 뒤뜰 언덕배기 담장 가 여기저기서 추석을 그리는 우리들의 가슴을 자못 설레게 한다.

때는 9월 초순 아직 한여름의 잔영이 남아있다. 해가 저물어 논밭에서 늦게까지 일하고 돌아오신 식구들이 한데 모여 앞마당에 멍석 깔고 그 옆에 소먹이 꼴을 베어 오면서 함께 가지고 온 쑥대로 모깃불을 피워놓고 저녁 식사를 한다. 9월 초면 절기상으로 초가을인데도 웬 모기가 그렇게 많은지 정신없이 덤벼든다. 매캐한 쑥대 타는 연기가 집안에 자욱한데도 모기가 얼마나 극성을 피우는지 밥이 입으로 들어가는지 코로 들어가는지 알 수가 없다.

소도 여물을 먹으면서 모기를 쫓는 듯, 목에 단 방울소리를 '땡그랑 땡그랑' 하며 연신 울려댄다. 엷게 어둠이 깔린 하늘엔 파르

스레한 반달 하나가 별과 함께 한가로이 떠 있다. 할머니께서 커다란 상추 하나를 골라 밥 한 술을 크게 떠서 싼 다음 된장을 풀어 푸짐하게 한 입 드시고 나서 "애들아 빨리 먹구 방장 치구 자자. 모기가 떼매 갈려구 헌다." 기둥나무에다 걸어 놓은 등불엔 온갖 야행성 벌레들이 모여 들어 어지럽게 난무한다.

할머니, 고모 등 안방식구들은 마루에다 방장을 치고 주무시고, 어머니와 우리들은 조금 더 있다 잔다고 대문 밖 앞마당에 깔아 놓은 멍석위에 나란히 누워 하늘을 우러러 보면서 이야기꽃을 피운다.

"오머니 인저 몇 밤만 더 자면 추석이데유?" 형이 바로 우리 초가 지붕 위에 떠있는 달을 바라보면서 어머니께 묻는다.

어머니는 "저 달이 다 커서 둥그러지면 추석이니께. 앞으로 일곱 밤만 더 자면 추석이란다."

나는 어머니의 이 말씀에 솔깃해서 "그럼 송편두 허겠네유?" 하니까, "그럼 송편 안 허나. 송편두 허구, 즌두 부치구, 돼지고기 국두 끓이구." 하시더니 그 다음엔 아무런 말씀이 없으시다.

하늘엔 금방이라도 막 쏟아질 듯 수많은 초롱한 별사이로 별똥별 하나가 동쪽에서 서쪽으로 길게 선을 그으며 소리 없이 사라진다.

벌써 주무시나 보다. 어머니께서는 본래 초저녁잠이 져서 으레밥 수저를 떼자마자 주무신다. 오늘은 더구나 아침부터 저녁 늦게까지 일을 하신 터라 여느 때 보다 더 피곤하신 모양이다.

어머니 얼굴을 쳐다보니 몹시 피곤하신 표정으로 잠 드셨다. 형도 "야, 인저 고만 자자. 졸려 죽겠다." 하면서 어머니 주무시는 모습을 보고는 하품을 크게 한번 하더니 그만 잘 것을 명령이라도 하듯 이렇게 말한다. 멍석 옆에 피워놨던 모깃불 연기가 시간이 갈수록 조금씩 가늘어지면서 모기가 떼를 지어 달려든다. 얼굴, 배, 다리 할 것 없이 무차별적으로 공격한다. 어머니는 주무시면서 모기가 무는 대로 자기 몸을 한 방씩 딱딱 갈겨대더니, "이!" 하시면서 무엇인가에 놀란 토끼마냥 번쩍 눈을 뜨고 사방을 둘러보시면서 "얘들아 일어나라, 들어가서 자자, 밖에서 자면 입 삐틀어져." 하시고는 옆에서 평온하게 자고 있는 동생을 반짝 안고 집안으로 들어가시면서 "야 덕호야! 멍석 말아가지구 들어와라." 하신다.

형은 멍석을 동그랗게 도르르 말아 앞쪽을 들더니 나보고 뒤쪽을 들고 따라오라고 한다. 밤이슬을 맞아서 그런지 멍석이 좀 축축하다. 대문 안으로 들어서자 기둥나무에 걸어놓은 커다란 괘종시계가 마침 우리에게 잠잘 것을 재촉이라도 하듯 둔탁한 소리로 댕댕 하고 열한 번을 친다. 집안은 마루 밑에서 울어대는 귀뚜라미 소리만이 정적을 달래일 뿐 고요하기만 하다.

시간은 장마철에 길가에 나온 지렁이처럼 꿈틀꿈틀 더디게 추석을 향해 기어간다. 할머니께서는 연례행사처럼 이맘때면 일 년 내내 누렇게 빛이 바래고 군데군데 숭숭 뚫어진 방문 헌 창호지를 뜯어내고 창호지를 새로 사다가 문풍지를 달고 다시 바른다. 말하자면 추석 쇨 준비이자 월동준비인 셈이다.

할머니께서는 아침부터 동분서주 하신다. 왜냐하면 우리 집은 크고 방이 많은지라 문짝이 많아서 그 많은 방문을 날이 어둡기 전에 작업을 끝내고 말린 다음 문틀에 달아야 하기 때문이다. 할머니께서는 가용한 모든 인력을 총 동원하신다. 어머니, 삼촌, 고모, 누나, 형, 나, 사촌동생 할 것 없이 모든 집안 식구가 아침식사를 끝내자마자 하루 종일 문 단장을 했다.

누렇게 빛이 바랜 문종이를 새문종이로 바꾸려면 우선 문에서 기존에 발랐던 창호지를 뜯어내야 한다. 이 때 문종이를 물에 적시지 않고는 깨끗하게 뜯어낼 수가 없다. 그래서 식구들은 문짝을 절구통이나 담장 등에 기대 놓고는 부엌에서 물을 떠다가 입에 한 모금씩 물고 훅훅하고 문에 대고 뿌려대곤 했다.

왜 한꺼번에 많은 양의 물을 바가지나 호수로 확확 뿌려대지 않고 감질나고 어렵게 물을 입에 물고 뿌렸느냐? 그건 우리 집안사정을 잘 모르시고 하시는 말씀, 식수로 길어다 먹는 샘이 멀어서 항상 물을 아껴 써야 하기 때문이다.

이렇게 전 식구가 동원되어 물 뿌리는 사람, 문종이 뜯어내는 사람, 풀질하고 문짝에 종이 바르는 사람, 볕바른 곳에 가져다 건조시키는 사람 등 전 식구가 각자 분담해서 작업을 한 까닭에 문종이 바르는 일은 쉽게 끝낼 수 있었다. 살살 불어오는 미풍과 청명한 가을 날씨 덕에 흠뻑 젖었던 문종이는 금방 말라 눈이 부실 정도로 희다.

문이 하도 많아 세어 보니 줄잡아 열일곱 개나 된다. 왜냐 하면 위채 안방 앞문 하나 뒷문 하나, 가운데 방 앞문 두 개 뒷문 두 개, 책방 앞문 하나 옆문 하나, 사랑방 앞문 하나 옆문 두 개, 아래채 방 두 칸 미닫이 문 앞문 두 개에다 뒤 문 하나씩 하면 무려 열일곱 개에 이른다. 가을이 조금씩 익어가기 시작하니 뒤뜰 언덕배기 대나무밭 한복판에 있는 감나무에 매달린 감도 불그스레 제법 먹음직스럽게 익어가기 시작한다.

올해는 여느 해에 비해서 감이 더 많이 열린 것 같다. 우리 식구들은 이 감나무에 열리는 감 모양이 족두리 같다 하여 충청도 사투리로 '쪽도리 감나무'라 하였다. 그리고 이웃집 외가댁 감나무는 대접감나무. 숭어가 뛰니까 망둥이도 뛴다고 소태나무 고목하며 여기저기 뻗어 있는 하눌타리 넝쿨에 주렁주렁 매달린 어른주먹만 한 하눌타리도 나 보란 듯 무슨 맛있는 과일인양 노랗고 먹음직스럽게 익어간다. '하눌타리' 하면 잘 모르는 사람이 있을 것 같아 이해를 돕기 위해 설명하자면 오이나 호박처럼 넝쿨식물인데 5월 중순 쯤 노랗게 꽃이 피고 10월 중순이면 동그랗게 생긴 어른주먹 만한 열매가 노랗게 무르익는다. 이 열매는 식용으로는 쓸 수 없고 뿌리와 함께 한약재로 쓰기도 한다. 그 옛날 우리 어린 시절 가을이 되면 이 하눌타리가 언덕 빼기를 등지고 있는 집엔 예외 없이 노랗게 무르익어 장관을 이뤘다.

손가락을 꼽아 세어보니 추석이 이제 꼭 다섯 밤밖에 안 남았다. 할머니는 추석에 송편 만드는 데 쓴다고 우리 산위에 있는 밭으로 녹두를 따러 간다고 하신다. 나와 사촌동생도 할머니의 만류에도 아랑곳하지 않고 할머니 따라 쫄랑쫄랑 장승백이 언덕을 넘고 논둑길을 지나 비탈진 황토밭 산등성이 넘어 땀을 삑삑 흘리며 따라갔다. 녹두밭에 막 다다를 무렵 할머니가 우리들을 번갈아 쳐다보시면서 "힘든디 여기까지 뭣허러 따러 왔니?" 하시며 겸연쩍은 표정으로 말씀하신다.

밭에는 녹두가 새카맣게 한창 익어가고 있다. 할머니는 밭에 도착하자마자 새카맣게 잘 익은 녹두만을 골라 따신다. 우리들은 밭 이곳 저곳을 돌아다니며 먹을 것을 찾아다녔다.

밭에는 노랗게 익은 쥐방울 열매를 감싸고 있는 약간 마른 듯

얇은 껍질을 벗기면 볼그스름하게 튀어 나오는 앵두만한 열매, 새콤달콤했던 그 열매! 그때 그 열매가 그렇게 맛이 좋을 수가 없었다. 입안에 넣고 깨물면, 톡하고 터지며 아! 감미롭게 미각을 자극하던 그 맛, 그 열매를 우리들은 이름 하여 '깨꼴'이라고 불렀다. 그리고 '깜북이'라는 것이 있는데 그 또한 맛에 관한 한 둘째가라면 서운한 열매다. 무르익으면 색깔이 새까맣게 변하는데 가을에 추수를 하다 보면 밭고랑 이곳 저곳에 까맣게 익은 깜북이 나무마다 주렁주렁 열려 있다.

우리 유년시절엔 가을에 어른들이 추수한다고 밭에 가시면 으레 따라나섰다, 이 같은 열매를 따먹는 게 크나큰 즐거움이었다. 이 세 종류의 열매, 쥐방울, 깨꼴, 깜북은 유년의 우리뿐만 아니라 어른들의 구미도 사로잡았다.

그래서 어른들은 여름철에 밭을 맬 때 이 세 종류의 풀은 빼 놓고 밭을 맸다, 한마디 지나가는 우스갯소리로 옆집 용식이 어머니가 아침 일찍 밭 매러 가신다고 가셨다가 점심때도 안 돼서 오시는 걸 보고 어머니께서 의아하게 생각해서 "아지매 왜 즘슨 때두 안 됐는디 벌써 오나?" 하니까 용식이 어머니가 하시는 말, "쥐방울 넝쿨, 깨꼴나무, 깜북나무 빼니께 밭 맬게 읎어서 대충 잡풀만 뽑구 그냥 오네." 하신다. 마침 이 소리를 듣고 지나가시던 태규 어머니가 깔깔대며 웃으시더니 "야 이 사람아 그럼 밭 하나에다 다른 것은 심지 말구 통째루 쥐방울허구 깨꼴허구 깜북나무만 심어." 하고 싱겁게 놀리듯이 말한다.

이 말이 끝나기가 무섭게 어머니와 용식이 어머니가 배꼽을 잡고 웃는다. 사실 용식이 어머니도 웃자고 한 말인데 태규 어머니가 그렇게 말하니까, 더 우스웠던 모양이다.

이토록 그 옛날 지금으로부터 약 60여 년 전에는 배고팠던 시절이라 특히 섬지방과 같은 도서지방에서는 간식거리가 별로 없었기 때문에 자연 속에서 먹거리를 찾았다. 그 시대에 유년기를 보냈던 사람들은 이 같은 열매를 대하면 아련한 그 때의 옛 추억을 떠올리며 맛을 음미해보겠지만 요즘 청소년들에겐 전혀 생소하고 신기한 열매가 아닐 수 없다. 이렇게 시대는 급속도로 그리고 첨예하게 발전해가고, 가치관 또한 변해가고 있다.

한가위 밝은 달은 빨갛게 익은 감이며 사과며 맛있는 송편과 떡 등을 한 짐 짊어지고 저 파란 하늘 길을 밟으며 뒤뚱뒤뚱 우리 앞으로 다가온다. 이젠 두 밤만 더 자고 나면 추석이다!

뒷동산에 떠오른 달이 밝다 못해 대낮같다. 어른들은 밤늦게 까지 명절 쇨 준비에 여념이 없고 우린 가슴이 설레 통 잠이 오질 않는다.

앞마당에 모여 '무궁화 꽃이 피었습니다'를 하고, 숨바꼭질도 하면서 이 동네 저 동네를 휘돌아다니며 작대기 들고 쥐 잡이 놀이도 했다.

밤늦게 까지 떠들며 놀다가 지쳤는지 동네 애들이 하나씩 집으로 들어가고 맨 마지막으로 우리 형제들만 남는다. 그 소란하기만 하던 앞마당이 갑자기 조용해진다. 우리도 더 이상 놀 수 없어 집으로 들어왔다. 대문 안에 들어서니 어른들은 일을 마치고 잠자리에 들었는지 집안은 짙은 적막 속에 여치 한 마리가 담장위에서 '찍찍찍' 하며 가늘게 울어댄다. 이른 봄 할머니께서 심어 놓은 박꽃이 뒷간 초가지붕 위에 하얀 꿈을 머금고 피어났다.

하얀 박꽃 송이송이
고고 요요
푸른 달빛 휘 어리니
밤이 꿈인 듯 꿈이 밤인 듯,

시간은 자시를 지나 축시가 다 돼 가는데 한번 지나간 잠은 다시 올 줄 모르고 김이 무럭무럭 나는 시루떡과 갖가지 과일과 돼지고기 국이 눈앞에서 아른거린다. 집안은 그야말로 죽은 듯이 고요하다. 밤이 깊어 갈수록 귀뚜라미 여치 울음소리가 고적을 달래이듯 더 한층 거세게 목청을 높인다.

나도 이제 그만 자야지. 눈 꼭 감고 꿈나라로 가야지. 그리고 내일 아침 일찍 일어나 동네 애들과 산으로 들로 바닷가로 다람쥐처럼 뛰면서 놀아야지.

멀리서 아주 멀리서 부엉이 우는 소리가 들려온다.

'부엉 부엉~'

얼마를 잤을까. 밖이 소란하다. 아이들 뛰노는 소리, 파도소리, 갈매기 울음소리, 날 보고 빨리 일어나라고 재촉이라도 하듯. 눈을 뜨고 방문을 열어 보니 동녘하늘이 벌써 희뿌옇게 밝아 온다.

나는 부랴부랴 옷을 입고 나가 봤다. 밖엔 성미 급한 동네 아이들이 꼭두새벽부터 일어나 추석 기분에 한껏 들떠 있다. 바로 내일이 추석이다. 우리 유년시절엔 다음과 같은 추석에 관한 동요가 있었다.

팔월에는 추석날은 달이 밝은 밤

밤 먹고 감 먹고 송편도 먹고

손에 손을 잡고서 달마중 가자,

팔월에 추석날은 달이 밝은 밤

손에 손을 잡고서 달마중 가자,

우리 유년시절에 명절은 그야말로 천국 그 자체였다. 평소에 먹고 싶었던 음식을 싫도록 먹을 수 있고, 입고 싶었던 새 옷도 입을 수 있을 뿐만 아니라, 사회 전체가 명절 분위기에 흠뻑 젖어 있었기 때문이다.

그래서 설이나 추석이 기다려졌고 기다리던 명절이 며칠 남지 않았다고 생각하면 좋아서 어쩔 줄 몰라 설레는 마음에 잠을 못 이루고 뒤척이곤 하였다.

아침부터 전 식구들이 비상이 걸렸다. 바로 내일이 추석인데 농사일이 바빠서 추석 준비가 아직 다 안돼서다. 할머니께서는 어제 저녁 때 찧은 떡쌀로 송편을 빚으신다고 반죽을 하시면서 이렇게 말씀하신다. "날씨가 더운 때는 특히 떡이나 송편은 미리 쪄 놓게 되면 쉬기 때문에 추석 전날 만들어 쪄야 혀." 왜냐하면 그 때 도서지방엔 전기도 안 들어왔지만 냉장고 그 자체도 없었기 때문이다. 어머니와 고모도 송편 빚을 준비를 하신다. 채반과 치 등을 마루에다 쭉 펼쳐 놓는다.

삼촌은 장작을 팬다고 마루 밑에서 장작을 꺼내다 마당에다 수북이 쌓아 놓는다. 누나와 형은 아침 먹고 일찍 친구들 하고 놀러 나갔는지 안 보인다. 나와 동생들은 삼촌의 장작 패는 일을 도와 드린다고 장작이 쪼개져 멀리 튀어 달아나면 하나씩 주워 모았다.

이 광경을 어머니께서 유심히 지켜보셨는지, "야덜아 삼춘 장작 패는디 너무 가까이 가지마, 다친다." 하시는 어머니의 이 말씀이 끝나기가 무섭게 할머니께서 "옛 말에 으붓 아배 떡 찧는 디는 가두 친 아배 장작 패는 디는 가지 마라구 혔어." 하시니까, 지금까지 듣고만 있던 가운데 고모와 막내 고모가 우스워 죽겠다는 듯 깔깔대며 크게 웃으신다. 삼촌은 할머니의 이 말씀을 듣고는 우리들을 빤히 쳐다보더니 "뉘들이 안 도와줘두 되니께 밖에 나가 놀아라." 하신다.

우리들은 경쟁이라도 하듯 장난스럽게 고무신을 찍찍 끌면서 대문 밖으로 빨려나가듯 뛰쳐나갔다. 그 때 신고 다니던 검정 고무신은 왜 그렇게 질겼는지 너무 오래 동안 한 신발만 신고 다니다 보면 지겹고 싫증이 난다. 그래서 우리들은 새 신발을 사 달라고 돌 바위나 땅바닥에 박박 갈았다.

신발 재질이 고무다 보니 여름철이면 늘어나는 데다 발바닥에 땀이 나면 달릴 때 신발이 쉽게 벗겨지고 신발이 벗겨지면서 발을 다치기도 한다. 왜 양말을 신는데 땀은 차고 발은 다치느냐? 천만에 말씀. 그 땐 어렵게 살던 시절이라 양말은 사치품이어서 맨발에 고무신을 신고 다녔고, 이렇게 오랫동안 신다 보면 신발이 커지면서 발에 꼭 맞지 않아 헐렁하다. 그리고 군데군데 찢어진 곳도 있어 비가 오면 비도 새고 그러니깐 신발이 더욱더 정나미가 떨어졌다.

오죽 했으면 우리 신 씨네 집안 오촌 당숙 되시는 분이 어렸을 때 새 신발이 신고 싶어 자기 헌 신발을 찢어놓고는 왜 신발을 찢었느냐고 나무라니깐 오촌 당숙이 하는 말 "바람이 부니께 신발이 짝 찢어지데." 그 때 못사는 집안은 고무신발도 찢어지면 기워 신었다. 이 고무신발은 꽤 오랫동안 우리 민초들에게 국민신발로 각광을 받았던 걸로 기억된다. 아마 서양문물이 유입되기 시작하던 시기로부터 70년대까지? 지금은 시골에 가도 고무신발은 그 어디든 흔적조차 찾을 수 없고 벼룩시장이나 가야 골동품 가게에서 볼 수 있을 정도이다.

우리들은 누가 시킬 것 없이 간사지 들로 나갔다. 거기에는 우리말고도 동네아이들이 모여 메뚜기를 잡고 있었다. 메뚜기, 여치 등 가을벌레들이 얼마나 많은지 한마디로 바글바글하다. 아이들은 자기네 닭한테 준다고 강아지풀을 뽑아 한 마리씩 잡아 꿴다. 우리 집에도 닭이 있었는데 닭이 메뚜기를 무척 좋아했다. 예를 들어 닭장에다 산 메뚜기를 넣어 주면 서로가 잡아먹으려고 생난리를 쳤다.

아이들은 내일 추석이라고 모두 들떠 있고 화제 거리가 온통 추석얘기 뿐이다. 이렇게 웃고 즐기는 사이에 어느덧 해가 저무는 지 산그늘이 길게 간사지 들녘을 덮고 있다. 아이들은 메뚜기를 한 꿰미씩 잡아가지고 하나 둘 각자 집으로 향한다. 초가을이라 해도 한여름을 방불케 하는 무더위가 온종일 기승을 부리더니만 해질 무렵이 되니 조 이삭 익어가는 저 멀리 남쪽 언덕너머 산들산들 불어오는 서늘한 바람결이 제법 옷깃을 여민다. 때 마침 어디선가 여자아이의 고운 선율이 저무는 들녘에 잔잔하게 흐른다.

가을이라 가을바람 솔솔 불어오니
푸른 잎은 붉은 치마 갈아입고서
남쪽나라 찾아가는 제비 불러 모아
봄이 오면 다시 오라 부탁하누나.

환희에 넘치는 추석분위기와 한 편의 시적 가을 정취가 한데 어우러져 자못 무량도원을 연출하는 순간이다.

가파른 장승백이 언덕위에 올라서서
서편 하늘을 바라보니
저 멀리 원산도 당산 너머
무르익은 홍시 같은 해가 말없이 기울고...
잔잔한 바다위엔
갈매기가 한가롭다.

이제 내일이면 추석이다. 뛸 듯이 기쁜 마음 안고 대문간에 들어서니 부엌에서 전 부치는 냄새가 구수하다. 이 순간 내 마음은 더이상 행복할 수가 없다. 마루에 걸터앉아 돌담 넘어 저녁노을을 바라보고 있노라니 대문 밖에서 딸랑거리는 방울소리가 들려 나가 봤다. 삼촌이 깔(꼴-소먹이 풀) 지게를 지고 소를 데리고 들어온다.

오늘밤은 추석전야, 크리스마스로 말하자면 이브 날이다. 명절은 명절 당일보다 명절 바로 전날이 더 기쁘고 짜릿하다. 그래서인지 우리들은 들뜬 마음과 설렘에 통 밥이 넘어가지 않아 쪄 놓은 송편만 몇 개씩 집어 먹고는 애들 뛰어 노는 대문 밖으로 총알같이 뛰어나갔다.

해는 서산에 기울고 동녘하늘엔 달이 떠오르고 있는 듯 서서히 밝아오기 시작한다. 온 동네 아이들이 마당에 모여 말 타기, 숨바꼭질 등을 하며 마치 시장에 나온 듯 떠들썩하다. 그 때 저자의 유년시절, 약 60여 년 전에는 놀이문화가 컴퓨터 게임처럼 가만히 앉아서 두뇌로만 하는 게임이 아닌 뛰면서 생각하는 역동적인 게임이었다.

이를 환언하자면 오늘날 게임문화를 정적이라고 한다면 예전엔 동적이라고 할 수 있다. 게임의 종류나 룰은 지방마다 다르겠지만 나의 옛 고향 충청남도 보령에서는 통아(숨바꼭질)라고 해서 전에는 하나, 둘, 셋, 넷하고 술래는 아이들이 숨을 때 까지 눈을 감고 100개를 세었지만 훗날엔 100개를 세는 대신 "무궁화 꽃이 피었습니다"를 열 번하는 걸로 대체됐다.

그리고 돌멩이 가지고 하는 게임 중에 비사치기라는 게 있는데 이는 약 3미터 거리에 횡으로 선을 그은 다음 그 선에다 일정한 간격으로 돌멩이를 쭉 세워놓고 납작한 돌멩이 하나를 양발 사이에 끼운 다음 팔짝팔짝 뛰어 선에 세워 놓은 돌멩이를 맞춰 쓰러뜨리면 된다. 이 밖에도 게임의 종류는 다양하고 많다. 이 모든 종류의 게임들이 육체적으로 다이내믹하게 움직여서 하는 게임들이다. 이같은 놀이문화 때문인지 그 시절 아이들은 모두 건강했고 특히 비만한 아이들이 없었다.

그리고 한 가지 재미있는 것은 앞서 잠깐 언급했던 통아(숨바꼭질)를 할 때 술래가 찾을 수 있게 지근거리에 숨어야 하는데 애들이 장난삼아 이웃마을로 도망을 가게 되면 술래는 아이들을 찾아서 밤새 헤매야 했다.

이토록 재밌게 밤이 깊어가는 줄도 모르고 뛰노는 사이에 언제 떠올랐는지 달이 중천에 떠있다. 우리들은 더욱더 신이 났다. 어디선가 부엉이 울음소리가 들려온다. '부엉 부엉~'

밤이 꽤 깊은 것 같다. 하지만 아이들은 내일, 아니 앞으로 몇 시간만 있으면 날이 새고 날이 새면 바로 추석인데 하고 자기네 집으로 잠자러 들어갈 생각은 전혀 하지 않는 것 같다. 아니 잠자기를 거부했다고 하는 표현이 더 타당할 듯하다. 그러나 아무리 추석보다 더한 날이라도 졸음에는 장사 없다고 밤이 깊어가고 새벽이 가까워질수록 하나, 둘 자리를 뜬다. 하늘을 쳐다보니 구름 한 점 없고 달빛만 휘영청 밝다. 집에 달려가 기둥나무에 걸어 놓은 시계를 보니 벌써 새벽 3시가 다 돼간다.

나는 동생들과 서둘러 집에 들어와 잠을 청했다. 그 이튿 날 아침 떠드는 소리에 잠에서 깨어 일어나 보니 차례를 지낸다고 할머니께서 떡이며 과일, 송편 등을 목기에 담아 제사상에다 하나씩 차려 놓으신다. 어머니는 부엌에서 음식 준비에 여념이 없고, 고모와 누나는 음식을 나르느라 방에서 부엌으로 부엌에서 방으로 연신 들락거린다. 그리고 형과 동생들은 할머니의 차례 상 차리는 안방에 삥 둘러 앉아 갖가지 맛있는 음식들을 물끄러미 쳐다보며 꿀꺽 꿀꺽 침을 삼키고 있다. 이제 차례 상이 거의 완성돼가는 것 같다. 차례 상은 그야말로 푸짐하다.

하얀 쌀밥과 생선은 기본이고 편 종류로는 팥고물, 시루떡, 인절미, 송편, 전, 과일종류로는 배, 사과, 감, 대추, 곶감, 밤, 그리고 돼지고기 산적, 건어물 포, 찐 계란, 각종 양과류, 한과류, 사탕 등 이루 다 헤아릴 수 없을 정도로 그야말로 상다리가 부러질 정도로 차려 놓았다.

할머니께서는 상차리기가 거의 끝날 무렵 우리들을 삥 둘러보시면서 "인저 지사 지내야 허니께 빨리 세수들 허구 들어와라, 그리구 뉘이 삼춘은 워디 갔데이? 야! 덕호야, 삼춘 찾어 와라. 지사 지내게." 형은 "예." 하고는 후다닥하고 놀란 노루처럼 잽싸게 밖으로 뛰어나간다. 조금 있는데 두 사람의 발자국 소리가 대문 밖에서부터 들려온다.

할머니께서 "범식이 들어오니?" 하고 조금 큰소리로 말씀하신다.

삼촌은 "예." 하고 대답한다. "빨리 세수허구 들어와라 상 다 차렸다." 하고 할머니께서는 시간이 조금 늦었다는 생각에서인지 독촉하시는 것 같다.

이렇게 차례를 지낼 팀이 안방에 다 모였다. 할아버지는 작년에 돌아가셔서 안 계시고 삼촌을 위시해서 형, 나, 사촌동생, 내 바로 밑의 남동생해서 남자들만 총 다섯 명이다. 지금은 격식에 얽매이지 않는 개방적인 사회이기 때문에 제사 지낼 때 여자들도 참석하지만 전에는 먼발치에서 구경만 하였다. 왜냐하면 제사는 유교의 '조상에 대한 숭배의식'이며 유교사상 하에서는 여자가 제례에 참석하는 것을 금기시하기 때문이다.

차례는 할머니의 주관 하에서 치러졌고 할머니께서는 어머니를 불러 아침밥상을 차려오라고 하시더니 차례 상에 올려 졌던 갖가지 음식들을 밥상에 옮겨 놓으시며 전 식구들을 집결시킨다. 밥상을 들여다보니 제일 먼저 눈에 들어오는 것이 돼지고기 산적과 고깃국이다. 그 때 섬에선 일 년 열두 달 내내 웬만한 날 아니고는 돼지고기 먹는 일이 극히 드물었다.

그래서인지 돼지고기를 대할 때면 너무 감격스럽다. 특히 어머니가 끓이는 돼지고기국은 어머니의 요리솜씨를 한껏 자랑할 수 있는 특미 중의 특미다. 동네사람들이 돼지를 잡을 때 미처 다 뜯기지 않은 털들이 아직 군데군데 남아 있어 식도에 넘어 갈 때마다 느껴지던 깔깔한 느낌은 아직도 우리들의 기억 속에 생생하게 각인되어 있다.

우리들은 밥 한 사발에 돼지고기국을 한 그릇씩 배불리 먹으니 더 이상 아무 것도 생각이 없다. 밥상을 물리고 조금 있는데 공진이와 형길이가 놀러와 상수리를 따러가자고 한다. 형, 공진이, 형길이 그리고 나는 밥 수저를 떼자마자 우리 상수리 밭으로 내달렸다.

날씨는 구름 한 점 없이 청명하고 거리는 온통 명절 분위기에 들떠있다. 상수리 밭에 도착해서 혹시나 하고 나무 밑을 두리번거렸다. 아직 때가 아닌지 떨어진 상수리는 한 톨도 보이지 않는다. 나무를 발로 차고 흔들어 보기도 했지만 잎사귀만 몇 개 떨어질 뿐 상수리는 도통 떨어질 생각을 안 한다.

우리들은 하는 수 없이 장대를 가지고 와 몇 개씩 따가지고 집으로 가려하다 형이 갑자기 가던 발길을 멈추더니 두 친구를 둘러보면서 "참 애들아 이왕이면 기왕이라구 우리 밤나무 밑에 가서 밤두 따가지구 가자."고 한다. 우리는 밤나무가 서있는 밭둑 밑으로 이동했다. 거긴 골파 등 채소가 심겨져 있는 뙈기 밭이 있고 밤나무 줄기를 타고 올라간 넝쿨마다 까맣게 익어가는 머루가 먹음직스럽게 주렁주렁 매달렸다. 이 걸 보더니 날쌘돌이 형길이가 제일 먼저 한 송이를 따서 덥석 입에 넣더니 "아이구, 셔." 하면서 눈을 지긋이 감는다. 우리들도 누가 시킬 것 없이 순간 입에서 신물이 나오고 눈이 절로 감긴다.

밤은 상수리와 달리 쩍쩍 벌어진 밤톨이 채전 밭 숲속하며, 여기저기 제법 많이 떨어져 있다. 우리들은 머루는 익은 것만 골라 따

먹고 밤만 까서 주머니마다 불룩하게 채워가지고 집으로 향했다. 집으로 오는 도중 공진이가 "이따가 집에 가서 우리 상수리 치기 헐레?" 하면서 형과 형길이의 눈치를 살핀다. 형이 공진이의 얼굴을 곁눈질로 쳐다보더니 "그래, 우리 집에 가서 한 번 허자. 뉘들 잃어두 본지 갈르자구 허지마." 하니깐 두 사람은 입을 모아 "그래 걱정 말구 따기만 혀." 하고는 형길이가 더 자신만만해 한다.

독자들의 이해를 돕기 위해 여기에서 '본지 가르자'란 옛날 우리 충청도에서는 노름 비슷하게 돈이나 어떤 물건을 걸어놓고, 예를 들어 화투를 친다든가 윷놀이를 하는데, 상대방의 부정한 행위로 상대방은 따고 나는 잃었을 때 처음 시작할 때 갖고 있었던 돈이나 물건의 양으로 다시 환원시킨다는 뜻으로 노름하다 돈을 잃으면 아깝고 억울하다는 생각에 괜히 트집을 잡고 본지 가르자고 생떼를 쓰기도 했다.

저자는 지금 아득한 옛일을 회상하면서 그 때 그 시절 아이들이 모여 돈이나 물건을 걸어 놓고 내기하면서 흔히 하던 '본지 가르자'란 말의 본지가 본전이란 뜻인지 국어사전을 찾아봤더니 국어사전엔 그 때 당시 우리가 생각했던 '본지'라는 단어가 없었다. 저자의 지나친 억측인지 몰라도 가만히 생각해보니 먼 옛날 국가가 형성되기 이전에 개인 간의 토지의 경계가 애매모호해 소유권 분쟁이 있을 때 서로가 자기 땅이라고 주장하는 땅이 '본래 자기 땅이었는지 확인해 보자'는 말에서 유래되지 않았나 생각된다. 그것도 아니면 본전이란 말을 충청도 사투리로 본지라고 했는지….

우리들은 강아지처럼 깡충깡충 뛰면서 밭둑길 따라 외할머니네 밭 가파른 언덕을 넘어 한 걸음에 달려와 집에 도착하고 보니 식구들은 모두 나가고 할머니만 남아 있다가 우리들을 보시더니 "뉘들 송편 먹을래?" 하시고는 부엌에 들어가신 후 조금 있다가 송편 한 접시와 김치를 가지고 나오신다.

우린 마침 시장하던 차에 송편 한 접시를 거뜬히 비우고 게임에 돌입했다. "그럼 상수리 치기부터 헐래?" 하고는 공진이가 형과 형길이를 번갈아 쳐다본다. 요령은 전과 동이고 순서는 장껨보(가위 바위 보)로 정했다.

형길이가 스타트맨이 됐다. 세 사람은 각자 자기 상수리를 1미터 간격으로 놓는다. 형길이가 먼저 공진이 상수리를 향해 손가락으로 자기 상수리를 잡고 힘껏 튕긴다. 형길이의 상수리가 공진이의 상수리를 향해 빠른 속도로 굴러가다가 살짝 빗겨 선다.

공진이의 것과 형길이의 것과의 간격은 불과 5㎝도 채 안 돼 보인다, 공진이가 이걸 보고 있다가 좋아서 팔짝팔짝 뛰면서 어쩔 줄 몰라 하며 살짝 튕긴다는 것이 굴러가다가 약 1㎝ 쯤 앞에 닿을 듯 말 듯하게 멈춰 선다.

공진이는 아쉽다는 듯 "아!" 소리를 크게 내면서 무릎을 탁 하고 친다. 다음은 마지막으로 형이 할 차례다. 형이 두 사람의 게임을 쭉 지켜보고 있다가 "뉘들 되게 못 헌다. 가까이 있는 걸 그걸 못 맞춰 가지구." 하더니 거리와 방향을 판단이라도 하듯 이리저리 보다가 고개를 끄떡끄떡 두어 번 하더니 마치 개구리가 멀리 뛰기 위해 바짝 엎드린 자세로 두 사람의 상수리를 향해 왼쪽 눈을 지그시 감고 응시하다가 손가락에 힘을 주어 탁 하고 튕기니깐 형의 상수리가 두 사람의 상수리를 향해 빠른 속도로 돌진하더니 정중앙을 보기 좋게 때린다.

단 한 번의 돌팔매질로 두 마리의 날아가는 새를 한꺼번에 떨어뜨린 셈이다. 말하자면 일석이조다. 공진이와 형길이는 감탄이라도 하듯 동시에 "야아!" 하고 입을 딱 벌리더니 다물 줄을 모른다. 형은 두 친구의 놀라는 모습을 보고는 통쾌한 듯 크게 껄껄껄 하고 웃더니 "뉘들 잘 봤지 이렇게 허는 거여." 하며 충고하듯 말한다.

그 다음부터는 공진이와 형길이는 전의를 상실했는지 하는 대로 계속 잃고 만다. 두 친구는 하면 하는 대로 계속 잃으니깐 재미가 없는지 공진이가 하품을 하더니 형과 형길이를 번갈아 보면서 "쪼끔만 쉬었다 허자."고 제의한다. "그려." 하고 두 친구도 함께 동의한다.

재밌게 노는 사이 어느새 점심때가 다 돼가는 지 기둥나무에 떡허니 걸어 놓은 우리 집 시간 알리미 커다란 괘종시계가 둔탁한 소리로 '댕댕댕' 하고 정확히 열두 번을 친다.

형길이가 "아이 배그퍼. 우리 즘슨 먹구 놀자." 하며 배를 만진다. 형이 있다가 "오머니는 워디 가서 안 오시지?" 하며 사방을 두리번거린다. 집안 식구들은 추석이라 모두 밖에 나가고 할머니만 남아 무언가를 하고 계시다가 형의 눈치를 알아차렸는지 "야! 덕호야, 옆집 뉘이 위할먼네 가서 오매 보구 즘슨 먹는다구 밥 차려 달라구 허라. 아마 거기 있을게다." 형은 할머니 말씀이 떨어지기가 무섭게 우리 집과 외가댁을 경계로 삼고 있는 울타리 샛구멍을 잽싸게 통과한다.

조금 있는데 어머니가 형과 함께 달려오시면서 "야! 벌써 그렇게 됐데이!" 하시며 대문간에 들어서자마자 곧바로 부엌으로 향한다. 할머니가 어머니의 일거수일투족을 가만히 지켜보시더니 한 말씀 하신다. "때가 됐으면 애들 배그픈디 밥은 안 차려 주구 워디서 뭘 허다 왔니?" 하시며 나무라신다. 공진이와 형길이도 점심 먹으러 간다고 신발신고 나서면서 형을 쳐다보며 빙긋이 미소를 짓더니 "즘슨 먹구 오후에는 밤치기 허자." 하고 두 사람이 약속이나 한 듯이 동시에 입을 모은다. 두 친구는 이 말 한마디를 남기고는 대문을 나선다.

해는 중천에 떠있고 가을하늘은 구름 한 점 없이 맑고 푸르다. 어디서 날아왔는지 빨간 고추잠자리 한 마리가 장대 끝에 잠시 앉았다가 무슨 이유인지 획 하고 자리를 떴다가 다시 날아와 바로 그 자리를 정확하게 찾아 앉곤 한다.

세 친구는 점심식사를 끝내고 이번엔 아까 약속한대로 밤 치기를 시작했다. 각자는 오전에 따온 밤을 호랑(주머니)에서 주섬주섬 방바닥에 꺼내 놓으면서 공진이가 비장한 어조로 형한테 이렇게 말한다. "덕호 너 아까 상수리 치기헐 때는 니가 다 땄지? 어디 두고 봐라. 이번에 밤 치기헐 때는 내가 싹쓸이헌다." 하니까, 형길이가 이 소리를 듣고 있다가 "야, 너 무섭다야 잘못 건드리면 뼈두 뭇

추릴 것 같다야." 하며 장난기 어린 목소리로 낄낄거리며 웃는다. 이번 밤치기는 아까 오전의 상수리 치기할 때의 상황과는 좀 다른 것 같다. 형은 계속해서 잃고 공진이와 형길이는 하는 대로 따니간 재미있는지 웃느라고 게임을 제대로 진행을 못한다.

내가 옆에서 가만히 지켜보니까 형이 많이 봐주는 것 같다. 말하자면 아까 오전 중에 상수리 치기 할 때의 태도가 아니다. 슬슬 '니들 따먹으려면 따 먹어라'는 식이다. 여기에는 형의 깊은 뜻이 숨어 있음을 두 친구는 깨닫지 못하고 마냥 즐거워하고 있다. 그 깊은 뜻이란 오전에 두 친구의 상수리를 혼자 다 따서 기분을 언짢게 한 것에 대한 일종의 보상이랄까, 대략 그런 것 같다. 게임이 거의 끝나갈 무렵에 놀러 나갔던 누나가 들어왔다.

동생과 동생 친구들이 재있게 놀고 있으니까, 뭘 하며 재미있게 놀고 있나 하고 궁금했던지 "뉘들 뭐 허는디 그렇게 재미있어서 웃구 있냐?" 하며 다가오더니 "뉘들 밤치기 허는구나, 누가 땄데이?" 하면서 세 사람의 무릎 앞을 살피더니 형의 무릎 앞은 허전하고 두 친구의 무릎 앞엔 밤이 많이 놓여있으니까 "다 따구 덕호만 잃었구나." 하고 놀린다.

두 친구는 일제히 누나한테 형을 옹호라도 하듯이 형길이가 나서서 "상수리 치기헐 때는 덕호가 다 땄는디." 하니깐 누나는 이때를 놓칠세라 "덕호는 상수리 내기헐 때는 따구 밤내기 헐 때는 잃구 잘 헌다." 하니까 형은 이때까지 잠자코 있다가 벌컥 화를 낸다. 형은 성격이 불같아서 한번 화를 내면 큰 소리는 기본이고 xx하고 갖은 욕설을 거침없이 쏟아 낸다. 누나는 듣기가 민망해서인지 슬그머니 자리를 뜬다. 누나가 나가고 한동안 방안은 침묵이 가득 흐르다가 형이 자기 때문에 추석 명절 마냥 즐거워야 할 분위기가 망가졌음을 깨닫고 두 친구한테 미안했던지 억지 춘향격으로 웃는 표정을 짓는다.

도대체 웃는 건지 우는 건지 알 수 없는 어색한 표정으로 "뉘들 왜 안허구 가만히 있니?" 하면서 아무 일도 없었던 것처럼 친구들을 둘러보면서 머쓱해진 분위기를 수습해 보려한다. 그러나 한번 망가진 분위기는 손바닥 뒤집듯 그리 쉽게 반전되는 건 아니다. 세 사람은 서로 눈치만 살피더니 이번엔 공진이가 나서서 "밤 치기는 고만 허구 저녁 먹구 또 놀자." 하면서 멀리 바다 건너 흘러가는 구름 한 조각을 망연히 바라본다.

형길이도 공진이의 뜻에 동조한다. "그래 오늘은 고만 허구 이따 밤에 달뜨면 재미있게 놀자." 하며 나는 아무렇지 않다는 듯이 형을 빤히 쳐다보고는 엷게 미소를 짓는다. 형은 미안해서 도저히 못 견디겠다는 듯 뒷머리를 긁적거리며 잘 가라고 대문 밖까지 나갔다가 들어온다.

벌써 날이 저무는 지 가을의 짧은 해가 돌담 밑으로 길게 그림자를 드리운다. 흩어졌던 식구들이 하나 둘씩 모여든다. 삼촌, 고모, 사촌동생 그리고 내 바로 밑에 동생, 어머니는 외가댁에서 언제 오셨는지 부엌에서 저녁밥을 챙기시고 계신다.

저녁 메뉴는 팥과 조를 약간씩 섞은 잡곡밥에다 국은 우리들이 좋아하는 돼지고기국이다. 식구들과 한창 저녁을 먹고 있는데 아까 집에 갔던 공진이와 형길이가 놀자고 찾아왔다. 형은 두 친구를 보더니 "뉘들 밥 먹었니?" 하고 묻는다. 두 사람은 쌍 나팔이라도 부는 양 동시에 "그럼 밥 안 먹구 왔겠냐?" 하고 마치 항의라도 하듯이 퉁명스럽게 말한다. 형과 나는 서둘러 저녁식사를 끝내고 두 친구들과 함께 밖으로 바람같이 뛰어나갔다.

등 너머 동녘 하늘엔 벌써 달이 떠오르고 있는지 훤하게 밝아오기 시작한다. 시간은 오후 6시 반쯤 외가댁 옆 언덕배기 등성을 넘는데 오늘따라 왜 이렇게 어렵고 숨이 차는지 몇 걸음 올라갔다 주르륵하고 미끄러져 내려왔다. 다시 올라가고 하기를 여러 번 반복한 끝에 간신히 언덕에 올라서서 동녘하늘을 바라보니 쟁반같이 둥근 보름달이 옆이네 산 너머에서 빠꿈이 고개를 쳐들고 있다. 우리들은 설레는 마음에 노래를 불렀다.

아가야 나오너라 달마중 가자,
앵두 따다 실에 꿰어 목에다 걸고
검둥개야 너도 가자 냇가로 가자,

달은 산 너머 그 신비로운 자태를 수줍은 듯이 살며시 드러내고 있다. 그야말로 추석 달은 여느 때에 비해서 더 밝고 둥글고 엄청 크게 보인다. 그도 그럴 것이 지금은 환경오염으로 대기권이 탁해 달의 윤곽이 선명하지 않기 때문에 크지도 둥글지도 또한 밝지도 않다.

옛날 우리 유년시절엔 달이 얼마나 둥글고 밝았었던지 대낮 같았다. 달 이야기를 하다 보니 6.25동란 때 있었던 웃지 못 할 에피소드를 동네 어른들을 통해서 들은 바 있어 소개 올릴까 한다.

전투가 한창 치열하던 1950년대 초기 동네사람들 모두가 꼬박 하루를 방공호 속에서 겁을 먹고 숨어 있었는데 밤이 되니까 총소리도, 비행기 소리도 안 들리고 조용해져 "누가 밖에 한번 살며시 나가봐라." 하는 소리에 밖 상황이 궁금하기도 해서 함께 숨어 있던 동네 사람이 조심조심 방공호 출입구 쪽으로 걸어 나가더니 잠시 후에 호랑이에게 쫓기는 사람처럼 황급히 방공호 안으로 달려 들어오면서 "조심해유. 산 너머에서 시방 이 쪽으루 무지무지허게 큰 대포알이 널러 와유." 하고 큰 소리로 외친다.

동네 사람들은 그러잖아도 언제 죽을지 몰라 긴장의 끈을 늦추지 않고 있던 차에 그것도 무지무지하게 큰 대포알이 우리를 향해 날아오고 있다는 청천벽력 같은 소리에 이제 다 죽었구나 하고 서로를 부둥켜안고 울고 있는데 웬일인지 조금 전에 널러 온다는 대포알은 시간적으로 족히 5분 정도는 지난 것 같은데 아무 소리가 들리지 않아 이상하다 생각해서 이젠 몇 사람이 함께 나가 살펴보니 대포알은커녕 새알도 날아오지 않고 건너편 산등성이에 커다란 보름달만 나 보란 듯 둥실 떠 있더란 황당한 전시상황에 있었던 에피소드 한 토막….

구태여 해석하자면 밖에 동정을 살피러 나갔던 동네사람은 불안

하고 긴장했던 탓에 멀쩡한 보름달을 대포알로 착시한 것이다.

옛날 우리 어렸을 적엔 도깨비불이나 귀신이 많았었다. 그도 그럴 것이 그땐 산골 벽지나 도서지방엔 전등이 없어 밤이 되면 온 동네가 암흑천지다. 이렇게 어두컴컴한 밤길을 다닌다는 건 왠지 불안하고 찜찜하다. 이 같은 긴장되고 불안한 마음이 이상하게 생긴 돌 바위나 썩은 고목 같은 것을 귀신으로 오인하는 착시현상을 일으키는 것이다.

달은 대낮 같이 밝다. 그래서 윗동네, 아랫동네 혹은 들녘으로 바닷가로 팔짝팔짝 뛰어다니며 노래도 하고 숨바꼭질도 하며 신나게 놀았다. 쟁반같이 둥글고 커다란 보름달은 구름사이를 지나 서쪽하늘로 말없이 달려간다. 풀벌레도 오늘이 추석인 줄 아는 듯 더 한층 신나게 울어댄다.

귀뚜라미, 여치 등 갖가지 풀벌레들이 대낮같이 밝은 달빛아래 민족의 대명절 한가위를 축복이라도 하듯 열렬히 합주곡을 연주하고 있다. 밤새도록 얼마나 정신없이 뛰어 다녔는지 온 몸이 노근하고 이젠 졸리기까지 하다. 달이 떠 있는 위치로 봐선 12시는 족히 넘어 보인다. 형이 사방을 두리번두리번 살펴보더니 "애들아 우리두 고만 놀구 가서 자자. 다들 자는 것 같다. 저기 저 샘 근너 봐라. 불 다 끄구 자는 것 같잖니." 하며 수복 이네와 생고네 집을 가리킨다.

우리들은 간사지에서 장승백이 언덕을 넘어 구사티를 지나오면서 두 친구들과 헤어지고 형과 나는 우리가 항상 밤이면 무섭게 생각하는 외가댁 옆 언덕길 후미진 곳을 의식하면서 쏜살같이 집으로 걸음아 날 살려라 하고 질풍같이 내달렸다. 대문 안으로 들어서니 안도의 한숨과 함께 등줄기에서 식은땀 한 줄기가 쭉 흘러내린다.

집안은 식구들이 모두 깊은 잠에 묻혔는지 그야말로 죽은 듯이 고요하다. 마당을 지나 마루에 잠시 걸터앉았는데 어디선가 가늣한 인기척이 들리는 것 같다. 우리는 겁이 덜컥 났다. 혹시 귀신이라도 났나 싶어 가만히 들어 보니 뒤뜰에서 들려오는 것 같다.

우리 둘은 작심하고 소리 나는 쪽으로 살금살금 기어가다시피 가 봤다. 장독대 뒤편에 촛불이 하나 켜져 있고 거기에서 무슨 소리가 들려온다. 우리는 바짝 가서 까치발로 살며시 넘겨다보니 어머니가 조그맣게 밥 한 상을 차려놓고 가만가만 무어라 빌고 계신다. 나는 하마터면 "어머니!" 하고 부를 뻔했다. 형은 조용히 하라고 "쉿." 하며 자기 입술에다 손가락을 갖다 댄다.

그리고는 손짓으로 다시 마루로 가자고 한다. 우리 둘은 잘못해서 소리 내어 어머니 기도하시는데 분위기를 망가뜨릴까 봐 살금살금 조심조심 고양이 걸음으로 자리를 떴다. 조금 있는데 드르륵하는 부엌 뒷문이 열리는 소리가 들린다.

어머니께서 기도를 이제 막 끝내시고 상을 들고 부엌으로 들어가시나 보다. 형과 나는 "오머니!" 하고 부르며 부엌으로 들어갔다. 어머니는 우리 둘을 번갈아 보시면서 "뉘들 이때 까지 안 자구 워디서 뭐허다 왔니?" 하고 의아한 표정으로 무르신다. 형은 "친구들

허구 놀다 왔유. 쪼끔 아까 보니께 장광 뒤에서 밥 차려놓고 빌데유, 뭐라구 빌었유?" 하니까 어머니는 "군대 간 뉘 아배 아무 탈 웂이 군대생활 잘 허게 혀달라구 혔구 그리구 우리 식구들 모두 아푸지 말구 근강허게 혀달라구 혔다."

하시며 말을 서둘러 끝내시더니 "야! 덕호야 셍편 먹구 자거라 출출헌디. 아까 즘슨 때 쪄서 부엌 선반 위에다 올려 놨응께 성호랑 갖다 먹어라, 나는 졸려서 자야겠다. 많이 먹지 말구 쪼끔씩만 먹어라 쳰다." 하시며 방으로 들어가신다.

형과 나는 성냥을 가지고 부엌에 들어가서 나는 성냥불을 켜주고 형은 선반 위에 있는 송편을 바구니 채 가지고 나와 마루에 놓고 먹었다. 그 때 송편 속에 넣은 고물은 녹두고물이었다. 출출한 데다 많이 먹을 것 같았지만 몇 개씩 먹으니까 배가 불러 더 이상 못 먹겠다. 우리는 송편 먹는 것을 그만두고 자기로 했다. 그러나 잠은 생각대로 그리 쉽게 오지 않는다. 달이 너무 밝은데다 또 오늘이 지나가면 추석도 가버린다고 생각하니 아쉬움에 도저히 이대로는 잠을 이룰 수가 없다. 참을성 없는 형은 막무가내 졸리다고 그냥 자자고만 한다.

형은 이 말 한마디만 남기고는 잠 속에 묻힌 듯 말이 없다. 시간의 수레바퀴는 어느덧 하루의 끝부분을 숨 가쁘게 지나가고 있다.

오래 전부터 가슴 설레며 손꼽아 기다리던, 생각만 해도 가슴 벅차오르던 추석 명절은 이제 둥근 저 달 속에 색동옷보다도 예쁘게 홍시감보다도 달콤하게 송편보다도 맛있게 조그만 추억들을 점점

이 새겨놓고는 별빛 반짝이는 하늘 저 멀리 아스라이 스러져간다.

　이토록 우리 유년의 추석은 그야말로 낭만의 극치를 달렸다. 그때 나 어린 가슴으로 느꼈던 감동적인 상황들을 아련히 추억하면서 시 한수 적어 본다.

마루 밑에

귀뚜라미

홀로 지새이는 밤

뒤뜰 언덕배기

미루나무 고목 위에

보름 달 하나 걸어놓고

누군가 장독대 뒤편에서

가만가만 읊조리는 소리

까치발로 살며시 넘겨다보니

정 안수 맑은 물에 어리는

어머니 얼굴

풍성했던 어느 가을

한 광주리의 달콤한 추석을 허겁지겁 모두 다 먹고 나니, 더 이상 먹을 추석이 없어 여기저기 살펴보니 어느새 가을이 뒤뜰 언덕배기 숲에서 물씬 익어간다. 간사지 논배미엔 황금물결이 출렁이고 마파람 불어오는 언덕너머 조밭엔 가을 향이 진하다.

올해는 여느 해에 비해서 비교적 풍작인 것 같다. 밭에 가셨던 할머니께서 해 질 무렵에 커다란 호박 한 덩어리를 따가지고 머리에 이고 들어오신다. "야! 설자 오매야, 내일 아침에 후박국 끓여 먹자." 하시면서 마루 위에다 쿵 소리 나게 내려놓으시며 "월마나 무건지 머리 밑이 다 빠질려구 헌다." 아닌 것도 아니라 호박이 무슨 바위 덩어리같이 무식하게도 크다.

어머니는 할머니가 따오신 호박을 보시더니 갑자기 눈을 크게 뜨면서 "무슨 후박이 이렇게 크데유!" 하시며 어머니는 호박을 요리조리 신기한 듯 매만지며 혼잣말로 "워디서 따 왔걸래 이렇게 크다니, 야덜아 내일 아침에 후박국 끓이구 후이(회) 혀먹자." 하시고는 호박을 가슴에 안고 뒤뚱뒤뚱 부엌을 향해 간신히 발걸음을 옮기면서 "이 무거운 걸 워떻게 이구왔데이." 하신다.

어머니는 호박으로 회를 만들기도 하셨다. 특히 애호박으로 많이 만드셨는데 호박을 얇게 썰고, 얇게 썬 호박을 살짝 데친 다음 식초를 치고 갖은 양념으로 버무려 회를 만드시는데 그 맛은 둘이 먹다 하나 죽어도 모를 일품이었다. 추석을 멀리 보내고 나니 제법 조석으로 선들선들한 것이 가을의 한 가운데에 서 있는 듯하다.

마루에 저녁상을 차려놓고 온 식구가 모여앉아 밥을 먹는데 바다건너 원산도 서편하늘에서 기러기 떼가 'ㄱ'자를 그리며 날아온다.

삼촌이 밥 먹다 말고 헛기침을 한 번 하더니 "어머니 우리두 이제 벼 비야 될 것 같데유. 어떤 디는 너무 익어서 그런지 엎쳐가지구 썩을라구 허데유." 할머니께서는 "그렇잖아두 품앗이 꾼들한티 다 얘기 혀놨다. 내일 모리 벼 빈다구." 할머니는 밥 한 공기를 다 드시고 나서 "야! 물점 가지구 와라." 하시며 어머니께 명령하신다. 어머니는 할머니의 명령이 떨어지기가 무섭게 안고 있던 아기를 옆에 누나에게 안겨주더니 재빠르게 신발을 잘잘 끌면서 부엌으로 들어가신다.

벌써 벼 베는 날이 돌아왔다. 삼촌은 아침부터 눈코 뜰 새 없이 바쁘다. 낫 가르랴, 일꾼 챙기랴 삼촌은 방안에 모여앉아 식사하는 일꾼들을 살펴보더니 누군가 빠졌는지 "어! 병국이가 안 보인다.", "야! 덕호야 윗말 가서 병국이 아저씨 보구 빨리 오라구 혀라 일꾼들 다 왔다구." 하신다. 형은 "예." 하더니 책보를 싸다말고 꽁지가 빠지도록 대문 밖으로 달려 나간다. 일꾼들이 안방에 모여 앉아 밥 먹는 걸 보니 나도 모르게 군침이 넘어간다. 꿀꺽하고, 그 때는 밥그릇이 커다란 사발이었다. 요즘 밥그릇에 비하면 3배 이상은 큰 데다 밥그릇 위로 수북이 담아 주었다.

옛날 일꾼들은 그 많은 양의 밥을 다 먹고도 양이 다 안 차 밥을 더 먹는가 하면 누룽지를 숭늉 대접으로 한 대접씩 더 먹기도 했다. 그 때는 밥 많이 먹는 사람이 일 잘한다고 밥 많이 먹는 사람을 선호했다.

할머니께서는 농번기 때는 으레 일꾼 대접한다고 안방 아랫목에다가 콩나물시루를 다라에다 앉혀 놓고 콩나물을 기르셨다. 그 콩나물은 무공해 콩나물이면서 너무 세지 않은 적당히 자란 상태에서 뽑아 그걸로 콩나물국을 끓이면 약간 비릿한 냄새가 나지만 고춧가루와 젓국을 치면 그 감칠맛은 아마 이 지구촌 그 어디서도 찾아보기 힘들 것이다. 그리고 또한 농사철엔 일꾼들의 구미를 사로잡는 쌀로 빚은 농주를 빼 놓을 수 없다. 이 또한 할머니의 정성 아래 빚어진 고급주다.

옛날 시골에서는 요즘과 달리 막걸리를 팔지 않았다. 왜냐하면 그땐 식량사정 때문에 정부가 법으로 금지하고 있었기 때문이다. 그래서 시골에서는 몰래 밀주를 빚어먹었다. 술밥을 쪄서 누룩과 섞은 다음 술독에다 물을 붓고 아랫목에다 담요로 싸서 묻어 놓고 얼마 있으면 술 익는 냄새가 온 동내에 진동했다. 아니 그 냄새만 맡아도 절로 취기가 올랐다. 잠깐 밀주 이야기가 나와서 그 시절에 있었던 에피소드 한 토막….

전장에서도 언급했듯이 아낙들이 샘으로 물 길러 다닐 때 주로 물동이를 이고 다녔다. 어느 날 세무서에서 갑자기 밀주 조사하러 나왔다는 다급한 동네사람의 연락을 받은 아주머니 한 분이 순식간에 당한일이라 어찌할 바를 몰라 허둥대다 아이디어를 하나 짜냈다. 물동이에다 술을 담아가지고 물 길러 가는 척 대문 밖을 나섰다.

마침 집안으로 들이닥치는 세무서 직원과 마주쳤다. 그러나 그 아낙은 조금도 긴장하거나 당황하지 않고 세무서 직원이 보는 앞에서 보란 듯이 실제 물 길러가는 것처럼 태연자약했다. 세무서 직원은 추호도 의아심을 품지 않았고 마치 영화 속 한 장면처럼 그렇게 두 사람은 아무 일도 없었던 것처럼 유유히 스쳐 지나간다. 아낙의 기발한 아이디어가 빛을 발하는 순간이다.

우리가 사는 세상은 사람도 많지만 갖가지 사연 또한 많다. 이렇게 순간적인 위기를 모면하는 아낙의 기교 넘치는 착상과 순발력은 오늘날 대한민국 여성들의 진정한 자화상이 아닐는지….

할머니께서 가을철 추수 준비로 빚은 텁텁한 농주와 빨갛게 고춧가루를 푼 콩나물국은 그야말로 보기만 해도 절로 침이 넘어 갈 정도다. 요즘 서울에서 먹는 막걸리나 콩나물국 맛은 옛날에 비하면 하늘과 땅차이다. 그만큼 세상인심이 박해졌다는 것을 입증하는 셈이다. 일꾼들은 밥과 술로 가득 배를 채운 다음 잠시 담배 한 대씩 피우며 휴식을 취하고는 일터로 나간다.

누나, 형 그리고 나도 함께 따라나섰다. 왜 학교는 안가고 일꾼들을 따라나섰느냐? 농번기 때는 일손이 부족해서 사람이 있으면 있는 대로 필요 하기 때문이다. 그래서 궁여지책 끝에 추수하는 날을 일요일로 택일한 것이다. 우리들이 해야 할 일은 어른들이 볏단을 묶어 논바닥에 놓으면 그것을 하나씩 논둑에다 쭉 날라다 놓는 일이다.

간사지 논배미에 나오니 항상 학교를 오가며 봤지만 오늘따라 농사가 퍽 잘된 것 같다. 그야말로 황금벌판이다. 하늘은 구름 한 점 없이 맑고 청명하다. 메뚜기가 얼마나 많은지 포기마다 다닥다닥 붙어 있다가 일꾼들이 낫질 한 번씩 할 때마다 수십 마리의 메뚜기 떼가 후르르 하고 날아오른다.

제일 먼저 베는 논은 큰 샘 밑에 있는 논 중에 제일 큰 논이다. 윗말 할아버지네 논 쪽에서 뜸부기 울음소리가 들려온다.

'뜸북뜸북 뜸뜸뜸~'

뜸부기가 뜸북뜸북하다가 왜 뜸뜸뜸하고 우느냐? 뜸부기는 대개 논에서 우는데 고개를 꼿꼿이 세우고 울 때는 뜸북뜸북 하지만 고개를 숙이고 울 때는 뜸뜸뜸 소리를 낸다.

조용한 가운데 뜸부기 울음소리는 더 한층 선명하고 우렁차다. 우린 초등학교 다닐 때 대중가요는 유행가라고 하여 부르지 못하게 한 까닭에 주로 동요를 많이 불렀다. 특히 가을철에 들녘에 나오면 논에서 뜸부기가 뜸북뜸북하고 울면 뜸부기 울음소리에 맞춰 다음과 같은 노래를 불렀다.

뜸북뜸북 뜸북새 논에서 울고

뻐꾹뻐꾹 뻐꾹새 숲에서 울 때

우리오빠 말 타고 서울 가시며

비단구두 사가지고 오신다더니.

논에 물이 고여 있는 까닭에 발이 푹푹 빠진다. 그러니깐 더 힘이 들고 일이 더디다. 무언가 미끄덩하고 발에 밟혀 깜짝 놀라 살펴보니 미꾸라지 한 마리가 혼비백산하여 줄행랑을 친다. 일꾼들은 파란 가을 하늘아래 황금빛 들녘에서 노래도 부르고 재미있는 이야기도 하면서 논배미 이쪽에서 저쪽 끝을 향해 그 싱그럽고 옹골차게 잘 여문 벼를 베어 한 단 한 단 묶어가며 열심히 벼 수확을 돕는다.

이따금씩 저 멀리 남쪽 수수밭 언덕너머에서 마파람이 불어와 얼굴을 스칠 때 마다 감미롭게 익어가는 곡향이 그윽하다. 우리들은 그 푹푹 빠지는 논 구덩이에서 내 키보다도 더 큰 볏단을 힘겹게 한 단 한 단 논둑에 끌어 올리다 보니 몰골이 말이 아니다. 옷은 물론 온 몸에다 흙은 있는 대로 다 바르고 그것도 모자라 얼굴까지 맥질을 한 상태다.

만일 어머니가 우리들이 하고 있는 몰골을 보셨다면 하하 웃으시며 "저 꼴에다 깡통하나 들려주면 누가 봐두 천상 그지라구 허겠다. 그것두 그지그지 상 그지." 우리들은 서로를 쳐다보며 하고 있는 모습들이 웃겨서 깔깔대고 웃었다. 한참을 그렇게 열심히 일들을 하고

있는데 멍데기 최순정 아저씨가 볼 묵은 목소리로 "이 집은 쉴참(새
참)두 안주나? 배그푼다…" 하고 불평불만을 털어 놓는다.

그 말이 끝나기 무섭게 장승백이에서 누군가 무엇을 이고 넘어
오는 사람이 있었다. 점점 거리가 좁혀지면서 정체가 확연히 드러
난다. 어머니다. 어머니!

어머니가 일꾼들 일하는데 시장할까봐 새참을 머리에 이고 가파
른 장승백이 언덕을 넘어 좁디좁은 논둑길 따라 이리로 오고 계신
다. 어머니임을 확인한 일꾼 중에 누군가 "옛말에 후렝이두 제말허
면 온다구 하더니." 한다. 어머니가 바짝 다가오니까 "얘들아 쉴참
먹자." 하면서 벼 베다 말고 낫자루를 던지듯이 놓고는 모두가 "와
~" 하고 모여든다. 새참꾸러미를 풀어보니 개떡과 텁텁한 농주와
고춧가루를 빨갛게 푼 콩나물국이다.

일꾼들은 흙 묻은 손을 논물에 대충 씻고는 개떡은 안중에도 없고 막걸리에 먼저 손이 간다. 우리들은 개떡 하나씩을 집어 들었다. 개떡에는 검은 콩이 드문드문 들어있고 솥에서 갓 쪄 나온 듯 산뜻한 가을 햇살에 찰기가 자르르 흐른다. 보기 좋은 떡이 먹기도 좋다고 역시 쫄깃쫄깃한 것이 감칠맛 난다.

이렇게 청명한 가을날 들녘에 나와 많은 사람들과 맛있는 음식을 먹으니 소풍 온 기분이다. 일꾼들은 얼큰한 콩나물국에다 농주 한 잔씩을 들고 나더니 알딸딸한 것이 마냥 기분이 좋은가 보다. 아까 보다 벼 베는 속도가 더 빠른 것 같다. 처음 시작할 때 아득하기만 했던 저편 논 끝이 벌써 완연히 보이기 시작한다. 갑자기 어디서 나타났는지 논 한복판에 뜸부기 새끼 한 마리가 삑삑거리며 어미를 찾는다.

형은 뜸부기 새끼를 보더니 잡아다 키운다고 뜸부기 새끼가 눈치 채지 못하게 뒤로 살금살금 다가가서 막 잡으려는데 너무 흥분한 나머지 날개 쪽을 잡는 다는 것이 꼬리를 잡는 바람에 그만 놓치고 말았다.

뜻밖에 사람의 공격을 받은 뜸부기 새끼는 갑자기 웬 청천벽력인가 싶어 걸음아 날 살려라 하고 줄행랑을 친다.

지금까지 숨죽이며 이 광경을 지켜보고 있던 일꾼들이 "와~" 하고 간사지가 떠나갈 듯이 우렁차게 함성을 지르며 "야~덕호야! 빨리 달려가 잡어. 벼 안빈 논으루 들어가면 못 잡어." 응원인 듯 농인 듯 이렇게 말을 끝내자마자, 간사지 가을 들녘은 한바탕 웃음바다로 돌변한다.

뜸부기 새끼는 사람들의 요란한 함성소리와 웃음소리에 혼비백산하여 더 한층 필사적으로 달아난다. 나는 아까 둘이 가면 뜸부기 새끼가 눈치 채기 쉽다고 해서 형과 함께 가지 못했는데 이젠 상황이 달라져 나도 형을 거든다고 뜸부기 새끼를 향해 달려 나갔다.

그러나 달려 나온 용기까지는 좋았지만 논이 워낙 푹푹 빠지는 터라, 쉽게 기진해서 필사적으로 달아나는 뜸부기 새끼를 따라잡기에는 역부족이다. 잡힐 듯 잡힐 듯 잡히지 않는 뜸부기 새끼! 간발의 차이에서 놓치곤 하다가 결국 벼를 아직 안 벤 논으로 도망치는 바람에 아쉽게도 닭 쫓던 개 지붕 쳐다보는 꼴이 되고 말았다.

우린 둘이서 허탈한 마음 금할 수 없어 뜸부기 새끼가 달아난 논을 한동안 멍하니 바라보고 서 있는데 삼촌이 뒤에서 한다는 말씀 "죽은 자식 부랄 만지면 뭣 헌다니? 그만 잊어버리구 빨리 이리 와서 벼토매나 날러라." 우리들은 볏단을 나르면서 자꾸만 뜸부기 새끼 달아난 쪽을 쳐다보곤 하였다.

벼를 다 베고 나니 이젠 고구마를 캘 차례다. 그 때 우린 고구마를 갈밭 위에 있는 술등 밭에다 통째로 다 심었다. 할머니께서는 지혜가 깊으신 분이라 한 해 한 해 번갈아 가면서 목화도 심었다가 땅콩도 심고 그 다음 해는 고구마를 심기도 하였다. 왜냐하면 같은 작물을 여러 해 반복해서 심으면 수확량이 줄어든다는 것이다.

그래서 올해는 술등 밭에 고구마를 심었다.

도대체 몇 두둑인가 세어보니 장장 47두둑이나 된다. 술등 밭은 폭이 약 50미터에 길이는 150미터쯤 된다. 토양은 흙과 모래가 1:2 정도로 모래밭이나 다름없다. 올해는 거기에다 고구마를 통째로 다 심은 것이다. 왜 그렇게 고구마를 많이 심었느냐? 그 땐 보릿고개를 경험한지 몇 년 되지 않아 혹여 내년에도 비가 안와 농사를 못 지을까봐서다. 그리고 벼농사를 안 짓는 집은 양식이 항상 모자라 부족분을 고구마로 충당했다.

그 땐 고구마를 감자라고 했다. 그리고 감자는 '북감자', 즉 원산지가 북쪽이란 뜻이며, 하지 때 캔다고 하여 '하지감자'라고도 하였다. 고구마도 원산지를 본 따 '남감자'라고 하였다. 즉 남쪽나라에서 건너온 감자, 이 같은 남감자인 고구마를 온 집안 식구가 총 출동해서 아침부터 캐고 있는 것이다.

고구마 캐는 날도 벼 베는 날과 같이 일요일을 택했다. 파란가을 하늘엔 하얀 뭉게구름이 군데군데 몇 덩어리씩 산봉우리에 둥실 떠있고 바람은 잔잔하다 못해 아예 잎사귀 하나 흔들리지 않는다.

식구가 많다보니 각자 하는 일을 분담했다. 삼촌과 형은 낫으로 넝쿨을 쳐내고 할머니, 어머니, 고모 그리고 누나는 호미로 고구마를 캐고 나와 동생들은 캐놓은 고구마를 한 군데다 집결시키는 일을 했다.

고구마 밑이 여느 해에 비해서 무척 잘 들은 것 같다. 쩍쩍 갈라진 두둑에서 고구마 순을 잡고 잡아당기면 거짓말 약간 보태서 토끼만한 고구마들이 주렁주렁 매달려 나온다.

고구마 종자는 흰 고구마와 약간 자줏빛이 돋은 멍청이 고구마가 있다. 멍청이 고구마란 맛도 없는 것이 멍청하게 크기만 하다고 해서 붙여진 이름이다. 왜 맛도 없는 고구마를 심었느냐? 그 때는 없이 살 때라 질보다는 양을 우선했기 때문이다. 그러나 흰 고구마는 물을 솥에다 자질자질하게 붓고 찌면 하얀 속살이 마치 찐 밤처럼 타박타박하니 감칠맛이 난다. 그러나 아무리 흰 고구마라 해도 어떤 토양에서 경작했느냐에 따라 맛이 달라진다.

그 많은 식구들이 총 출동해서 아침부터 점심 가까이 쉬지도 안고 캤지만 아직 3분의 1도 못 캔것 같다. 누나는 힘들고 지겨웠는지, "인저 몇 구랑 남았나?" 하며 일하다 말고 자꾸만 세어본다.

동생들과 나는 고구마를 나르면서 고구마를 깍지도 안고 잔디에다 대충 비벼가지고 얼마나 먹어댔는지 입안이 다 깔깔하다. 저만치서 어머니가 우리들을 부르는 소리가 들린다. 우리들은 달리기 시합이라도 하듯 손짓하시는 어머니한테 득달같이 달려가 봤다. 어머니는 노랗게 익은 쥐방울과 깨꼴 그리고 깜북 등을 밭이랑에다 수북이 따 놓고는 먹으라고 하신다. 누나와 형을 찾아보니 누나와 형도 우리들을 쳐다보면서 우리 보다 먼저 먹고 있었다. 아니 전 식구가 가을 풀 열매로 잔치를 하고 있다고 해야 하나.

지난여름에 어른들이 밭 매면서 돌려놓은 쥐방울 넝쿨과 깨꼴 나무들이 그동안 열매를 맺고 가을이 되어 무르익은 것이다. 별안간 '오오~' 하는 굉음이 학교에서 울려 퍼진다. 벌써 정오가 다 되었나 보다 전에도 익히 언급했지만 옛날에는 부잣집 빼놓고는 집집마다 시계가 거의 없었다. 이 때문에 들녘에서 일하고 있는 마을주민들에게 시간을 알려주기 위해 정오가 되면 우리가 말하는 오포, 즉 사이렌을 크게 울려주었다. 그리고 종도 좀 더 크게 쳤다. 아동뿐만 아니라 마을주민 까지도 듣고 지금 몇 시쯤 됐는지 헤아리라고. 사이렌 소리는 파란하늘을 나르는 비행기처럼 가느다란 흔적을 길게 남기고 허공 속으로 가물가물 스러져 간다.

사이렌 소리가 우리들 귓전에서 아득히 멀어지자 할머니께서 "얘들아 일어서라. 즘슨 먹으러가자. 저기 봐라. 저 사람들도 오포소리 듣구 다 내려오잖니." 하시며 건너편을 가리키며 말씀하신다. 전 식구는 할머니의 명령에 따라 일사불란하게 움직인다.

점심을 먹고 다시 일을 하려니 오전에 얼마나 열심히 했던지 노근한 것이 일이 손에 잘 안 잡힌다. 누나는 점심 먹고 와서 다시 또 "인저 몇 구랑 남었나?" 하더니 한 구랑, 두 구랑 하면서 세어본다.

술등 밭은 우리 밭 중에서 제일 길다. 장장 무려 150미터 그래서인지 아무리 열심히 해도 전체에서 보면 빙산의 일각이다. 그래서 며칠을 두고 여기에서 캐낸 고구마가 무려 35가마나 되었다. 이 정도면 아무리 가뭄이 들어 보릿고개가 다시 온다 해도 끄떡없다.

벌써 해가 저문다. 경두네 산이 가로막아서 해가 딴 데에 비해 일찍 저문다. 해가 지면서 선들선들 바람이 일기 시작한다. 하루 종일 묵묵히 서 있던 갈대밭의 갈잎들이 흔들거리며 노래를 부른다.

엄마야 누나야 강변 살자

뜰에는 반짝이는 금모래 빛

뒷문 밖에는 갈잎의 노래

엄마야 누나야 강변 살자.

이제 지루하기만 하던 고구마 캐는 작업이 종언을 고하는 순간이다. 집에 들어와 보니 날라다 쌓아 놓은 고구마가 그야말로 산더미 같다.

안 먹어도 배부른 것 같다. 이 많은 것을 다 어디다 쌓아 놔야 하며, 앞으로 들녘에 있는 쥐떼들이 추수가 다 끝나면 집으로 몰려올 텐데 그 많은 쥐떼들은 다 어떻게 감당할 건지 걱정이 앞선다. 우선 고구마를 가마니에 담아 일부는 광속에 쌓고 일부는 방마다 나눠 쌓고 나머지 일부는 커다란 항아리에 담아 부엌 한 켠에 세워 놨다. 이 같은 고구마 갈무리 작업을 하는데 소요된 시간은 무려 일주일이 걸렸다.

그 동안 논둑에 세워 놓은 볏갈이가 다 말라 이제 타작을 해야 한다. 삼촌은 할머니께 내일모레 벼 바심한다고 고하고는 타작준비에 여념이 없다. 그 때는 논이 많아 하루에 다 못하고 사흘 걸려서 했다. 그래서 사흘 동안 소요되는 경비를 마련해서 일꾼들을 얻었는데 품삯을 곡식으로 원하면 곡식으로 주기도 했다.

삼촌은 작년 가을 벼 바심이 끝나고 일 년 내내 옆 마루에다 세워놨던, 우리가 '호롱개'라고 부르는 탈곡기를 마루 위에서 내려놓고 점검을 한다.

　할머니께서는 틈틈이 짜 놓은 가마니를 큰 광에서 꺼내 놓고는 숫자를 헤아려 본다. 이제 모든 준비는 마무리 단계이다. 오늘이 지나가면 내일엔 벼 타작을 하게 된다. 수확량이 과연 몇 섬이나 될지 자못 기대된다. 여느 해에 비해서 풍년이 들었기 때문이다.

　늦가을의 짧은 해는 바다 건너 저 멀리 산봉우리에 갸우뚱하고, 저녁노을은 울 너머 외가댁 감보다 더 붉게 탄다. 어머니가 부엌에서 저녁상을 내오시면서 "오머니 진지 잡슈." 하시고는 마루에다 내려놓는다. 할머니는 삼촌을 쳐다보시며 "얘야, 고만 허자. 이만허면 거운 다 된 것 같다. 부족헌 거 있으면 내일 식전에 일찍 일어나서 허자." 하시며 부엌에서 물 한 바가지를 떠다 씻고는 밥상머리에 사뿐히 앉으신다. 그렇게 하루는 벼 바심(타작) 준비하느라 눈코 뜰 새 없이 지나갔다. 그 이튼 날 식구들은 꼭두새벽부터 일어나 부산스레 움직인다.

　아직 어둠이 채 가시지 않았는데 삼촌은 외양간에 들어가 소를 끌고 밖으로 나온다. 산에다 소를 매러 간다고 하면서. 할머니는 일꾼들한테 대접한다고 안방 아랫목에 신주 단지 모시듯 모셔놓은 술독에서 막걸리를 퍼내어 체에다 거르는 작업을 하시고, 고모들은 할머니 옆에서 콩나물을 다듬는다. 어머니는 부엌에서 일꾼들한테 대접할 아침식사 준비가 한창이다.

　누가 보면 이 집은 큰 잔치 준비나 하는 것처럼 착각할 정도로 부산스럽다. 시간이 됐는지 일꾼들이 하나 둘 대문 안으로 들어선다. 대문 안으로 들어서면서 멍데기 창식이 아저씨가 "뉘이 삼촌은 워디 갔나 안 보인다." 하고는 집안을 두리번두리번 살핀다. 조금 있는데 삼촌이 들어오면서 할머니와 눈이 마주쳤다. "야! 너는 이 바쁜 때 일꾼들 오는디 일꾼은 안 받구 워디서 뭐허구 인저 오니?" 하고 삼촌을 꾸짖는다.

삼촌은 씩씩거리며 "산으로 일찍 소 매러 갔다가 오면서 보니께 벼가리가 논바닥에 쓰러져 있길래 일켜 세우고 오느라구 늦었유." 한다. "어서 밥 먹구 일꾼들 데리구 나가거라. 일꾼들 벌써 와서 밥 먹구 있다." 식사를 끝낸 일꾼들은 반주로 막걸리를 한 잔들 하셨는지 얼굴이 붉게 홍조를 띄고 있다.

나는 동생들 하고 일꾼들 따라 볏단을 싸놓은 간사지 할아버지 댁 마당에 나가보니 어느새 삼촌이 마당도 깔끔하게 쓸어놓고 호롱계(탈곡기)도 갖다 놓았다. 일꾼들은 일 시작하기 전에 담배 한 대씩 태우고 나서 호롱계 옆에다 볏단을 싸놓고는 시험 삼아 호롱계를 한번 힘껏 굴러본다.

'호롱와룽, 호롱와룽' 하고 요란한 호롱계 회전음이 조용하기만 하던 간사지 들녘을 혼란의 도가니 속으로 몰아넣는다. 연속해서 일꾼들은 볏짚을 한 주먹씩 쥐고 호롱계에 갖다 대고는 호롱계가 부서지도록 인정사정없이 굴러댄다. 일꾼들은 신이 났나 보다. 농주 한 잔씩 얼큰하게 했겠다, 10대 후반의 젊은 혈기 왕성한 마을 청년들의 그 때 당시의 기력은 80kg짜리 쌀 한가마니도 번쩍 번쩍 메고 다녔다. 이 같은 장사들이 그것도 둘이서 힘껏 굴러댔다면 그 소리는 가히 짐작할 만하다.

그 때는 섬마을에 기계 종류란 거의 찾아 볼 수가 없었고 우리 호롱계(탈곡기)가 유일했다. 그래서 우리 호롱계만 보면 신기해서 가던 걸음 멈추고 한 번씩 더 쳐다보고 만져보곤 했다. 우리 호롱계는 표준말로 탈곡기인데 발로 구를 때 '호롱호롱' 한다고 해서 붙여진 이름이다.

그리고 이 호롱계는 우리 집 기둥나무에 걸어 놓은 커다란 괘종시계와 더불어 5대째 물려받은 가보이다. 우리 할아버지 살아계실 때 할아버지께서 호롱계는 형한테 주고 시계는 사촌동생한테 주신다고 하셨는데…. 한참을 그렇게 정신없이 굴러대니깐 벼 낱알들이 조그만 동산을 이룬다. 할머니께서는 기분이 좋으신지 연신 싱글벙글하시며 흩어져 있는 벼 낱알들을 당그레로 끌어 모은다.

일꾼들은 흙먼지를 뒤집어써서 그런지 뽀얀 얼굴에 눈만 빤작빤작한다. 일 시작한지 약 두 시간 반쯤 됐는데 보배 고모가 장승백이 넘어 오전 새참을 이고 왔다. 보자기를 풀어보니 농주와 잔치국수 그리고 새콤한 무김치가 구미를 당긴다. 일꾼들은 마침 시장기가 발동했던지 국수와 농주를 보자마자 누가 뺏어 먹을세라 우구적우구적 게걸스럽게 먹어댄다. 나와 사촌동생이 일꾼들 새참 먹는 걸 부러운 듯 물끄러미 쳐다보고 있으니깐 동네 아저씨 한 분이 먹음직스럽게 생긴 뽀얀 농주 한 잔을 주전자에서 따르더니 우리를 슬쩍 쳐다보고 빙긋이 웃으면서 "뉘덜두 한 잔 헐레?" 한다. 그 아저씨는 평소에도 장난기가 많아 또 장난을 치나보다 하고는 우리들은 한사코 못 먹는다고 고개를 좌우로 흔들었다.

그럴수록 아저씨는 우리들을 더 한층 꼬셔댄다. 아저씨 속내를 들여다보자면 요놈들한테 술 먹이면 과연 어떤 행동을 할까 하는 궁금증, 바로 그것이다. 이 같은 상상을 하면서 어른들이 마시는 것만 봤지 생전 마셔 보지도 않은 술을 마시라고 갖은 감언이설로 끊임없이 귀찮을 정도로 꼬셔댄다.

열 번 찍어 안 넘어가는 나무 없다고, 결국은 우리가 항복하고 말았다. "좋다." "맛있다." "술 마시면 짜릿한 것이 홍콩도 가고 미국도 가보고 너무 좋다." "뉘들 홍콩이나 미국 가봤어? 술 한번 마셔봐라. 홍콩두 미국두 단방에 가지." 이렇게 계속해서 해대니간 세뇌가 돼서 그런지 진짜 그런 것 같기도 해서 "그럼 한번 줘 봐유." 하니간 아저씨는 때는 요때다 하고 속으로 쾌재를 부르면서 행여 늦게 주면 그 사이 마음 변할까봐 말 떨어지기가 무섭게 재빨리 주전자를 들고 대접에다 막걸리를 가득 넘치도록 한 잔씩 따라준다.

철모르는 우리들은 호기심이 발동해서 처음엔 혀만 대고 살짝 맛만 봤다. 그냥 쓰지는 않아서 대충 먹을 만하다. 맛을 보고나니까, 이번에는 "맛이 어떻데? 맛이 괜찮지? 먹을만 허지? 그지?" 하면서 숨 쉴 겨를 없이 몰아 부친다. 옆에 앉아 우리의 일거수일투족을 잠자코 지켜보고만 있던 동네 아저씨가 재미있는지 한수 거든다. "뉘들 둘 중에 누가 더 잘 먹나 한 번 보자." 하면서 경쟁을 붙인다. 우린 서로 지지 않으려고 마구 마셔댔다. 처음 몇 모금 마셨을 땐 별로인 것 같았었는데 절반쯤 마신 이후부턴 알딸딸한 것이 취기가 오르는 것 같다. 얼굴이 화끈거리고 세상 모든 것들이 빙글빙글 도는 것 같다. 하늘도 돌고, 땅도 돌고, 사람도 돌고 그야말로 안도는 것이 없다.

난생 처음 술을 마시고 취중을 경험하는 순간이다. 갑자기 소변이 마려워 뒷간을 가려고 일어서려니까 나도 모르게 비틀거려지고 좀처럼 몸을 가눌 수가 없다. 일꾼들은 우리들이 비틀거리고 자꾸 쓰러지고 하니까 동네가 떠나갈 듯 한 바탕 웃어댄다.

조금 전까지만 해도 없던 삼촌이 어디서 왔는지 "쟤들 왜 그런다니?" 하면서 일꾼들한테 묻는다. 일꾼 가운데 한 사람이 나서서 "저 사람이 장난하느라구 애들한테 술 먹여서 시방 술 취해가지구 그려." 하면서 손가락으로 아까 술 마시게 한 동네 아저씨를 가리킨다. 그 말을 듣고 삼촌은 "어린 애들한테 장난할게 따로 있지 술을 먹이면 되나." 하면서 몹시 기분 나쁜 어조로 나무란다.

벼 바심은 그렇게 연 3일 동안 계속되었다. 하루의 작업이 끝나면 일꾼들은 마당에 쌓아 놨던 벼 낟알들을 가래로 떠서 하늘 높이 던져 올린다. 말하자면 벼에서 먼지를 털어내는 작업이다.

바람이 없는 날은 벼 낟알들이 하늘 높이 올라갔다, 그냥 내려오지만 바람이 부는 날은 가래로 듬뿍 떠서 냅다 하늘 높이 올리면 푸석하면서 벼 낟알과 먼지가 분리되어 싱그럽고 톡톡 잘 여문 벼 낟알들은 바심마당에 수북이 떨어져 쌓이고 먼지는 바람결에 흩어져 허공 속으로 사라진다. 벼 바심이 끝나는 오늘은 저녁 때쯤 되니까 슬슬 바람이 일기 시작하더니 시간이 갈수록 나뭇잎이 날릴 정도로 제법 불어온다.

일꾼들은 순간 일제히 "와!" 하고 환호성을 토해낸다. 가뜩이나 먼지투성인 벼를 그냥 가마니에 담을 수는 없고 해서 은근히 걱정들을 했는데 바람이란 구세주가 갑자기 나타난 것이다. 가을의 짧은 해는 어느덧 산그늘을 길게 만들어 간사지 들녘을 짙게 덮고 있다. 할머니께서는 삼촌을 불러 더 어두워지기 전에 빨리 서둘러 끝내고 들어가자고 독려 하신다.

일꾼들은 저마다 가지고 온 지게에다 벼 두 가마씩을 지고 들어간다. 벼 가마니는 큰 광에 다 채우고도 남아서 일부는 방에도 놓고, 일부는 마루에 놓기도 했다. 얼마 전에 밭에서 캐온 고구마와 벼 가마니가 온 집안에 가득하니 흉년 때 배곯았던 악몽이 새삼 주마등처럼 스쳐간다. 가을 거지는 이제 다 끝났는데 걱정거리가 하나 남아있다.

쥐 이야기

이제 남은 걱정은 다름 아닌 쥐떼들이다. 쥐떼들로부터 우리의 생명과도 같은 소중한 곡식을 지켜야 하기 때문이다. 전에는 섬에 얼마나 쥐가 많았었는지 지나친 표현 같지만 흡사 개미떼 같이 우글거렸다. 여기서도 '찍찍', 저기서도 '찍찍', 푸석푸석 방에서도, 부엌에서도, 광에서도, 헛간에서도 심지어는 뒷간(화장실)에서도…. 논이나 밭은 더 말할 것 없고, 그야말로 쥐의 왕국이었다.

그 때 당시 정부에서는 쥐와의 전쟁을 선포하고 쥐약을 집집마다 무상으로 배포했다. 하지만 그것도 한순간 반짝, 일부는 잡았지만 그것은 빙산의 일각이다. 왜냐하면 쥐가 얼마나 명석한지 처음에는 멋모르고 당했지만 자기 동료가 쥐약을 먹고 죽어가는 것을 지켜 본 후에는 먼저 냄새를 맡아보고 좀 이상하다는 낌새만 알아채면 먹지 않고 그냥 지나친다. 거기에다 쥐의 번식력이 얼마나 강했는지 그 당시 과학 수준으로는 속수무책이었다고 할 수 있다. 그냥 먹든 안 먹든 쥐약도 놓고 쥐덫도 만들어 놓고 보이는 대로 때려잡는 수밖에 별 도리가 없었다.

　학교에서도 아동들에게 의무적으로 일주일에 열 마리씩 쥐를 잡
아오도록 했고 쥐 자체 대신 그것을 확인하기 위해서 쥐꼬리를 잘
라오도록 했다. 우리들도 하교만 하면 쥐 잡는 데 매일 혈안이 되
어 있었다.

　특히 가을 추수가 끝나면 쥐는 더욱 창궐한다. 우리들은 달 밝
은 밤이면 몽둥이를 하나씩 들고 동네를 배회하면서 쥐를 잡았다.
특히 들녘에 나가면 쥐 잡는 재미가 쏠쏠하다. 먼저 논둑을 지나
다 보면 여기 저기 쥐구멍이 숭숭 뚫어져 있다. 쥐라는 놈은 영특
해서 구멍을 하나만 뚫어 놓지 않는다. 왜냐하면 만일을 대비해서

다. 천적이 침입하면 밖으로 탈출하거나 잠복하기 위한 그들 나름의 방책이다. 그리고 천적에 쫓기어 구멍 속에 들어갔을 때 도대체 어느 구멍에 들어갔는지 알 수 없게 하기 위한 위장전술의 하나이기도 하다. 그리고 또 하나 덧붙인다면 구멍 속에 쌓아 둔 식량이 부패되지 않도록 하기 위한 통풍장치이기도 하다. 이토록 다기능, 다목적으로 구멍을 여러 개 뚫어 놓는다. 그러나 쥐가 제아무리 영특하고 기민하다 해도 인간 앞에서는 한낱 우리의 소중한 곡식을 훔쳐 먹는 도둑이며, 인간과는 게임도 안 되는 작은 미물일 뿐이다. 그리고 지독한 페스트균을 옮기는 매개체이도 하다.

논둑 쥐구멍에 있는 쥐를 잡으려면 인원이 최소한 3명은 있어야 한다. 왜냐하면 1명은 양동이로 쥐구멍에 물을 퍼 붓고 2명은 좌우로 몽둥이를 들고 서 있어야 하기 때문이다. 일단 쥐구멍을 찾으면 맨 처음 파고들어간 원 구멍과 곁 구멍을 확인한다. 만반의 준비가 끝나면 두 사람은 몽둥이를 들고 곁 구멍을 응시하며 서 있다가 원 구멍에 물을 퍼부으면 쥐가 곁 구멍 쪽으로 이동해 탈출한다. 쥐는 이때를 놓치지 말고 때려잡아야 한다.

이 때 몽둥이를 들고 있는 사람이 쥐구멍을 너무 빤히 들여다보고 있으면 안 된다. 왜냐하면 쥐라는 놈이 생각하기를 시방 장마철도 아니고 어디 둑이 터진 것도 아닐 텐데 웬 '아닌 밤중에 홍두깨'인가 싶어 황급히 밖으로 튀어 나가려다 원래 쥐는 조심성이 많은 동물이라 밖의 동정을 먼저 살핀 연후에 탈출하기 때문에 쥐와 시선이 마주치면 나오려다 다시 들어간다.

한번 들어간 쥐는 좀처럼 나올 생각을 안 한다. 왜냐? 그거야 물어보나마나 뻔하지 않수? 나오면 바로 황천길인데! 쥐가 골 비었유? 그러나 참는 것도 한계가 있다고 계속해서 물을 퍼 부으면 참다못한 쥐는 이젠 뒤도 돌아볼 것 없이 죽을힘을 다해 걸음아 날 살려라 하고 줄행랑을 친다. 이렇게 되면 쥐를 놓칠 가능성이 높다. 그러니깐 쥐구멍을 정면으로 보지 말고 측면에서 지켜보고 서 있다가 나오는 즉시 때려잡아야 한다.

우리들 몽둥이에 한번 걸려든 쥐는 그 자리에서 묵사발이 된다. "이 쌍눔의 쥐새끼야! 무더운 여름철에 눈 찔러가면서 논 맬 때 논 한번 매줘 봤어? 비료라도 줘 봤어? 피사리할 때 피 한 포기라도 뽑아 줬어? 너 이눔으 새끼 잘 걸렸다!" 하면서 화풀이, 분풀이, 심심풀이까지 한다.

밭둑에 구멍을 파고 사는 쥐는 비교적 잡기가 쉽다, 왜냐하면 마른 땅이기 때문에 구멍에 불을 피워서 연기로 잡기 때문이다. 연기가 많이 나고 독한 냄새를 풍기는 마른 쑥대 등을 태워 구멍에 연기를 주입시키면 곁 구멍마다 연기가 모락모락 나온다. 안에 있는 쥐가 가만히 생각해 보니 '우리 집은 흙으로 만든 집이라 불 날일은 전혀 없는데 이상하다. 설마설마하면서 뭉개고 있는데 설마가 쥐 잡는다고, 연기가 시간이 갈수록 매캐한 게 집안이 진짜 불난 집 같다. 야, 이거 큰일 아닌가 물에 젖으면 말리면 되지만 털에 불붙으면 우린 다 죽는다. 어서 밖으로 나가자' 하면서 만에 하나 털에 불똥이라도 튈까 봐 사람이고 뭐고 생각할 겨를 없이 총알 같이 튀어나간다.

그리고 다음은 곡식이나 고구마 등을 가마니에 담아 방에다 놓으면 용케도 냄새를 맡고 방문을 뚫고 들어온다. 일단 들어오면 사람이 안 보이는 가마니 뒤로 가 고구마 긁어먹는 소리를 낸다. 한 사람은 가만히 앞문을 열고 나가 뒷문 쪽 쥐가 뚫고 들어간 문구멍에다 자루를 벌리고 신호를 하면 방안에 있는 사람이 그 소리와 동시에 우당탕탕하고 집이 떠나갈 듯 소리를 내면 쥐가 아닌 밤중에 웬 전쟁이 났나싶어 혼비백산하여 문구멍 밖에 자루가 쫙 입을 벌리고 있는 줄도 모르고 꽁지가 빠지도록 튀어 나가 자루 안으로 직행한다. 쥐가 신이 아닌 이상 문구멍 밖에 자루가 입을 벌리고 있을 줄 어디 꿈엔들 상상이나 해봤겠나. 이 같은 상황을 적절하게 표현한다면 "호구 안에 먹이가 제 발로 기어 들어간다."가 딱 맞을 것이다.

만일 밖에 자루를 대고 있는 사람이 인기척을 낸다든가 실수를 하면 쥐는 문구멍으로 안 나가고 안으로 숨어든다. 그러면 문구멍을 양말 등으로 단단히 틀어막고는 회초리 하나씩을 들고 고구마 가마니는 물론 장롱 밑, 장롱과 장롱사이 하며 이불까지도 내려놓고 뒤져 본다. 그래도 없으면 서랍을 있는 대로 다 열어 보기도 하고. 이상하다. 분명 쥐가 두 마리 이상은 방안에 있었는데 밤새껏 둘이서 이 잡듯 샅샅이 뒤져 봐도 어디에 꼭꼭 숨었는지 도대체 오리무중이다.

한참을 그렇게 쥐의 종적을 몰라 생각에 잠겨 있는데 사타구니에서 무언가 꿈틀거리는 듯한 느낌! 이상하다고 생각해서 살며시 만져보니 뭉클하게 무언가 잡힌다. 나는 순간 소스라치게 놀라며 부랴부랴 옷을 벗어 던졌다.

그 통에 쥐도 놀라 방에서 이리 뛰고 저리 뛰고 마치 약 먹은 개처럼 날뛴다. 어떻게 쥐가 사람 사타구니 속까지 들어갔으며 그리고 쥐가 들어갈 때까지 몰랐었느냐? 그건 당해보지 않으면 모른다. 쥐가 한 마리도 아니고 여러 마리 들어와서 막대기 들고 잡으려 하면 쥐가 도망가려고 이리 뛰고 저리 뛰면서 몸부림을 친다. 만일 때리다가 설맞으면 쥐는 이제 한 대만 더 맞으면 죽겠구나 싶어 사람의 눈에 뛰지 않는 곳으로 숨는다는 것이 얼떨결에 사람의 바짓가랑이 속으로 들어가서 좀 더 위로 올라가 있었던 것이다. 많은 쥐와 어우러져 둘이서 이리 닫고 저리 닫고 혼란스럽게 뛰어다니다 보니 정신이 없었다. 그리고 설마 쥐가 사타구니 속으로 들어갈 줄이야 꿈엔들 짐작이나 했겠나.

뿐만 아니라, 벌어진 벽지 속으로 들어가는 경우도 있다. 한참을 여기저기 뒤적이며 깊이 잠적해버린 쥐를 찾다가 쥐의 행방이 묘연해지자 잠시 멍하니 서서 두리번거리던 어머니께서 "애덜아 저기 벼나빡에 뿔룩허게 튀어 나온게 뭔가 한번 만져봐라." 하시며 벽과 기둥사이에 약간 떠 있는 벽지를 가리키며 말씀하신다.

어머니의 이 말씀에 형이 눈을 갑자기 동그랗게 뜨더니 살금살금 고양이 걸음으로 다가가서 조심스럽게 살짝 만져 보고는 빙긋이 웃으면서 "물렁물렁허구 따땃헌 것이 꼭 쥐 같어유." 한다. 어머니께서 재미가 충만한 듯 깔깔 웃으시며 "야 바늘 갖구 와라. 바늘루 꼭꼭 찔르자." 하신다. 어머니의 말씀이 끝나기가 무섭게 누나가 반지거리에서 커다란 대바늘 하나를 찾아 가지고 와 어머니께 드린다.

어머니는 누나한테서 바늘을 받아들고 볼록하게 튀어나온 부분을 감싸 잡고는 힘껏 바늘로 찌른다. 아닌 밤중에 홍두께 라고 원하지도 않는 침을 갑자기 바늘로 맞은 쥐 생원은 찍찍하고 비명을 지른다. 어머니께서는 재미가 꿀 같은 모양이시다. "요눔으 쥐! 요눔으 쥐!" 하시며 연거푸 찔러대니깐 조금 전까지만 해도 살려달라고 애원하며 찍찍거리던 쥐 생원은 벌써 사망 신고를 했는지 기척이 없다.

그리고 달 밝은 가을 밤 바심마당에서 쥐 잡는 재미 또한 쏠쏠하다. 바심(타작)이 끝나고 밤이 오면 쥐는 이때를 놓칠세라 여기저기서 떼를 지어 모여든다. 마당에 떨어진 벼를 주워 먹기 위해서다. 얼마나 많은지 흡사 개미 떼 같다. 물 반 고기반이라고 동네 쥐가 총 집결한 것 같다. 몽둥이를 들고 쫓아가면 순식간에 근처 짚 누리로 숨어든다.

몽둥이를 들고 짚 누리 옆에 서서 쥐가 나오기만을 기다리며 가만히 숨죽이고 서 있노라면 1분도 안 돼서 또 청솔만한 쥐들이 사람이 있나 없나 경계해 가면서 조심스레 하나 둘씩 여기저기서 기어 나오기 시작한다.

우선 쥐를 확실하게 잡으려면 몽둥이를 치켜들고 최대한 몸을 낮추고 부동자세로 서서 쥐가 내 전면 유효사거리 안에 바짝 들어올 때까지 미동도 하지 말고 기다려야한다. 이때 바스락거리는 소리를 내거나 실낱같은 인기척만 내도 쥐는 바람처럼 사라진다. 쥐는 시각은 안 좋아도 후각과 청각이 매우 발달한 동물이기 때문에 어떠한 소리든 추호도 용납하지 않는다. 일단 쥐가 유효사거리 안에 들어오면 침착하게 정조준해서 바로 내려치면 퍽하는 소리와 함께 '찍!' 하고 외마디만 남긴 채 땅바닥에 벌렁 누워 바르르 떤다. 쥐한테는 미안한 일이지만 우리들은 이렇게 해서라도 쥐를 소탕해야만 했다.

그 때 내 나이 초등학교 저학년 시절이었으니까 꽤 어린 나이였지만 나이 어린 아동들까지 쥐 잡는 데 동원해야 했다면 그 당시 쥐가 창궐해서 농작물에 피해를 얼마나 끼쳤는지 그 심각성을 가히 짐작하고도 남으리라. 기왕 쥐 이야기가 나왔으니 독자들이 미처 쥐에 대해서 모르는 부분이 있을 것 같아 쥐에 대해서 아는 모든 것을 대단한 것은 아니지만 한번 툭툭 털어 놓을까 한다.

우선 쥐는 보기에는 외관상 좀 흉측하게 생겼다. 하지만 대단히 영리하다. 예를 하나 든다면 목이 길쭉하고 입구가 좁은 사기호로병에 구수한 들기름이 들어있다는 것을 쥐가 후각을 통해서 감지했다면 이를 꺼내 먹을 수 있을지, 없을지 그리고 만일 꺼내 먹는다면 어떤 방법으로 꺼내 먹는지 이를 아는 사람은 많지 않을 것이다. 쥐는 신체구조학 상 꼬리가 가늘고 길다. 쥐는 자기 꼬리의 이점을 이용해서 호로병에 들어있는 들기름을 꺼내먹는데 자기 꼬리를 호로병에 넣었다가 빼서 호로병에 들어 있는 들기름이 꼬리에 묻어 나오면 빨아 먹는다.

또 하나 옛날 할머니께서 부업으로 양계를 하실 때 암탉이 알 낳을 장소를 마련해 주신다고 닭 집 천정 바로 밑에다 '메꾸리'를 달아 놓는다든가 혹은 볏짚 등을 움푹하게 엮어 만든 '둥우리'를 달아 놓으면 닭이 올라가 알을 낳는다. 쥐라는 놈이 냄새를 맡고 남의 닭장에 허락도 안 받고 야밤에 몰래 들어가 높이 달아 놓은 둥우리에 올라 계란을 훔쳐 먹는다면 어떻게 훔쳐 먹을까? 이는 그 광경을 목격하지 않은 사람은 전혀 알 수 없을 뿐만 아니라 너무 황당한 이야기 같아서 믿으려하지도 않을 것이다.

그러나 이 같은 목격담은 현실적으로 존재했던 사실을 근거로 한 것이다. 앞에서도 잠깐 언급했지만 쥐의 후각은 타의 추종을 불허하리만큼 특출하게 발달한 동물 중의 하나다. 닭장 밖에서도 천정에 달아 놓은 둥우리에 계란의 유무를 확인할 수 있다. 쥐는 먹이를 발견하면 민첩하게 움직인다.

우선 닭장 벽을 타고 올라가 둥우리에 접근해서 계란이 있으면 찍찍하고 동료를 부른다. 멀리 가 있던 동료가 그 소리를 듣고 달려온다. 서로 시선이 마주치는 순간 밑에 있는 동료가 배가 하늘로 향하도록 발랑 누우면 둥우리에 있는 동료가 계란을 굴려 아래로 떨어뜨린다. 땅바닥에 누운 쥐는 한 치의 오차도 없이 정확하게 받는다. 만일 실수라도 하여 바닥에 떨어지게 되면 깨지면서 산산이 흩어지기 때문이다. 그리고 한 가지 예를 더 들어보면 무나 고구마가 한 자리에 여러 개가 있다면 쥐는 그 중에서 어떤 것이 제일 맛있는지 후각으로도 알 수 있다. 그래서 우리들은 유년 시절에 무밭이나 고구마 밭에 들어가서 쥐가 긁어 먹은 것만 골라 먹었다.

저자는 유년시절에 쥐의 세계 속에서 쥐와 함께 살았다고 해도 과언이 아니다. 특히 추운 겨울밤에 이불을 덮어쓰고 자고 있노라면 쥐가 냄새를 맡고 방에 들어와 고구마를 긁어 먹는데 배고플 땐 현장에서 먹고 배가 부르면 자기 집에 가져가 저장하려고 밤새도록 문구멍을 들락거린다. 이 때 가져가려는 고구마가 문구멍에 비해 클 때는 문구멍으로 빠져 나올 만큼 긁어 먹은 다음 가지고 나간다.

이 밖에도 쥐에 관한 이야기는 무궁무진하다. 가을 거지와 쥐 잡는 데 정신이 팔려 있는 사이 어느덧 한 계절이 다 가고 있다. 이젠 가을의 끝자락에 서 있는 듯 조석으로 불어오는 바람이 예사롭지 않다. 아침에 삼촌이 형을 부르더니 "저녁 먹구 지녀로 붕어지 낚으러 가게 망뎅이점 잡어와라." 하니까, 형은 삼촌의 이 말 한마디에 기분이 좋은지 어쩔 줄 몰라 한다. 형은 누구보다도 낚시질을 참 좋아한다.

붕어지 낚시

    형은 특히 지녁로 붕어지 낚으러 가는 것을 좋아했다. 그곳엔 예로부터 씨알 좋은 우럭과 붕어지가 잘 물기 때문이다. 요즘 사람들은 '아나고' 하면 그게 뭔지 알아도 '붕어지' 하면 잘 모른다. 아나고는 일본말이고 우리말로는 붕장어 또는 붕어지라고 한다. 일본사람이 붕장어를 아나고라고 한다면 우린 대한민국 사람이니까 우리말인 붕장어라고 하든가 붕어지라고 해야 하지 않겠는가?

    어시장을 가나, 횟집을 가나, 바다낚시를 가나 입에 붙은 듯 아나고, 아나고…. 이래서야 극일을 할 수 있겠는가? 일본사람은 절대로 자기네 말 아나고를 붕장어나 붕어지라고 말하지 않는다. 우리는 세계적으로 우수한 우리말에 대한 자긍심도 모두 다 내팽개쳤단 말인가! 참으로 한심스러운 일이 아닐 수 없다.

    형은 나보고 자기 망둥이 낚는데 따라오라고 한다. 이유는 망둥이를 잡으려면 미끼가 있어야 되기 때문이다. 그 때 망둥이 미끼로는 집게를 잡아다 깨가지고 썼다. 집게를 우린 사투리로 '구시'라고 했다. 말하자면 구시를 잡아 망둥이 낚시하는 데 미끼로 써야 하기 때문에 구시를 깨서 미끼 조달을 해달라는 것이다.

이 구시(집게)는 망둥이가 좋아하고 망둥이는 붕어지가 좋아한다. 그래서 우린 붕어지를 낚으려면 망둥이를 미끼로 썼다. 구시(집게)는 재미있는 갑각류 절지동물이다. 어미의 보호 하에 있다가 독립을 하게 되면 수많은 어린 새끼들은 각자 정붙이고 살 집을 찾아 신속하게 이동한다. 어영부영하다간 천적의 밥이 되기 십상이기 때문이다. 일단 자기 맘에 드는 이상적인 집 한 채를 구해 입주를 한다면 그 집은 반드시 이동식 주택이어야 한다. 여기에서 이상적인 주택이란 너무 크지도 작지도 않은 집을 말한다. 너무 크면 이동하는데 힘들고 너무 작으면 비좁아서 살기 불편하기 때문이다. 집게의 집은 기존의 집주인이 사망해서 버려진 폐가인데 원집주인은 소라이다. 소라는 집을 지을 줄 알아도 집게는 집을 지을 줄 모르고 남의 빈집을 잠시 전세로 빌려 쓰다가 몸집이 점점 커지면 그에 걸 맞는 집으로 이주해야 한다.

이때가 집게에게는 일생일대를 통틀어 제일 위험하다. 왜냐하면 망둥이 등 수많은 천적들의 살기등등한 시선이 호시탐탐 자기를 노리고 있는 줄도 모르고 겁 없이 집밖을 나섰다간 어느 놈한테 순식간에 잡혀 먹힐지 모르기 때문이다.

이 구시(집게)를 가지고 우린 유년시절에 장난을 많이 쳤다. 구시를 들고 가만히 들여다보고 있으면 집안에 들어가 있던 구시가 배도 고프고 집밖의 상황도 궁금하고 해서 그런지 슬그머니 고개를 내민다. 이때 손가락으로 잡으려면 얼마나 동작이 빠른지 눈 깜작

할 사이에 들어간다. 그리고 또 조금 있으면 고개를 쳐든다. 구시는 사람이 자기를 손으로 들고 있다는 사실조차도 모르고 있는 것 같다.

하긴 남의 집을 전세로 빌려 쓰고 있으니까 알 리가 없지. 잡으려면 쏙 들어가고 조금 있으면 또 나오고. 나도 재미있지만 구시도 곧잘 재미 있나보다. 우리 속담에 "꼬리가 길면 밟히기 쉽다."고, 이렇게 여러 번 하니깐 구시가 지쳐서 그런지 행동이 좀 느려진 것 같다. 들락날락하면서 오도 방정을 떨다가 결국은 내 손에 다리 한 쪽을 잡히고 말았다. 구시는 안 나오려고 무던히 애를 쓰는 것 같다. 하지만 어떻게 해. 힘으로 보나 뭐로 보나 나하고는 게임이 안 되는 걸. 구시는 조금씩 밖으로 끌려 나오다가 작심이라도 한 듯, 밖에 나가 망둥이 밥이 될 바엔 차라리 다리 한 쪽 잃고 평생 병신으로 사는 게 났겠다 싶어 다리 한 쪽을 내어 주고는 들어가더니 이제는 영 나올 생각을 않는다.

많이 아프겠지! 형은 어느새 망둥이를 열 마리도 더 낚았다. 그만 낚아도 될 것 같은데 "잘 물면 물이 다 들어올 때까지 붕어지를 낚아야 허니께 입갑(미끼)이 많아야 헌다."고 힘주어 말한다.

망둥이가 얼마나 많은지 넣으면 물고 넣으면 물고한다. 형은 더 큰 놈을 잡겠다고 바지를 걷더니 물속으로 들어간다. 어느새 점심 때가 다 됐는지 여기저기서 점심 먹으라고 불러 댄다. 그 소리를 들으니 은근히 배가 고픈 것 같다. 형도 낚시하다 말고 배가 고팠던 모양이다. "야, 송호야! 우리두 밥 먹으러 가자, 배그푸다야." 하면서 물가로 나온다.

집에 들어오니까, 삼촌은 우리들이 낚아온 망둥이를 보더니 많이 낚아 왔다고 칭찬한다. "이눔 가지면 밤새도록 쓰구두 남겄다. 마르지 않게 그늘진 곳에다 갖다 놔라." 하더니 낚시 갈 채비를 매만진다. 그 때는 낚싯대를 대나무를 베다가 다듬어서 말린 다음 그것으로 썼다. 그 대나무 낚싯대를 우리들은 '참붓대'라고 했으며, 우리 집 뒤 언덕배기 대나무밭에서 곧게 자란 왕대를 골라 썼다. 우리 집 뒤 언덕배기 대나무밭엔 두 종류의 대나무가 있는데 잎사귀가 짧고 좁으며 줄기가 굵고 키가 큰 대나무를 왕대, 잎사귀가 넓고 길며 줄기가 가늘고 키가 작은 대나무를 시누대라고 했다. 붕어지는 크고 힘이 센 까닭에 어른들은 왕대 중에서도 왕대를 썼다.

저녁을 먹고 나니 어느새 해가 서산을 넘으려고 건너편 산마루에 올라서 있고, 그 요란하던 아래 돌부리 여울소리가 점점 가늘어지기 시작한다. 삼촌은 바짝 서두르기 시작한다.

"애들아 낚시질가자. 물 다 써간다. 빨리 가야 좋은 자리 잡어." 하면서 우케 바구니에 아까 낚아 온 망둥이와 조개 칼, 그리고 여분으로 낚시와 추 등을 담더니 빨리 따라오라는 말 한마디만 남기고는 잰걸음으로 가파른 언덕배기를 넘어 작은 마파지를 지나 지녀로 향한다.

삼촌 발걸음이 얼마나 빠른지 뱁새가 황새걸음 따라가기 힘들다고 우리는 거의 달리다시피하여 삼촌과 보조를 맞춰 나갔다. 삼촌은 빠르게 발걸음을 옮기면서 "뉘들 오늘 밤은 고기가 잘 무는 날인디 놓치지 말구 잘 낚어야 헌다." 하며 우리를 한 번 힐끗 쳐다본다.

우린 "예." 하며 대답은 했지만 사실은 자신이 없다. 왜냐하면 항상 경험하는 바지만 놓치는 게 잡는 것보다 많기 때문이다. 고기가 입질을 하면 타이밍을 잘 맞춰야 하는데 어린 나이라 경험이 부족하고 어른에 비해서 순발력이 떨어지다 보니 고기가 물면 낚지도 못하고 미끼만 발리고 헛손질이나 하고, 다 잡았다가 놓치고 바다 밑 바위에 끝이 걸리는 등 이 같은 경험을 수도 없이 했는데, 오늘이라고 다를 게 뭐가 있겠는가?

작은 마파지 마을 어귀를 지나는데 어느새 해가 건너편 산 너머로 막 자취를 감추고 바닷가는 옅게 어둠이 깔리기 시작한다. 이런저런 이야기를 하면서 오다 보니 그럭저럭 지녀는 다 온 것 같다. 하지만 저 앞에 보이는 모퉁이를 돌아서면 바로 산 위에 공동묘지가 있고, 그 아래쪽으로 상여집이 하나 있다. 우리들은 평소에도 무서워서 피해 다녔는데 오늘은 '꼼짝없이 그 쪽을 가야겠구나' 하고 생각하니 사뭇 가슴이 두근거리고 머리가 찌삣거리며 곤두선다. 난 애써 그 쪽을 외면하고 살살할 말도 크게 하고 발걸음 소리도 크게 냈다. 이렇게 해서 지녀에 막 도착하니 우리보다 한발 앞서 동네사람 두 명이 삼촌이 좋다고 하는 그 자리를 차지하고 앉아 있다가 우리 일행이 오는 인기척을 듣고 뒤돌아본다.

가까이 가보니 이웃집 문식이 아버지와 문식이다. 삼촌은 공손히 인사하며 "일찍 오셨네유. 뭐 좀 낚었유?" 하고는 옆에 놓여 있는 바구니를 들여다본다. 문식이 아버지는 "나두 인저 왔어. 아직 물때가 안됐는지 잘 안 문다." 하더니 그 말이 끝나기가 무섭게 고기가 와서 입질을 하는지 벌떡 일어나더니 낚싯대를 걷어챈다. 뭔가 걸려나 보다, 낚싯대가 활처럼 휜다. 지금 낚싯대와는 달리 옛날 낚싯대는 앞에서도 말했듯이 지름이 약 4센티미터 정도 되는 대나무로 만들었기 때문에 웬만한 대어 아니고는 활처럼 휘지 않는다. 문식이 아버지는 진땀을 흘리며 있는 힘을 다해 걷어챈다.

고기는 물 밖으로 나오지 않으려고 버둥거리고 그럴수록 문식이 아버지는 '니가 이기나, 내가 이기나' 하고 신이 나서 더 한층 힘을 내어 끌어올린다. 한동안 이렇게 고기와의 줄다리기는 싱겁게 끝나고 말았다. 중과부족으로 고기가 드디어 항복한 것이다. 고기는 지쳤는지 하얀 배를 물 밖으로 드러내놓고 벌렁 누운 채로 체념한 듯 끌려 나온다.

어느새 동네 사람들이 낚시하러 몰려왔는지 갯바위에 앉아 있던 낚시꾼들의 시선이 고기에게 집중된다. 누군가 "와! 상어다! 상어! 되게 크다." 하면서 감탄사를 연발한다.

동네 사람들은 이구동성으로 "상어가 어떻게 여기서 물지?" 하며 이상하다는 듯 수군거리는 소리가 여기저기서 들려온다. 우리들도 분위기에 고무되어 서둘러 낚시 바늘에 미끼를 듬뿍 꿰어 좀 더 먼 곳에 기대감을 갖고 '뻥' 하는 소리가 나도록 힘껏 던지고 앉았다.

하늘을 쳐다보니 아까 집을 나설 때 따라오던 달이 어느새 지녁까지 따라와 하늘에서 해맑은 얼굴로 낚시하는 우릴 지켜보고 서 있다. 달빛이 엷게 흐르는 잔잔한 밤바다는 고요하기 그지없다. 이따금씩 멀리서 부엉이 울음소리만이 간간히 들려올 뿐.

상어때문에 어수선하던 분위기가 물밑에 가라앉은 지 불과 10분도 안됐는데 이번에는 옆에 있는 형이 낚싯대를 들고 뒤로 주춤주춤하면서 "어! 이상허다! 뭐가 무는 것 같아서 땡겨보면 가만 있구 가만히 있으면 뭐가 또 땡기구. 어! 이상허다." 하니까, 삼촌이 "야!

덕호야 붕어지다! 붕어지! 한 번 쎄게 채 봐라." 삼촌의 이 말이 끝나기가 무섭게 성미 급한 형은 낚싯대를 뒤로 냅다 후려 챈다. 하지만 낚시 바늘이 바위에 걸린 듯 고기는 나오지 않고 오히려 형이 고기에 끌려가는 형국이다.

삼촌이 가만히 지켜보고 있다가 "야! 안 되겠다." 하더니 형이 들고 있던 낚싯대를 뺏다 시피 받아들고는 젊은 혈기로 힘껏 뒤로 채니간 어른 팔뚝만한 붕어지는 마지못해 끌려 나온다. 그러나 끌려 나온데까지는 좋았는데 붕어지가 갯바위 뒤쪽 물가에 떨어졌다.

삼촌, 형 그리고 나는 낚시하다 말고 붕어지를 잡으려고 쫓아갔다. 물가에 떨어지면서 놀란 붕어지는 그야말로 정신을 혼란스럽게 만든다. 바닷가를 휘졌고 다니면서 바위로 올라가려고 했다가 다시 내려오고 우리 손에 잡힐 듯하다가도 잡히지 않는다. 달은 떴지만 송편달이라 그다지 밝지 않아서 붕어지가 미처 날뛰는 모습이 선명하게 보이지 않는 데다가 바닥에 파래가 얼마나 돋았는지 미끄러워서 발걸음 떼기조차 힘들다. 우린 잡았다, 놓치고, 잡았다 또 놓치고 하다가 결국은 영원히 놓치고 말았다. 우리 속담에 "닭 쫓던 개 지붕 쳐다본다."는 말이 있다. 그야말로 허탈하기 짝이 없다.

원래 장어과 물고기는 원형에다 피부가 미끄러워 물속에서 밤에 맨손으로 잡는다는 것은 애초부터 불가능한 일이었다. 하지만 우린 다 잡아놓은 고기를 놓칠 수 없어 한 동안 정신없이 붕어지와 추격전을 벌이다 고기는 고기대로 못 잡고 기진한 상태가 되고 말았다. 얼마나 물속에서 이리 달고, 저리 달고 헤맸는지 몸이 다 노곤하다.

우린 허전한 마음 안고 다시 낚싯대를 잡았다. 그러나 고기를 잡아도 "놓친 고기가 크다."고 영 양이 안 찬다. 벌써 때가 됐는지 바닷물이 솔솔 들어오기 시작한다. 낚시하러 온 동네 사람들이 하나둘 자리를 뜬다. 저 멀리 대천 해수욕장 쪽에서 거세게 바람이 일기 시작하더니 지금까지 잔잔하고 아늑하기만 하던 밤바다의 서정은 몰아치는 파도에 산산이 부서진다.

우리는 썰렁한 밤바다 분위기를 연출하는 지녀를 뒤로 하고 아까 지나왔던 으스스한 공동묘지와 상여집 옆을 달리다시피 벗어나 집을 향해 발길을 재촉했다.

> 달 밝은 가을 밤!
> 세상은 잠들어 고요한데
> 앞산에 우는 부엉이
> 무엇이 서러워 저리 우는가,
> 부엉 부엉~
> 어느덧 가을도 깊었어라,
> 으스스
> 옷깃 사이로 스며드는 한기가 차구나!

밤이 깊어갈 수록 속이 허전하고 출출해진다. 마음은 벌써 콩밭에 가 있다. 따뜻한 아랫목, 김칫국과 찐 고구마 그리고…. 우리들은 사나운 개에 쫓기듯 뒤도 돌아보지 않고 집을 향해 달렸다.

가을의 끝자락엔 빨갛게 무르익은 감이 기다린다. 우리 집 뒤뜰 언덕배기엔 족두리감, 외가댁엔 커다란 대접감이 나 보란 듯 가지마다 먹음직스럽게 주렁주렁 매달렸다. 감은 서리 맞으면 맛있다고 해서 일부러 서리 올 때 까지 따지 않고 기다리다 보면 까치 등 다른 동물들의 맛있는 요기거리가 되기도 한다.

보배 고모와 막내 고모는 아침 일찍 먹고 뒤뜰 언덕배기 대나무 밭에 올라가 감을 딴다고 장대와 광주리를 가지고 대나무를 헤치며 올라가신다. 형과 나, 사촌동생도 감이 떨어지면 줍는다고 따라 올라갔다. 언덕 위에 올라서니 바다가 한 눈에 내려다보인다. 날씨는 더 없이 맑고 청명한데 좀 쌀쌀하다. 우리 초가지붕 위엔 아직 마르지 않은 서리가 성성한데 반가운 손님이 오시려나 까치 한 마리가 날아와 지저귄다.

감이 얼마나 많이 열었는지 가지마다 빨갛게 무르익은 홍시가 주렁주렁 보기만 해도 입안에 군침이 돈다. 보배고모가 장대로 두들기면 새악시 볼처럼 예쁜 감이 대나무 밭에 뚝뚝 소리 내며 떨어진다. 우리는 감이 떨어지는 것을 보고 있다가 대나무를 헤치며 이리 저리 찾으러 다닌다. 겨우 찾으면 어떤 것은 너무 익은 탓에 땅에 부딪혀 이미 죽이 되어 있고 조금 덜 익은 감은 대나무밭에 떨어져 빨리 주어가라고 우릴 손짓한다. 감나무 두 그루에서 하루 종일 딴 감은 무려 다섯 광주리. 고모들은 많이 익은 것은 먹고 아직 덜 익은 것은 떫어서 이대로는 못 먹는다며 더 익으라고 쌀겨에다 묻어 놓는다.

때는 11월 초순 날씨가 제법 쌀쌀하다. 이제 머지않아 흰 눈이 펑펑 쏟아지는 겨울이 오면 나는 지난 가을 날 들국화 노랗게 미소 짓던 저기 저 언덕 위에 홀로서서 아득한 수평선을 바라보며 지난 옛일을 추억하겠지….

제삿날

　겨울이면 우리 집은 제사가 많다. 왜냐하면 우린 종가인데다 선조들께서 겨울에 많이 돌아가셨기 때문이다. 그래서 한 달에도 몇 번씩 제사를 지내는 경우도 있다.

　제사 지내는 날이면 온 식구가 모든 일을 전폐하고 제사 준비에 매달린다. 새벽부터 어머니와 고모들은 떡방아도 찧고 할머니께서는 전 부치고 삼촌은 칼로 밤도 치고, 붓으로 제방도 쓰고, 향도 깎으신다. 옛날에 우리 집은 제사지낼 때 향을 따로 사지 않고 언제부터 내려왔는지 향나무를 칼로 깎아서 썼다. 그 향나무는 얼마나 많은 세월동안 써 왔는지 누가 보면 저게 뭐지 할 정도로 괴상하게 생겼다.

　그도 그럴 것이 향나무는 다른 나무에 비해서 질이 단단하다. 거기에다 대대로 물려받아 쓰니깐 얼마나 딱딱한지 그야말로 돌덩어리 같다. 이것을 칼로 깎는다고 상상해보면 깎을 때 얼마나 힘든지 가히 짐작하리라.

　그야말로 손아귀가 아프고 손톱만큼 깎인다. 이것도 결 따라서 깎아야지 그나마 조금씩이라도 깎이지 그렇지 않으면 감히 엄두도 못 낸다.

이렇게 결 따라서 잘 깎이는 부분만 깎다보니깐 향나무가 묘하게 생길 수밖에…. 그 향나무의 향은 기가 막히다. 요즘 시중에서 파는 향은 저것도 향이라고 돈 받고 파나 싶을 정도다. 그윽하게 풍기는 냄새는 고결한 신의 냄새, 바로 그것이다. 초혼의 말없는 외침인 것이다.

이렇게 해서 제사준비가 끝날 때면 우리 효자도 신 씨네 집안 식구가 저녁식사를 끝내고 우리 집으로 총 집결한다. 남녀노소 할 것 없이.

큰 마파지 할아버지네 식구, 윗말 할아버지네 식구들, 놉사시 할아버지, 멍데기 할아버지들 하며 모두 모이면 방마다 앉을 틈 없이 꽉꽉 들어찬다. 그야말로 입추의 여지가 없는 상황이다.

이 모두가 우리 고조할아버지께서 퍼뜨린 자손들이다. 우리 고향 효자도에 머물러 사는 집안 식구와 타지에 나가 사는 식구들까지 합하면 군부대의 일개 대대는 충분히 될 만한 숫자다. 우리 고조할아버지께서는 이조시대 말엽에 참봉벼슬을 하시며 효자도 마을 지도자로서 논 한 평 없던 시절에 간척지를 개발해 백성들에게 농토를 공급하시고 지역 경제에 지대한 공을 세우신 분이시다. 그런데 왜 앞서 말끝마다 할아버지네 식구, 할아버지 식구라고 했냐고? 그건 우리 집안 사정을 잘 모르고 하시는 말씀. 옛날에 내 고향 효자도엔 신 씨가 제일 많았다. 소위 신 씨 집성촌이라고 할 수 있을 정도였고, 여기에서 우리 집이 종손이다 보니 촌수가 제일 낮아 어떤 집안은 아이한테도 할아버지라고 호칭하는 경우도 있었다. 이 때문에 그때 당시 집안 어른이라면 거의 다 할아버지였다고 해도 과언이 아니다. 그래서 그 때 그 시절엔 아이할아버지, 어른 손자라는 웃지 못할 에피소드들이 많았다.

이는 씨족사회의 폐단이자 개선되어야 할 숙제가 아닌가 생각된다. 효자도 집안 식구들이 다 모이고 시간이 되면 이제 제사를 지내게 된다. 우리 할아버지를 필두로 서열별로 쭉 서게 되는데 인원이 원체 많아 방에서부터 시작해서 마루 토방 심지어는 마당까지 서서 절을 했다.

제례가 시작되어 향불을 피우고 조상님께 술을 따라 올린 다음 절을 하니 윗말 작은집 할아버지의 축문 낭독하는 소리가 장엄하게 집안에 메아리친다.

"유세차 감소고우~" 집안은 온통 무거운 침묵과 경건한 가운데 할아버지의 축문 낭독하시는 소리가 간단없이 이어져 간다. 지금 정열적으로 축문을 낭독하시는 할아버지께서는 학문이 높고 예가 밝으신 분으로 우리 후대의 귀감이 되시는 어른이시며 성량이 풍부하고 톤이 커서 우리 신 씨네 시제 때나 큰 제사 때면 도맡아서 축문을 낭독하셨다. 할아버지께서는 감정이 풍부하시고 이입이 빠르셔서 낭독이라기보다 낭송에 가까웠다.

지금 이 순간 할아버지께서는 현존하는 후손들을 대표해서 조상을 사모하고 애도하는 마음으로 소리 높여 축문을 낭독하고 계

신다. 할아버지의 격한 축문 낭독 소리에 아득히 세월에 묻혀버린
조상님들의 영혼이 몇 광년 떨어진 저 먼 곳에서 금방이라도 내쳐
달려오실 것 같은 이상야릇한 감흥이 집안에 가득 차 흐른다. 한
동안 이 같은 분위기가 이어져 가다가 할아버지의 길고도 긴 축문
이 종언을 고하는 듯 "상향" 하고는 끝을 맺는다.

　장시간 무릎 꿇고 있다가 갑자기 일어서려 하니까 다리에 쥐가
났는지 좀처럼 일어나지지 않고 뒤로 주춤주춤 쓰러지려고 한다.
제례는 이것으로 끝나는 게 아니다. 축시쯤 되면 뫼를 떠 올리고
다시 또 절을 해야 한다. 그러나 우린 그 때까지 기다릴 수가 없다.
천근만근이나 되는 잠이 눈꺼풀에 매달려 좀처럼 떨어지지 않기
때문이다.

우린 될 수 있으면 자지 않으려고 노력해야 한다. 왜냐하면 그 맛있는 젯밥을 먹어야 하기 때문이다. 하지만 졸음엔 장사 없다고 억수같이 쏟아지는 잠을 어찌하랴. 어머니한테 "오머니 이따가 지사 끝나면 깨줘유." 하고는 천질 낭떠러지 잠의 계곡 속으로 가물가물 한없이 떨어진다. 어머니는 "그려, 걱정말구 자거라. 이따가 지사 끝나면 깨줄 텡께." 하고 말씀은 하셨지만 하루 종일 제사 준비에다 밤늦게까지 일하시다 보니 너무 피곤하셨던 탓에 깜빡하셨다.

한참을 자다 잠결에 소변이 마려워 일어나 보니 제사는 이미 끝났는지 식구들은 이리저리 아무렇게나 흩어져 코를 골며 세상모르고 자고 있다. 제사상을 보니 두루마기에 갓을 쓴 고조할아버지의 근엄한 영정과 모두 타고 얼마 남지 않은 촛불이 식구들의 코 고는 소리뿐 끝없이 이어지는 침묵 속에서 가늘게 흔들리고 있다.

상위엔 평소에 좀처럼 구경하기 힘든 산해진미가 푸짐하게 차려져 있다. 나는 이 먹음직스러운 음식들을 대하는 순간 나도 모르게 입안에 돌던 군침이 꿀꺽하고 한 번 넘어간다. 그 많은 음식 중에 제일 먼저 손이 간 것은 삶은 계란이다. 나는 곯아 떨어져 세상모르고 자고 있는 식구들을 살피면서 가만히 계란 반 쪽을 집어들었다. 전에도 잠깐 언급한 바 있지만 계란이야말로 그 때 당시는 최고의 음식이었으며, 귀한 손님 접대할 때나 애경사 아니면 평소엔 먹어 보지 못했다.

내가 어른들 눈치 안 보며 먹을 수 있는 음식은 어디 계란뿐이랴. 모두 깊은 잠속에 빠져있으니 지금 이 순간만큼은 나 혼자 있는 것과 다를 게 무언가? 나는 쾌재를 부르며 때는 이 때다 하고 평소에 먹고 싶었던 음식들은 다 조금씩 먹어 보면서 혹시나 하고 식구들을 두루두루 살펴보았다.

하지만 식구들은 몽중에 있는 사람뿐이고 생시에 있는 사람은 나 하나뿐이다. 한참을 이렇게 먹는 것에 열중하다가 밖을 내다보니 흰 눈이 펑펑 소리 없이 쏟아진다. 처마 밑 기둥나무에다 걸어 놓은 괘종시계가 갑자기 '쓰륵' 하는 소리와 함께 '댕댕댕댕' 하고 둔탁한 소리로 종을 네 번 친다. 벌써 새벽이 다 됐나 보다. 앞으로 약 30분 정도 지나면 할머니와 어머니가 일어나실 때가 된다. 할머니와 어머니는 이때만 되면 어김없이 일어나신다. 나는 서둘러서 잠자리에 누워 잠을 청했다. 잠이 들락말락한데 멀리서 동네 닭 한 마리가 '꼬끼오' 하고 간밤의 안녕을 묻는다.

닭 우는 소리와 거의 동시에 어머니께서 자리에서 부스스 털고 일어나 부엌으로 나가시면서 "웬 눈이 이렇게 많이 왔데이. 한 겨울두 아닌디." 아마 어젯밤에 설거지를 다 못한 게 많아 마음에 걸려서인지 부엌으로 가시는 것 같다. 어머니가 부엌으로 들어가신 지 얼마 후에 할머니의 헛기침 소리가 안방에서 두 번 들려오더니 덜거덕거리는 소리가 연거푸 들려온다. 할머니께서는 이제 제사도 끝나고 했으니 상을 치우려고 하나보다. 나는 옆에 자고 있는 형 보고 "성! 할머니가 지사 끝났다구 상 치우는 것 같어." 하니까 내 말이 끝나기가 무섭게 "이!" 하면서 놀란 토끼처럼 눈을 번쩍 뜨더니 황급히 안방으로 건너간다.

안방에 가보니 마침 할머니께서 음식 담은 목기들을 하나씩 상 위에서 내리시면서 집안과 가까운 이웃집에 주시려는지 접시를 몇 개 갖다놓고는 떡과 과일 등을 분배하신다. 할머니께서 우리들을 보시더니 "뉘덜 왜 더 자지 않구 일찍 일어났니? 이따가 아침 먹구 웃겉이 보화네 허구 이웃집들 떡 점 갖다 줘라." 하시며 우리들이 먹을 떡과 과일 등을 한 접시 내 놓으시며 "너무 많이 먹으면 아침 밥맛 웂서." 하신다.

우리들은 아침밥을 일찍 먹고 안방으로 넘어왔다. 할머니께서는 떡 일곱 접시를 내 놓으시며 "첫 번째 거는 윗겉이 보화고무네. 두 번째 거는 뉘이 위할먼네. 시 번째 거는 영수네. 네 번째 거는 세환네. 다섯 번째는 옆집 용식이네. 여섯 번째는 상필네. 일곱 번째 거는 익두네." 하고 이렇게 정해 주신다.

형하고 나 그리고 사촌동생은 떡 한 접시씩을 들고 대문 밖을 나섰다. 나는 용식이네, 형은 외가댁, 사촌동생은 익두네 이렇게 가기로 하고 각자 헤어졌다. 나는 뛸 듯이 기뻤다. 왜냐하면 나는 남한테 무언가 주는 것을 무척 좋아했기 때문이다.

떡 접시를 들고 벅 차는 기쁨을 억누르고 용식이네 집 대문 앞 까지 총알 같이 달려가서는 "떡 가지구 왔유!" 하고 큰 소리로 외치 니까, 용식이 어머니가 웃으면서 달려 나와 떡을 받으며 좋아하는 모습을 보니 너무 감개무량해서 하마터면 울 뻔 했다. 나는 언제부 턴가 남한테 주는 것을 무척이나 좋아했고 반대로 남한테서 무언가 받으면 그게 그렇게 부담스럽고 미안했다. 그래서 나는 남의 잔치집이나 음식 먹는 데는 절대로 가지 않았고 남의 일이라면 우리 집 일을 놔두고 남의 일부터 해줘 어머니로부터 꾸지람을 듣기도 했다. 그 날 우리들은 경쟁적으로 이웃집으로 떡 배달을 다녔다.

이토록 우리들은 유년시절에 남한테 주는 것을 무척이나 좋아했다. 고조할아버지의 제사는 음식을 이웃집과 나눠 먹는 걸로 종료가 됐다.

예전엔 제사 지낼 때면 아래 윗동네 할 것 없이 집안간이라면 모두 한 자리에 모여 제를 올리고 선조의 삶의 발자취를 더듬으며 정담을 나누고 집안의 공동체 정신과 유대를 더욱 공고히 해왔다. 그러나 현금에 와서는 이기주의에서 비롯된 핵가족시대라는 동양사상과는 동떨어진 낯선 서양사조가 유입되면서 우리사회는 옛날의 동양적인 온정은 찾아보기 힘들고 삭막하기 짝이 없는 시대상황으로 돌변해 가고 있으며, 제사는 거의 형식적일 뿐만 아니라 아예 신경도 안 쓰는 집안도 있다.

조상님께 올려야 할 제사란 도대체 무언가? 이는 곧 내 뿌리를 찾는 데서 출발하여 내가 이 지구상에 존재하고 삶을 영위할 수 있게 해 주신 데 대하여 감사해 하고 먼저 가신 조상님을 사모하고 애도하는 마음을 기리기 위하여 제사라는 형식을 빌려 정중히 올리는 의식이다.

제사를 형식적으로 지내고 신경을 안 쓴다는 것은 곧 내 뿌리를 부정하는 것이요, 내 뿌리를 부정한다는 것은 내 존재를 부정하는, 즉 자기부정이란 딜레마에 빠지게 된다. 내 존재의 출발점과 원천은 무엇인가? 그것은 두 말할 나위 없이 우리의 선조이다. 일찍이 그 옛날에 우리의 선조가 있었으므로 오늘날 내가 존재하는 것이다. 이는 천년의 세월이 흐른다 해도 인과관계상 영원히 변할 수 없는 불변의 법칙이자 절대적 진리인 것이다.

오늘날 현대 사회는 인명 경시풍조와 배금주의 그리고 인성교육의 부재로 말미암아 효의 사상이 붕괴된 지 오래이다. 이 때문에 자기를 낳고 키워 준 부모를 학대하거나 살해하는 패륜아가 발생하는 것이다.

어찌 이 같은 자식이 이미 고인이 된 부모에게 효의 실천행위인 제사를 정성껏 모시고 부모의 죽음을 애도하겠는가?

공자께서는 논어에서 "효는 만행의 근본이다."라고 했다. 효는 선의 상징이며 선한 자가 악행을 저지를 리 없기 때문이다.

옛날이야기

　우리들은 옛날이야기를 주로 농한기 때인 겨울철, 흰 눈이 펑펑 쏟아지는 긴긴 밤이면 화롯불에 고구마를 구워 먹으며 어머니가 들려주시기도 하고, 때로는 아버지가 사랑방에서 새끼를 꼬면서 들려주시기도 했다. 이 구수한 옛날이야기는 60여 년이란 긴 세월이 흐른 지금도 기억 속에 각인이 되어 잊혀지지 않고 이따금씩 아련히 떠오르기도 한다. 그럼 유년시절에 흥미진진하게 들었던 옛이야기를 시간여행을 하면서 몇 보따리 풀어 볼까 한다.

　먼저 아버지의 옛날이야기부터,

　시골에서 농사를 지으려면 끈이 무척이나 필요하다. 지금은 슈퍼마켓이나 철물점 등을 가면 쉽게 살 수 있지만 옛날 우리 고향 섬 지방에서는 끈도, 끈을 파는 가게도 전무했다. 그래서 볏짚을 다듬어서 새끼를 꼬아 썼다. 겨울철 농한기 때 아버지께서는 이듬해 농사철에 쓰기 위해 밤에 등잔불을 켜 놓고 밤새도록 새끼를 꼬셨다. 아버지께서 새끼를 꼬시려면 으레 우리들을 불러 곁에 앉아서 볏짚을 따라고 명령하신다. 말하자면 새끼 꼬기 좋게 볏짚을 잘 다듬어 달라는 뜻이다. 우리들은 아버지 곁에서 밤새도록 볏짚을 따다 보면 나도 모르게 졸음이 솔솔 온다. 아버지는 우리들이 심심하지 않고 졸음이 오지 않게 하기 위하여 새끼를 꼬시면서 옛날이야기를 해주신다.

　아버지의 옛날이야기는 주로 강원도 호랑이 이야기다. 옛날 하고도 아주 먼 옛날 충청도 어느 산골에 유명한 포수가 살았는데 어느 날 자기 아내를 불러 식도 한 자루를 시퍼렇게 갈아 방바닥에다 꼽아 놓으면서 내가 오늘 강원도 깊은 산골짜기로 천년 묵은 호랑이를 잡으러 떠나는데 삼년이 지나도록 내가 안 오면 이 칼을 뽑아 보고 녹이 쓸었으면 내가 죽은 줄 알고 녹이 안 쓸었으면 내가 살아 있는 줄 알라는 이 한마디를 남겨 놓고 아내의 만류에도 아랑곳하지 않고 호랑이 잡으러 강원도 산골짜기로 떠났다.

세월은 유수같이 흘러 어느덧 삼년이 다 됐는데도 소식이 없자 아내는 혹시나 하고 갑자기 불길한 예감에 방바닥에 꽂아 놓은 식도를 뽑아 보니 식도가 빨갛게 녹이 쓸어 있었다.

　아내는 대성통곡하며 실의에 빠져 있었다. 그 동안 남편이 없는 사이 낳은 아들이 하루가 다르게 무럭무럭 자라고 있다. 아이는 남편을 닮았는지 활을 만들어 가지고 산 짐승들을 곧잘 잡아오곤 한다. 아이는 커가면서 아버지를 찾기 시작하는데, 아이는 어느 날 "어머니! 아버지는 어디 가셨어요?" 하고 뜬금없이 묻는다. 어머니는 아이의 갑작스런 물음에 무어라 답변할 길이 막막해 하던 차 궁색한 변을 하나 생각해 냈다. "너의 아버지는 수년 전에 외국으로 돈 벌러 나가셨단다."고 하자 아이는 "그럼 왜 편지도 안 와요?"라고 묻는다. 그러자 어머니는 "너도 다 알다시피 여기는 깊은 산골짜기라서 우체부가 들어오기 힘들단다. 나도 여기서 삼십년을 넘게 살면서 편지 한통 받아보지 못했단다." 하니까 아이는 그 때서야 더 이상 질문을 하지 않고 망연히 울 너머 먼 산만 바라보고 있다. 아이의 계속되는 집요한 질문을 따돌리느라 진땀을 뺀 어머니는 속으로 후유하고 안도의 한숨을 내 쉰다. 그로부터 무정한 세월은 덧없이 흘러 아이의 키는 훌쩍 크고 성년이 다 돼간다. 아이는 작심이라도 한 듯 어느 날 "어머니" 하고 부르더니 "아버지가 외국으로 돈 벌러 가셨다는 거 다 거짓말이죠? 그죠?" 하고 묻는다. 어머니는 "아니다. 정말이야. 내가 왜 너한테 거짓말을 하겠니?"라고 대답한다. 어머니가 이렇게까지 말해도 아들은 막무가내다. 어머니는 분명 자기한테 무언가 숨기고 있다는 것을 확신하고 있는 모양이다. 그도 그럴 것이 어릴 때는 사리 판단을 못하는 철부지였지만 지금은 사정이 다르다. 나이를 보나 체구를 보나 성년이나 별반 다를 게 없는데, 어린아이 다루듯 하려면 먹혀 들어갈 리 만무하지 않는가. 어머니는 아들을 아무리 달래고, 설득시켜 보려고 갖은 수단과 방법을 다 써 봤지만 소용이 없다는 것을 깨닫고 는 "얘야, 지금부터 내가 하는 얘기 잘 듣고 절대 딴 생각을 해서는 안 된다." 하고 다짐을 받고는 자초지종을 장황하게 몇 시간을 걸쳐 말해 준다.

"너의 아버지는 전국에서 몇 번째 안가는 유명한 포수였단다. 하루는 너의 아버지가 밖에 나갔다 들어오시더니 강원도 금강산 깊은 골짜기에 천년 묵은 호랑이가 있는데 전국에서 내 노라 하는 유명한 포수들이 이 호랑이를 잡으러 갔다가 단 한 사람도 살아 돌아온 사람이 없고 해마다 많은 사람들이 이 호랑이한테 죽어가니까, 이젠 나라까지 나서서 만일 이 호랑이를 잡아오는 자는 후한 상을 내린다는 방을 각 고을마다 붙여놓은 것을 보았다고 하면서 내가 위험하다고 아무리 말려도 끝내는 호랑이 잡으러 금강산으로 들어갔다가 호랑이한테 물려 돌아가셨단다." 하고 말끝을 흐리더니 어머니는 이내 눈물을 훔친다. 아들은 어머니의 이야기를 잠자코 듣고 있다가 갑자기 안색이 붉었다푸르렀다 하더니 두 주먹을 불끈 쥐고 부르르 떤다.

그리고는 아들은 어머니를 원망스러운 눈초리로 바라보면서 어머니에게 큰소리로 항의하듯이 이렇게 말한다. "어머니는 왜 이런 중대한 사실을 숨기고 있다가 이제야 말해 주시나요?" 아들은 "아버지, 아버지" 하면서 한동안 서럽게 울더니 지금 당장 아버지의 원수를 갚으러 가겠다고 여장을 꾸려달라고 독촉한다. 어머니의 예상이 적중했다.

이 같은 사실을 만일 아들이 알게 되면 아들이 제 아비 원수 갚는다고 금강산으로 떠났다가 하나밖에 없는 아들마저 잃을까봐 전전긍긍하고 있었던 것이다. 우려했던 상황들이 현실로 나타난 것이다. 영원한 비밀은 없다고 숨기는 것도 한계가 있었다. 어머니는 원수 갚으러 강원도로 한사코 떠나겠다는 아들에게 정색을 하며 "아버지는 총을 얼마나 잘 쏘았던지 날아가는 새 왼쪽 눈도 맞추라면 맞췄단다. 그런 명사수인 아버지였단다. 너는 그 정도의 실력도 안 되면서 아버지 원수 갚겠다고? 어림없는 소리하지마라. 원수 갚기 전에 네가 먼저 죽는다." 이렇게 말하면서 어머니는 아버지 원수 갚겠다는 아들의 뜻을 꺾기 위해, 아니 포기를 시키기 위해 무던히 애를 쓴다.

아들은 어머니의 이 말을 듣자마자 "그럼 나도 그렇게 하면 되지 않나요?"라고 말한다. "그래, 어디 한 번 해봐라" 하니까 아들은 그 날 이후부터 총 쏘는 연습을 밤낮을 가리지 않고 미친 듯이 하는 게 아닌가. 그로부터 몇 년이 지났는데 어느 봄날 대문 밖에서 어머니를 부르는 다급한 아들의 목소리가 들려와 어머니는 순간 겁이 덜컥 났다. 아들의 신변에 무슨 일이 일어났나, 하고 황급히 달려 나가 봤다.

아들이 참새 한 마리를 총으로 잡아왔다고 하면서 어머니 앞에다 보란 듯이 내려놓는다. 총알이 참새 왼쪽 눈을 관통하지 않았는가. 어머니는 내심 놀라면서도 시침을 딱 떼고 "너 죽어있는 새에다 총 쏜 거지?"라고 말한다. "아닙니다. 그럼 어디 한 번 보세요." 하고는 아들이 지붕위에 앉아있는 참새를 '훠이~' 하고 날리더니 총을 겨눠 땅하는 소리와 함께 새를 떨어뜨린다.

달려가 봤더니 거짓말처럼 참새 왼쪽 눈을 총알이 정확하게 관통하지 않았는가, 어머니는 한편으로는 신통하고 대견스럽기도 하고, 한편으로는 걱정스럽고 두렵기까지 하다. 남편의 실력으론 진정 상상도 못할 일, 아버지 원수 갚는 일을 단념하게끔 지어낸 이야긴데 아들이 뜻밖에도 이를 해내지 않았는가. 어머니는 앞으로 뜻을 굽히지 않고 굳이 가겠다고 하면 안 보내 줄 수 없는 최악의 상황을 염두에 두고 생각해봤다. 그날 밤 아들은 날이 새면 새벽같이 금강산으로 떠나겠다고 한다. 어머니는 펄쩍 뛰면서 그게 다가 아니다. 아버지는 내 머리 위에다 사과를 올려놓고 백 미터 앞에서 총으로 쏴서 맞추기도 했고, 내 배꼽에다 엽전을 올려놓고 맞추기도 했단다. 어머니는 아들이 금강산으로 떠나지 못하도록 그야말로 필사적이다. 그러나 이 모두가 허사다. 아들은 어머니가 문제를 내는 대로 척척해낸다. 어머니 입장에서는 사실 미칠 지경이다. 최선을 다 했지만 더 이상 해볼 방법이 없음을 깨닫고는 어려운 승낙을 한다. 밤새도록 두 모자는 서로 부둥켜안고 한없이 울었다. 이제 떠나면 언제 또 만날지 기약이 없기 때문이다.

어머니는 체념은 했지만 하염없이 흐르는 눈물을 훔쳐가며 사지로 떠나는 하나밖에 없는, 그것도 언제 또 볼지 모르는 자식의 마지막 먹을 것을 챙겨 주며 "부디 살아서 돌아 오거라. 만일 네가 죽으면 우리는 대가 끊기고 이 홀어미는 누굴 믿고 살겠느냐?" 하며 간곡히 부탁한다.

아들은 여장을 다 꾸린 듯 툭툭 털고 일어나며 비장한 어조로 "어머니! 걱정하지 마십시오. 저 기필코 호랑이를 죽여 아버지 원수를 갚고 꼭 돌아와 어머니께 못다한 효도를 해 드리겠습니다. 그 때 까지 부디 귀체 보존하십시오." 하고는 큰 절을 올린다.

어머니는 아들의 떠나는 뒷모습을 지켜보며 펑펑 쏟아지는 눈물을 주체하지 못하고 그 자리에 주저 앉아 엉엉 울었다. 해 저무는 줄도 모르고….

아들은 천년 묵은 호랑이가 있다는 강원도 금강산을 향해 밤낮을 가리지 않고 산을 넘고 내를 건너 발이 붓도록 주야장창 걷는다. 옛날에는 교통수단이 말, 우마차, 손수레 등이 고작이고 신발은 나막신, 짚신 등을 신고 다녔기 때문에 먼 길을 떠날 때는 서민들은 주로 짚신을 여러 켤레 삼아가지고 다녔다. 이렇게 교통수단이나 신발이 원시수준이다 보니 충청도에서 강원도 험한 고산준령을 넘으려면 적어도 몇 수년은 발이 붓도록 걸어야 금강산에 이른다. 지형지세를 보니 어느덧 강원도 땅에 와 있는 듯하다. 벌써 해가 저문다. 강원도는 산세가 험하고 높아 해가 빨리 저문다. 아들은 난생 처음 강원도 땅을 밟은 터라, 지리가 어둡고 낯설어 아무리 담력이 강한 아들일지라도 조금은 긴장되지 않을 수 없으리라. 거기에다 이름 모를 수많은 짐승들이 여기저기서 살벌하게 울어대니 말이다.

혹여 주막이라도 있나 하고 사방을 둘러보니 그리 멀지 않은 곳에 희미하게나마 불빛 하나가 깜빡인다. 옳다 됐다. 강원도 심산유곡, 그것도 해지고 어두운 오지에서 길 잃은 나그네 아들은 구세주를 만난 셈이다. 불빛을 향해 한걸음에 달려가 보니 조그만 주막이었다. 주막이라 해도 첩첩 산중에 있어 그런지 집안은 빈집처럼 죽은 듯이 적막할 뿐 처마 밑에 걸어 놓은 등불만 스치는 삭풍이 역겨운 듯 하늘거린다.

아들은 조심스럽게 "안에 누구 계시나요?" 하고 주인을 부른다. 묵묵부답이다. 이번엔 아까보다 조금 더 크게 "계십니까?" 하고 주인을 부르니 이제야 안에서 반응이 온다. "누구신데 이 밤중에" 하고 머리가 하얗게 센 백발 할아버지 한 분이 지팡이를 짚고 나오신다. 아들은 허리 굽혀 공손히 인사하고는 "지나가는 나그넨데 하룻밤만 유하고 가려고 왔습니다." 하니까 할아버지께서는 아들의 아래 위를 훑어보면서 "웬 젊은이가 이 첩첩 산중에…." 하고는 의아하다는 표정을 짓더니 밖의 날씨가 추우니 빨리 안으로 들어오라고 재촉한다. 안에 들어서니 방 두 칸짜리 오두막집에 할머니와 단 두 식구가 살고 있었다. 할머니가 빤히 얼굴을 쳐다보더니 "젊은이! 저녁은 어떻게 했수?" 하고 묻는다. 아들은 쑥스러운 듯 "저녁은 아직…" 하고 말끝을 흐린다. 할머니께서는 지체 없이 부엌에 나가 밥 한상을 차려오면서 반찬은 없지만 험한 산길에 여기까지 오느라고 시장할 텐데 어서 먹으라고 하면서 아랫목에다 밥상을 갖다 놓는다. 밥상을 보니 잡곡이 약간 섞인 보리밥 한 사발에 나물국과 김치 그리고 버섯무침이 차려져 있다. 아들은 시장하던 차에 밥 한 사발을 마파람에 게눈 감추듯 뚝딱하고 해치웠다.

할아버지 두 내외분은 아들의 밥 먹는 모습을 물끄러미 지켜보고 있다가 다 먹고 밥 수저를 놓는 것을 보고는 기다렸다는 듯 어디서 온 누구며, 여기까지 왜 왔는지 마치 형사가 심문하듯이 묻는다. 아들은 자기 고향과 이름을 대며 여기까지 오게 된 연유를 할아버지 내외분께 소상히 밝힌다.

할아버지는 젊은이의 이야기를 심각하게 듣고 있다가 대뜸 아버지 원수 갚는 거 그만 두라고 극구 말린다. "여보 젊은이, 한 가닥 한다는 그 유명한 명포수들이 천년 묵은 호랑이 한 마리 잡겠다고 왔다가 한 사람도 살아 돌아간 사람이 없는데 젊은 사람이 겁 없이 호랑이를 잡겠다고? 여기가 어디라고 여기까지 와." 하면서 빨리 죽기 전에 집으로 돌아가라고 야단을 친다. 그 날 밤 아들은 할아버지를 간신히 설득해서 도움을 받는다.

저기 저 산을 넘어가면 건너편 산중턱 하얀 차돌 위에 천년 묵은 호랑이가 하얀 할아버지로 둔갑하여 앉아 있다가 사람이 나타나면 어느새 알고 다시 호랑이로 둔갑하여 사람을 잡아먹는데, 그 행동이 얼마나 민첩한지 번개같고 신출귀몰하여 내 존재를 호랑이에게 공표하듯이 먼저 알리지 않으면 안 된다는 것이다. 그리고 만일 포수가 총을 쏘면 총알을 앞발로 받아서 앞에다 쭉 늘어놓고는 포수가 총알이 다 떨어지면 그 즉시 잡아먹으니 조심하라는 것이다.

아닌 게 아니라, 할아버지의 말씀대로 산 하나를 넘으니 멀리 건너편에 널찍한 하얀 차돌 하나가 보이고, 그 차돌 위에 무언가 앉아있는 형상이 보인다. 아들은 할아버지가 시킨 대로 "야! 이 호랑아! 너 때문에 돌아가신 아버지의 원수 갚으려고 내가 왔다. 나하고 한 번 대결해 보자!" 하고 큰 소리로 외치니까, 호랑이는 그 자리에서 미동도 하지 않고 앉아 있다.

호랑이가 소리 나는 쪽을 향해 보고 "조그만 어린 애송이가 하룻강아지 범 무서운 줄 모른다고 감히 나에게 도전장을 내밀어. 가만히 앉아서 앞발로 눌러도 찍소리도 못하고 죽을 놈이!" 하고는, '어디 오려거든 한 번 와봐라' 하는지 호랑이는 약 100미터 앞까지 접근해가도 꼼짝도 하지 않고 아들만 노려보고 있다. 천년 묵은 호랑이는 예상대로 아들이 너무 어린 애송이라고 무시하고 경계심을 풀고 있는 것 같다. 왜냐하면 만일 호랑이가 봤을 때 적이 강하다고 생각했으면 벌써 호랑이로 둔갑하고 아들한테 달려들었을 것이기 때문이다.

아들은 지체 없이 호랑이를 향해 총 한 방을 날렸다. 그 때까지도 할아버지 호랑이는 호랑이로 둔갑하지 않고 양반자세로 앉아서 아들이 자기를 향해 총을 쏘는 대로 총알을 하나씩 받아서 보란 듯이 쭉 늘어놓지 않는가? 아들은 속이 새카맣게 타들어 간다. 이러다 총알이 떨어지면 아버지 원수도 못 갚고 호랑이 밥이 되는 것은 시간문제이며, 불 보듯 뻔한 이치 아닌가. 아들은 겁이 덜컥 났다. 그리고 아버지 원수를 갚고 내가 돌아올 날만을 기다리며 학수고대 하시는 어머니도 눈앞에서 아른거린다.

순간 아들의 뇌리 속에 번개처럼 스쳐가는 영감이 하나 있었다. 이 때 아들에게는 총알이 다 떨어지고 딱 두 발밖에 남아 있지 않았다.

아들은 호랑이를 향해 큰 소리로 외쳤다. "너는 어린 애송이 같은 나 하나를 잡아먹기 위해 뒤에 웬 군사를 많이 거느리고 있느냐"고 하니까 아들의 이 말을 의아스럽게 생각했는지, 아들의 말이 끝나자마자 뒤를 휙 돌아본다.

아들은 이 틈을 놓치지 않고 호랑이 할아버지 뒤통수를 향해 총알 한 발을 날렸다. 천년 묵은 호랑이 할아버지는 꿈에서도 예상치 못할 아들의 벼락같은 일격을 맞고 호랑이로 변신하여 유혈이 낭자한 채 천길 만길 뛰면서 '으르렁, 으르렁' 괴성을 지르며 아들에게 달려든다. 아들은 마지막 남은 총알 한 발로 호랑이의 숨통을 보기 좋게 끊어 놓는다.

아들은 순간 '이제야 해 냈구나.' 하는 벅차오르는 성취감과 희열 그리고 원수를 갚기 위해 와신상담했던 그 많은 세월들이 한꺼번에 눈물이 되어 가슴을 뜨겁게 적신다. 아들은 "아버지! 아버지! 제가 아버지 원수를 갚았습니다. 이제 하늘나라에서 편히 쉬십시오." 하고는 호랑이의 머리를 잘라 메고 나침반을 보며 어머니가 애타게 기다리는 충청도 고향집을 향해 발길을 재촉한다. 몇 수년을 걸어서 고향집에 이르니 그 동안 얼마나 많은 세월이 흘렀는지 집은 다 쓰러져간다. 어머니하고 큰 소리로 아무리 불러 봐도 묵묵부답이다.

예감이 이상해 뒷마당에 가보니 하얀 백발 할머니가 장독대에 앉아 이를 잡고 있는 것이 아닌가, 가까이 다가가서 "어머니!" 하고 큰소리로 부르니까, 그때서야 아들을 쳐다보며 "뉘신지는 몰라도 우리 아들은 아버지 원수 갚으러 강원도 금강산에 들어갔다가 호랑이에 물려 오래 전에 죽었다오." 하면서 "내 아들이 지금 살아있다면 젊은이만 하겠수." 한다.

아들은 어머니를 한 눈에 알아보는데 어머니는 연로하고 정신이 혼미해서 아들을 좀처럼 알아보지 못한다. 더구나 아들이 장기간 금강산에 들어가 있는 동안 머리를 자르거나 수염을 깎지 않아 덥수룩해서 더욱 더 아들을 몰라 봤다. 아들은 어머니의 기억을 떠올리기 위해 잘라 온 호랑이의 머리를 보따리에서 풀어 보인다. 어머니는 소스라치게 놀라며 그 때서야 아들을 희미하게나마 알아본다. "이게 내 아들 아무개 아니냐? 나는 네가 그동안 호랑이한테 물려 죽은 줄 알고 지금껏 눈물로 나날을 보내고 있었는데 이렇게 살아서 돌아오다니!" 하며 말을 잊지 못한 채 아들을 부여안고 뜨거운 눈물을 한없이 쏟아낸다. 두 모자의 극적인 재회의 순간이다. 두 모자는 해지는 줄도 모르고 그동안에 있었던 많은 얘기를 나누며 벅차오르는 감회를 억누르지 못해 부둥켜안고 하염없이 울었다.

아버지는 이렇게 장시간에 걸친 호랑이 이야기를 끝내고는 나를 한 번 힐끗 쳐다보시더니 "어떠냐? 재미있지?" 하고 물으신다. 나는 "예!" 하고는 "그 다음은 어떻게 됐데유?" 하니까 아버지는 퉁명스럽게 "어떻게 되긴 잘 먹고 잘 살다 죽었지." 하고는 손에다 침을 탁탁 두어 번 뱉고는 다시 새끼를 꼬기 시작하신다. 옛날이야기는 어떤 이야기든 끝은 항상 해피엔딩이다.

다음은 어머니의 이야기다.

어머니는 이야기를 시작하기 전에 올망졸망 앉아 있는 우리들을 쭉 둘러보시고는 이야기를 시작하신다.

옛날하고도 아주 먼~ 옛날 충청도 어느 깊은 산골에 쬐그만 오두막집이 하나 있었는데 거기에는 어머니하고 두 남매가 살았단다. 어느 날 어머니가 산 넘어 잔칫집에 갔다 온다고 하고는 내가 올 때까지 집을 잘 보라고 하면서 문을 단단히 걸어 잠그고 아무나 문을 열어주지 마라고 지시한다. 두 남매는 "어머니 걱정하지 마시고 갔다 오세요. 그리고 갔다 오실 때 떡 좀 얻어 오세요." 하고는 대문 앞까지 배웅을 나간다. 어머니는 어린 자식들한테 지시는 했지만 영 마음이 놓이지 않는다. 그래도 어찌하겠는가, 별 도리가 없는데. 어머니는 '설마 괜찮겠지' 하면서 산 넘어 잔칫집을 향해 떠난다.

어머니가 떠난 후 두 남매는 문을 꼭꼭 걸어 잠그고 어머니 오기만을 기다리고 있는데 어느덧 해가 저물고 어두워지기 시작한다.

어머니는 그 사이 잔치가 끝나고 아이들 주려고 떡을 가지고 집으로 돌아오는 길에 호랑이를 만난다. 호랑이는 어머니를 보더니 들고 있는 게 뭐냐고 묻는다. "애들 줄려고 잔칫집에서 떡을 얻어 오는 길이다." 하니까, 호랑이는 이 말을 듣고 있다가 "나는 지금 너를 잡아먹고 싶은데 떡 하나 주면 안 잡아먹지." 한다. 어머니는 속으로 '떡 하나 주면 안 잡아먹는다면 그까짓 떡 하나쯤이야.' 하고 떡 하나를 호랑이에게 건네준다. 호랑이는 떡을 다 먹고는 또 "떡 하나 주면 안 잡아먹지" 한다. 이렇게 호랑이한테 계속해서 떡을 빼앗기다 보니까 금세 바닥이 난다.

호랑이는 마지막 하나 남은 떡마저 다 빼앗아 먹고는 떡을 더 달라고 한다. 어머니가 떡이 다 떨어지고 없다고 하니까 호랑이가 이번에는 "팔 한 쪽을 주면 안 잡아먹지." 한다. 어머니는 팔 한 쪽 없어 병신이 될지라도 죽는 것보다는 났겠다 싶어 팔 한 쪽을 줬다. 호랑이는 이번에도 어머니의 팔 한 쪽을 다 먹고도 나머지 한 쪽마저 달라고 한다. 이렇게 해서 다리까지 모두 호랑이한테 다 빼앗긴 어머니는 몸뚱이만 남아 죽고 말았다.

호랑이는 어머니를 잡아먹고도 양이 안찼던지 어머니 옷을 입고 집으로 찾아와 대문을 두드리며 "얘들아 어머니가 왔다 문 열어라." 한다. 아이들이 안에서 가만히 듣고 보니 어머니 목소리가 아니다. 아이들은 어머니가 아니라고 계속해서 문을 안 열어 준다. 호랑이는 어디 가지 않고 문 열어 달라고 두 아이를 귀찮게 한다.

도저히 안 되겠다 싶어 오빠가 있다가 그럼 대문 틈사이로 손 한 쪽을 넣어보라고 한다.

호랑이는 아무 생각 없이 아이들이 시키는 대로 손 한 쪽을 대문 안쪽에 밀어 넣었다. 아이들이 손을 보는 순간 겁이 덜컥 났다. 손에 털이 나 있지 않은가. 아이들은 분명 밖에 있는 게 호랑이라 생각하고 무서워서 방에 들어와 방문을 꼭꼭 걸어 잠그고 벌벌 떨고 있는데, 참다못한 호랑이가 대문을 부수고 들어왔다. 아이들은 대문을 부수고 호랑이가 들어왔으니 방문을 부수고 들어오는 건 시간문제라고 생각하고 뒷문을 열고 우물가 느티나무에 올라갔다.

호랑이는 집에 들어와 두 남매를 찾으려고 이리저리 왔다 갔다 하다가 우물가에 와서 우물 안을 들여다 본다. 우물 안에 아이들이 있으니까 호랑이는 우물 안으로 자꾸만 들어가려고 하다가 아이들 웃는 소리에 나무 꼭대기를 쳐다보다 아이들을 발견하고 나무를 오르려하다가 안되니깐 "너희들 어떻게 올라갔니?" 하고 물어본다. "참기름 바르고 올라 왔지!" 한다. 호랑이는 아이들 말대로 참기름을 바르고 오르려 하니까, 쫄끄당쫄끄당하고 미끄러지기만 하지 도저히 올라갈 수 없다.

호랑이는 아까 어머니에게 하던 방식대로 "미끄러지지 않고 올라가는 방법을 가르쳐 주면 안 잡아먹지." 하니까, 순진무구한 아이들은 호랑이에게 속아 방법을 가르쳐 준다. 아이들은 "도끼로 나무를 찍으면서 올라왔지." 하니까, 호랑이는 아이들 말대로 도끼로 나무를 찍으면서 올라온다. 아이들은 그 방법이 옳은 방법인 줄도 모르고 그러면 될 것 같다는 생각에 장난삼아 가르쳐 줬는데, 진짜 호랑이가 올라오고 있지 않는가. 겁이 난 아이들은 하늘을 쳐다보며 살려달라고 빈다. 조금 있는데, 하늘에서 밧줄 하나가 내려온다. 아이들이 밧줄을 잡고 하늘로 올라가니까 호랑이도 아이들이 하던 대로 하늘을 보고 살려달라고 한다. 하늘에서 밧줄이 내려와 잡고 올라가다가 밧줄이 끊어져 수수깡 울타리에 떨어지면서 수수깡 뾰족한 데에 항문이 찔러 죽었다. 지금도 수수깡을 보면 핏자국이 있는데 이는 그 때 호랑이가 흘린 피라고 한다.

어머니께서는 옛날이야기가 다 끝났다는 듯 심각하게 듣고 있는 우리들을 번갈아 쳐다보면서 웃으신다. 우리들은 아직 옛날이야기가 끝나지 않았다는 생각에 "아이들은 하늘로 올라가서 워떻게 데유?" 하고 물어보니 "오빠는 해가 되고 누이동생은 달이 되었단다." 하시며 어머니께서는 이렇게 옛날이야기를 끝맺는다.

동네사람의 귀신이야기

다음은 작은 마파지(효자도 부락 이름) 동네 사람이 밤에 도깨비를 만났다는 체험담이다. 어느 봄밤인가. 윗말(효자도 부락 이름)에서 밤늦게까지 놀다가 작은 마파지로 넘어오려고 원둑을 지나는데 그날 따라 구름이 짙게 하늘을 덮고 이슬비가 촉촉이 내리고 있었다.

시간은 대략 새벽 한 시쯤 된 것 같은데 갑자기 눈앞이 캄캄해진다, 어둠의 절벽 바로 앞에 서 있는 듯 문자 그대로 칠흑 같은 어둠이다. 동네사람은 순간적으로 자신도 모르게 겁을 먹고 있었다. '아뿔싸, 내가 이 밤중에 도깨비를 만났구나. 그러잖아도 이슬비 오는 새벽녘에 예전부터 무섭기로 유명한 이 원둑을 지난다는 건 웬만한 담력을 갖지 않은 사람이라면 상상도 못할 일인데 과감하게도 이 같은 날 이 길을 지나다가 도깨비를 만나다니…' 하고 생각했다.

예전엔 섬 지방에 전등이 없어 특히 이슬비 오는 밤이면 칠흑 같은 어둠이 겹겹이 쌓여 더욱더 어둡고 음산했다. 동네 사람은 이성을 잃고 서서히 정신이 혼미해져간다. 이젠 동물적 본능으로 움직일 뿐이다. 동물적 본능에는 회귀본능이라는 것이 있어 무의식중에도 동네 사람은 자신도 모르는 사이에 집을 향해서 가고 있다. 가는 것도 정상적인 사람처럼 서서 걸어가는 것이 아니라 동물처럼 네발로 엉금엉금 기어가고 있는 것이다.

그것도 인도로 가는 것이 아니라 가시덤불도 헤치고 밭둑을 오르다가 아래로 구르기도 하고 논바닥 질퍽한 시궁창에 철푸덕하고 빠지기도 하면서 밤새도록 집을 향해 가고 있는 것이다. 남들이 안 보고 몰라서 그렇지 그 몰골은 말이 아닐 것이다. 한 번쯤 상상해 볼만하다. 동네 사람은 지금 한가하게 몰골을 이야기 할 때가 아니다.

지금 가장 시급한 것은 집으로 가는 것이다. 그래서 동물적 회귀본능은 한 치의 오차도 없이 동네 사람을 집으로 안내한다. 오직 자기가 사는 집으로 가야한다는 일념으로.

어느새 시간이 흘렀는지 멀리서 '꼬끼오~' 하는 첫닭 우는 소리가 마치 꿈속에서 듣는 듯 아련히 들려온다. 어인 일인지 동네사람 한테 갑자기 커다란 이변이 하나 생겼다. 마치 꿈속에서 헤매듯 몽롱했던 정신이 닭 우는 소리와 함께 깊은 잠에서 깨어나듯 선명해지는 것이다. 희미하게 정신이 돌아오고 있는 것이다. 전해 내려오는 속설에 의하면 귀신은 새벽에 닭이 울면 사람과 함께 하다가 이승을 떠난다고 한다.

눈을 떠 보니 자기네 집 앞마당에 강아지처럼 쭈그리고 앉아 있었다. 그리고 손에는 어디서 주어 왔는지 빗자루 하나를 들고 있었고 온 몸은 식은땀으로 흥건하게 젖어있었다. 동네사람은 긴장된 상태에서 밤새 얼마나 여기저기 헤매고 다녔는지 문자 그대로 파김치가 되어있었다. 이젠 식구들마저 부를 기력조차 없다. 동네사람은 기어가다시피 방에 들어가 잠의 천질 낭떠러지로 한없이 떨어진다.

날이 새어 식구들이 일어나 보니 마루며 토방 등이 진흙투성이다. 부인은 깜짝 놀라며 혹시나 남편한테 어젯밤에 무슨 일이 있었나 하고 걱정되어 방에 들어가 봤다. 남편은 흙투성이가 된 체 어디가 많이 아픈지 간간히 신음소리를 내며 자고 있다. 부인은 "여보! 여보!" 하며 몇 번 불러봤지만 여전히 아무런 대답이 없다.

부인이 이마에 손을 대보니 열이 펄펄 끓고 있지 않은가, 몸살감기다. 하지만 상비약도 없고 동내엔 약국이 전무하다. 약을 사러 가려면 배를 타고 육지로 나가야 한다. 그 때 당시엔 연락선은 없었고 육지(광천, 오천)로 장을 보러 다니는 장배나 나룻배 밖에 없었다. 앞에서도 잠시 언급한 바 있지만 옛날 섬 지방에서는 죽을병 아니고는 육지에 나가 의료기관에서 치료를 받는다는 것은 감히 상상도 못 할 일이었다. 동네사람은 그 후로 며칠을 끙끙 앓고 일어나 겨우 한다는 소리. "그날 밤 윗말에서 놀다 술 한 잔 마시고 원둑을 건너오다가 도깨비를 만났는데 도깨비한테 밤새 끌려 다니다 새벽에 눈을 떠보니 우리 집 앞마당이더라. 그런데 이상하게도 내 손에 무언가 들고 있는 느낌에 손을 보니까 생전 보지도 않았던 빗자루 하나를 들고 있더라."

이 말을 잠자코 듣고 있던 바로 옆집사람이 다짜고짜 "자네는 도깨비를 들고 있었구먼 그려." 한다. 동네사람은 "내가 귀신을 들고 있었다니? 그럼 빗자루가 도깨비였단 말인가?" 도저히 상식적으로 납득이 가지 않는다. 동네사람은 "괜히 놀리지 마시오." 하고는 옆집사람이 한 말을 무의미한 농담으로 알고 그냥 지나가려한다.

옆집사람은 동네사람의 눈치를 읽었는지, "야! 이 사람아! 사람의 피묻은 빗자루가 삼년이 지나면 도깨비로 둔갑한다는 거 여태껏 모르고 있었단 말인가? 자네가 어젯밤에 만났다는 도깨비가 바로 빗자루 귀신이었던 거야." "빗자루 귀신이라…." 하긴 귀신도 이름 붙이기 나름이지 도라무통(드럼통)에 넣어 가지고 굴린다는 '도라무통 귀신', 뒷간(화장실)에서 난다는 '삼태기 귀신', 닭장에서 난다는 '달걀귀신' 우리들은 유년시절에 많은 귀신과 함께 살았다.

우리들은 유년시절에 저녁을 먹고 나면 마실을 많이 다녔다. 지금은 컴퓨터 등 각종 오락기들이 많아 밖에 나가지 않고도 집에서 여가를 즐길 수 있지만 옛날에는 혼자서 즐길 수 있는 게임기는 전무했다. 밤늦게까지 놀다가 집에 돌아 올 때는 그 시절에는 가로등 같은 조명 시설 등이 없다 보니 섬 전체가 암흑세계 그 자체다. 거기에다 어른들의 무서운 옛날이야기를 듣고 집으로 돌아올 때는 움침하고 후미진 곳만 봐도 금방이라도 귀신이 '어홍!' 하고 나올 것 같은 불안감에 머리가 찌뻣찌뻣 곤두선다. 그럴 때는 우리들은 노래를 부르며 사정없이 집을 향해 내달린다.

그리고 대문 앞까지 왔을 때는 혹시 뭐가 따라오지 않았나 하고

한번 '휙'하고 뒤돌아보고는 뭔가에 쫓기는 사람처럼 헐레벌떡 신
발도 아무렇게나 벗어 던지고 마루에 뛰어 올라 후다닥 방문을 열
고 들어가서는 "후유~" 하고 안도의 한숨을 내신다. 무서운 것은
대문 안쪽으로 들어설 때와 방문을 열고 들어갈 때가 더 무섭다.
귀신이 뒤에서 "이놈!" 하고 옷자락을 잡는 것 같은 느낌 때문이다.

　우리 고향 효자도는 나의 유년시절엔 조명시설 하나 없어 어두
울 뿐만 아니라 무척이나 조용했다. 바람소리, 물소리, 새소리를 빼
면 그야말로 무덤 속처럼 고요하다. 사면이 바다지만 예전엔 통통
거리는 동력선이 없었기 때문에 바다마저 잔잔한 날은 더욱 그러
했다. 때문에 칠흑같이 어두운 밤은 곳곳마다 귀신이 도사리고 있
는 것 같아 혼자서 밤길을 다니기가 고역이었다.

어른들은 우리들을 놀리기 위해서 어느 곳엔 무슨 귀신 또 어느 곳엔 무슨 귀신이 나온다고 겁을 준다. 그곳에 가면 하얀 소복에 머리는 어깨까지 풀어 헤친 처녀귀신이 입에 피를 물고 "히히히" 하면서 "너 왔니?" 하고 나타난다는 것이다. 영화 '월하의 공동묘지'처럼….

그리고 귀신이 나온다고 하는 곳은 어디든 예외 없이 어둡고 후미진 곳이다. 우린 그곳을 밤에 지나갈 땐 금방이라도 어른들이 말하는 처녀귀신이 나올 것 같아 머리가 곤두서고 등에서는 식은 땀이 주르륵 흘러내린다. 이럴 땐 우린 큰 소리로 노래를 부르고 걸음아 날 살려라 하며 질풍처럼 집으로 내달린다.

초등학교 저학년 시절

1956년도 4월 1일은 내가 드디어 초등학교에 입학하는 날이다. 말하자면 지식도야를 향해 첫발을 내딛는 뜻 깊은 날이다. 키가 조금만 더 컸었어도 작년에 입학하는 건데 어머니 말마따나 남들 다 클 때 나는 뭐하느라 키를 못 크고 이제 와서 초등학교에 들어가는지 모르겠다. 아이들이 학교에 갈 때나 올 때나 항상 부러워하면서 나도 언제 저 애들처럼 학교에 다닐까 하고 1년이란 긴 세월을 하루하루 손꼽아 기다려 왔는데 드디어 그 날이 거짓말처럼 다가왔다. 나는 설레는 마음에 도무지 아침밥이 목에 넘어가지 않는다. 작년엔 할아버지께서 학교에 데리고 가셨었는데 이젠 할아버지가 돌아가셔서 안 계신다. 식구들은 농번기라 바빠서 눈 코 뜰 새 없다.

아침을 먹고 나니 어머니께서 "설자야!" 하고 누나를 부르신다. "이따가 아침 먹구 하이교 갈 때 송호 데리구 가거라. 식구들은 바뻐서 아무두 뭇간다. 왈먼네 정숙이는 이모들이 데리구 가니께 한 치 가거라." 하시며 나에게 고개를 돌려 "이따가 하이교에서 선상님

이 책 나눠주거든 이걸루 싸가지구 오너라." 하시고는 파란 하늘색 보자기 하나를 똘똘 뭉쳐서 주머니에 넣어 주신다. 나는 너무너무 좋아 강아지처럼 팔짝팔짝 뛰면서 이웃집 외가댁 정숙이를 찾아 갔다. 대문 안을 들어서면서 "정숙아" 하고 불렀다. 정숙이는 이모들하고 학교갈 준비를 하고 있었다. 세 사람의 시선이 동시에 나에게 쏟아진다. 작은 이모가 빙긋이 웃으며 "송호 왔구나." 하면서 나에게 말을 건넨다.

"송호 너두 인저 학교 가는구나. 송호는 좋겠다! 학교가구." 순간 울 너머 우리 집에서 "송호야" 하고 나를 찾는 낭랑한 어머니의 목소리가 들려온다. 나는 유년시절에 나의 본 이름인 '성호' 대신 '송호'라고 불렸다. 아마도 성호보다는 송호가 발음하기가 쉬웠던 모양이다.

어머니의 부르심에 가 봤더니 "야! 시수허구 빨리 하이꼬 가야지. 왈먼네 집에서 지금까지 뭐했니? 누나허구 성은 하이꼬 갈라구 책보 다 싸놨는디. 큰 솥에다 물 끓여 놨응께 부뚜막에다 물 흘리지 말구 떠다가 시수혀라. 시수구떼이 투방에 있다." 세수가 끝나니까 누나는 책보를 허리춤에 띠고 형은 어깨에다 대각선으로 메고 대문 밖을 나선다. 누나는 대문 밖을 나서자마자 "이모, 이모." 하면서 외가댁으로 들어간다. 형과 나도 따라 들어갔다. 작은 이모는 정숙이를 데리고 학교 가려고 막 대문 밖을 나서려다 우리 일행과 마주쳤다.

작은 이모는 우리들을 보더니 깔깔거리며 웃고는 "참새가 방앗간 보구 그냥 안지나 간다구. 뉘덜이 학교가면서 왈먼네를 그냥 않지나 갈 텐디. 벌써 학교를 가지는 않았을 거구 이상허다구 생각했다. 빨리 가자야 늦겠다." 하면서 독려한다. 하늘을 보니 하늘엔 구름 한 점 없이 맑고 청명하다.

우리 일행은 윗곁의 구사티를 지나 장승배기에 이르니 멀리 간사지 건너 학교에서 벌써 아이들이 모여와 떠드는 소리가 들려온다. 아이들 떠드는 소리를 들으니까 한층 더 마음이 설렌다. 가는 길목마다엔 예쁜 꽃들이 봄맞이를 나온 듯 화사하게 피어 우리들을 반긴다.

노란 개나리꽃, 민들레, 자주색 제비꽃, 오랑캐꽃, 진달래 하며 이루 다 헤아릴 수 없을 만큼 수많은 종류의 꽃들이 푸짐하게 꽃 잔치를 하고 있다.

그리고 온갖 새들은 더 없이 행복한 이 봄을 노래하듯 아주 예쁘게 지저귄다. 우리가 지나는 비좁은 논둑길엔 모여 있던 개구리들이 길을 비켜 주기 위해 팔짝팔짝 뛰어 논으로 일제히 들어간다.

이 길은 할아버지께서 작년 이맘 때 나 초등학교에 입학시킨다고 학교에 데리고 가시던 길인데 할아버지는 오랜 숙환 끝에 어느 날 말없이 별나라로 훌쩍 떠나셨다. 나는 할아버지께서 떠나가시던 날 할아버지에 대한 애틋한 추억을 가슴에 안고 내년에 학교에 들어가면 열심히 공부해서 훌륭한 사람이 되겠노라고 굳게굳게 다짐했었다.

지금으로부터 약 1년 전 그 때 그 길을 걸으니 돌아가신 할아버지가 불현듯 생각이 난다. 나는 학교 가는 길에 이런저런 생각하면서 따라만 갔는데 어느새 학교에 당도했는지 아이들 떠드는 소리가 귓전에 선명하게 들려온다.

우리의 발길이 머문 곳은 교정으로 오르는 언덕 약 45도 경사에 만들어진 나무계단 바로 밑이다. 학교에 대한 지형이나 구조 등은 전 편에 익히 소개한 바 있어 생략하기로 하고, 여기서부터 우린 가파른 언덕길을 등산하듯 힘겹게 올라가야 한다. 우리는 한 계단 한 계단 세어가며 정점에 오르니 무려 마흔다섯 계단이다. 정점에 올라서니 운동장 확장공사가 한창이다. 공사장에는 주로 학부형들이 나와 작업을 하고 있었다. 학교 측은 학생 수가 점차 불어나기 시작하니까 운동장이 좁다는 판단 하에서 운동장을 넓히고 있는 중이다.

이모는 학교에 도착하자마자 사람이 모여 있는 곳으로 가보자고 한다. 이모가 이끄는 대로 가보니 올해 초등학교에 입학할 아이들이 학부형과 함께 모여와 이야기꽃을 피우고 있다가 우리들을 보더니 반색을 하며 "뉘덜두 올해 입학허니?" 하고 웃말 할머니께서 묻는다.

이때 누나가 나서서 "예, 성호 쟤 나이대루 학교 들어갔으면 작년에 들어갔어야 혔는디 키 작다고 선생님이 올해 입학허라구 혀서 데리구 왔유." 한다. 윗말 할머니께서 고개를 갸우뚱하더니 "왜 으른은 안 오구 뉘덜만 왔니?" 하고 의아스럽다는 듯이 묻는다. 누나는 "으른들은 바뻐서 못 오구 이모가 정숙이 입학식허는디 간다구 오머니가 한치 가라구 혀서 우리들만 왔유." 한다. 윗말 할머니는 잠자코 있다가 "허긴 그려. 요즘 농사철에 밭두 매야허구 모심을 준비두 혀야허구 사람이 있으면 있는 대로 필요허지." 하시면서 말문을 닫으신다.

할머니 말씀이 끝나기가 무섭게 '땡땡땡' 하고 종치는 소리가 몇 번 들리더니 입학식 한다고 입학할 아동은 학부형과 함께 운동장에 모이라고 한다.

전부 모이고 보니 겨우 9명밖에 되지 않는다. 워낙 섬이 작아서 인구가 많지 않아 취학할 아동이 없다 보니 당연히 그럴 수밖에…. 입학식을 끝내고 우리들은 1, 2, 3학년 교실로 들어왔다.

담임선생님은 강일원 선생님이시다. 선생님은 학교의 연역과 앞으로의 계획 등 아동이 학교에서 지켜야 할 교칙을 장황하게 설명

해준다.

"우리 학교는 원산도에 있는 광명초등학교에 속해있는 효자분교이다. 왜냐하면 아동수가 최소한 100명 이상은 돼야 명실 공히 하나의 독립된 초등학교로서의 면모를 갖출 수 있고 따라서 교육당국에서의 학교 운영자금을 지원 받을 수 있기 때문이다. 그러나 현재는 인구가 적다보니 아동수가 기껏해야 60여명 정도 밖에 되지 않아 광명초등학교 효자분교란 딱지를 떼지 못하고 있는 실정이다. 앞으로 우리 효자도가 발전되고 융성해지면 자연 인구가 증가하게 되고 인구가 지금보다 몇 배 이상 많아지면 그땐 효자분교란 딱지를 과감하게 떼고 어엿한 '효자초등학교'란 명칭을 달고 세계로 도약할 수 있는 계기를 마련할 수 있을 것이다. 여러분은 희망을 갖고 열심히 공부해서 훌륭한 사람이 되어 주기 바란다. 이상."

담임선생님의 길고도 긴 연설이 끝나고 나니 이젠 아동들의 책상 배치가 시작된다. 책상 배치는 아동의 키순으로 이루어진다. 말하자면 제일 키가 작은 사람이 앞자리 1번, 다음 2번 이렇게 해서 제일 키가 큰 사람이 제일 뒤쪽 편에 앉는다. 이 같은 책상 배치 방식 때문에 나는 키가 제일 작아서 제일 앞좌석에 앉게 됐다.

이젠 책상 배치도 끝나고 다음은 1학년 교과서를 나눠 준다고 한다. 교과서는 국어, 셈본, 사생, 자연, 음악, 미술 이렇게 총 6과목이다. 난생 처음 받아보는 책이다. 이 얼마나 영광스럽고 감개가 무량한 순간인가!

현란한 색채감, 빳빳한 촉감, 향긋한 책 냄새! 나는 교과서를 받아 든 순간 그야말로 전 우주를 다 갖는 느낌이다.

맨 마지막으로 이젠 모든 절차가 끝났으니 청소를 하고 오늘은 일찍 집으로 돌아가 쉬라는 것이다. 나는 집으로 오는 도중에도 아까 교실에서 교과서를 처음 받을 때 책에서 풍겼던 향긋한 책 냄새가 생각나 책보에서 한 권 꺼내들고 집에 올 때까지 맡아 보곤 하였다.

60여 년이 흐른 지금까지도 그 냄새만큼은 영원히 잊을 수가 없다. 집에 돌아와 보니 들로 일하러 가셨던 식구들이 하나 둘 집으로 들어오신다. 나와 제일 먼저 마주친 어머니께서 "야 너 입학식 했니?" 하고 물으신다.

나는 "예." 하고는 "책만 주구 공책은 안 주데유." 했다. "그럼 책만 주지 공책두 주나. 공책은 우리가 사야지." 하시면서 방에 잠깐 들어갔다 나오시면서 "옛다. 할머니가 장에 갔다 오시면서 너 입학 허면 준다구 사왔단다." 하시면서 공책 2권과 지우개 달린 연필 1자루를 건네주신다.

이 공책과 연필 또한 책만큼이나 난생 처음 받아보는 물건들이다. 이 모두가 나에겐 광영이요, 내 인생의 새 출발을 알리는 신호탄이다. 난 꼭 끌어안고 뺨에 갖다 대보기도 하고, 냄새도 맡아보며 애지중지 했다. 그 때 당시 연필은 문화연필이었는데, 그 냄새가 향긋하고 얼마나 좋았었는지 그 냄새만 맡고 있노라면 야릇한 황홀경에 빠지기도 했었다. 그래서 난 틈만 나면 책 냄새, 연필 냄새 등을 맡아보곤 했었다. 이젠 나도 어엿한 초등학교 1학년 학생이다.

나는 책보에다 학교에서 준 책과 할머니께서 사주신 학용품을 자랑스럽게 싸놓고 방에서 나오는데 마침 할머니와 삼촌 그리고 고모가 뒤따라 집안으로 들어오시면서 나를 보고는 "너 입학식 끝났니?" 하고 물으시더니 "누나와 성은 왜 즘슨 먹으러 안 온데이?" 하고 막 할머니의 말씀이 끝나기가 무섭게 호랑이도 제 말하면 온다고 누나와 형이 대문 안으로 헐레벌떡하며 들이닥친다. 할머니께서 누나와 형을 보시더니 "뉘들 인저 오니 말레(마루)에 앉거라. 뉘이 오매 밥 차려오거든 밥 먹자." 하신다.

조금 있는데 어머니가 부엌에서 밥상을 들고 나오시면서 "송호오늘 입학혔응께 하이고 잘 데리구 다녀라. 떼놓구 다니지 말구. 송호 쟤는 째끄마서 애들이 깜(깔)보구 때리니께." 한다. 형이 어머니 말씀을 잠자코 듣고 있다가 "누가 때려유. 내가 있는디." 하니까 누나도 이에 뒤질세라 "그럼 오머니 걱정 말어유. 학교가면 우리 신 씨네가 제일 많은디 누가 감히 우리 송호를 건드려유." 한다. 어머니께서는 우리 셋을 번갈아 쳐다보시면서 "허긴 그려 효자도에서 우리 신 씨네가 제일 많으니께." 한다.

누나와 형은 밥 한 그릇도 비우지 못한 채 늦겠다고 대문 밖으로 서둘러 뛰어 나간다. 누나와 형이 나간 뒤 어머니께서는 혼잣말로 "송호 쟤는 애들이 쪼끄만 건드러두 까물치는디." 하시면서 걱정 어린 표정으로 나를 힐끗 쳐다보신다.

난 그 때 어머니께서 하신 말씀이 무슨 뜻인 줄 몰랐다가 나중에 3학년 때 어느 날인가, 동급생 애하고 운동장에서 싸우다가 땅바닥에 쓰러졌는데 쓰러지는 순간 아찔하고 현기증이 일어나더니 그 이후로 한 동안 정신이 몽롱해지면서 가물가물 마치 꿈속에서 헤매는 듯했다. 그러다가 나는 어느 순간 누군가의 고함소리에 눈을 떠 보니 아이들이 모여와 나를 둘러싸고 겁먹은 표정으로 지켜보고 서 있었다.

나는 그 이후로 내가 이 같은 증세를 갖고 있었기에 그때 어머니께서 나를 걱정해서 하신 말씀이었던 것을 깨달았다. 어머니는 밭에 일하러 간다고 하시면서 내 등에 아기를 엎여주고는 식구들과 함께 나가신다. 동생들도 모두 밖에 나가고 집안은 아기와 나만 남아 있다.

난 심심해서 아기를 엎고 이웃집 외가댁을 가봤다. 정숙이가 나를 보더니 할머니가 사주셨다고 하면서 갖가지 학용품을 꺼내놓고 고개를 까딱까딱하면서 자랑을 한다. 자세히 보니 공책, 연필, 필통, 연필 깎는 칼, 크레파스 등 없는 게 없다. 하지만 나는 고작 해봐야 공책 2권과 연필 1자루뿐이다.

나는 샘도 나고 속상해서 저녁 먹으면서 어머니한테 정숙이 학용품 이야기를 하니깐 어머니는 이렇게 말씀하신다. "왈면네는 부자구, 우리 집은 가난혀서 그려. 우리두 이담에 잘살면 정숙이보다 더 좋은 거 많이 사줄껴." 그날 밤 누나하고 형이 숙제한다고 책보를 풀어 놓는 걸 가만히 들여다봤더니 누나와 형도 정숙이보다 공책이나 학용품이 많지 않다.

나는 학교에 입학하기 전에는 누나와 형의 학용품엔 크게 관심이 없었는데 막상 입학하고 보니 학용품에 굉장히 신경이 쓰인다. 공책이 몇 권 있어야 되고 연필, 연필 깎는 칼, 지우개 이 모든 것을 완벽하게 갖춰가지고 학교에 다녀야 되는데 집이 가난하니까 그럴 형편이 되지 못했다.

　우리 집안은 고조할아버지 때는 참봉 벼슬에 간척지를 개발해서 효자도에서 제일 잘 살았는데, 부자 3대 못 간다고 차츰 가세가 기울어지면서 할아버지께서 젊은 나이에 오랫동안 병석에 눕고 아버지와 작은 아버지가 장기간 군에 계시다 보니 집안 경제사정이 말이 아니다. 거기에다 설상가상 격으로 보릿고개란 전대미문의 최악의 흉년을 맞아 속된 말로 뭐가 찢어지도록 빈곤했다.

　다음 날 아침 조반을 먹고 누나와 형 따라서 학교에 가야하는데 책보를 싸긴 했어도 허리춤에 매야하는데 그 요령을 몰라 어리둥절하고 있으니까, 어머니가 내 눈치를 잠시 살피더니 "야 덕호야! 쟤 책보 좀 매줘라." 하신다. 어머니의 말씀이 끝나기가 무섭게 형이 달려와 그 급한 성격에 책보를 번개같이 허리춤에 매어 준다.

　나는 형 따라서 설레는 마음으로 대문을 나서면서 외가댁 울 너머에다 대고 "정숙아 학교가자." 하니까, "정숙이 벌써 이모허구 학교 갔다." 하는 낭랑한 외할머니의 목소리가 산뜻한 아침 바람을 타고 들려온다.

　우리들은 어영부영 하다간 늦겠다 싶어 달리다 시피해서 장승백이에 올라서서 사방을 둘러보니 아직 학교 길엔 아이들 몇 명만 한

가하게 걷고 있다. 형은 "후유." 하고 한숨을 쉬고는 "나는 지각허는 줄 알었다." 하면서 상기된 얼굴로 날 쳐다본다.

그런데 어인일인지 아까 형이 허리춤에 매어 준 책보가 장승백이 가파른 언덕길을 내려오는 동안 출렁출렁 하면서 느슨해졌는지 책이 하나, 둘 밑으로 내려오면서 급기야는 와장창하고 땅바닥에 쏟아진다.

어른들이 흔히 하는 말로 "빨리 먹는 밥 변을 보면 안다."고 형이 집에서 책보를 허리춤에 매어주면서 너무 빨리 매는 바람에 헐렁하게 맸던 모양이다.

단단하게 맨다 해도 먼 길을 가다보면 느슨해지는데 성격대로 후다닥하고 맸으니 오죽하랴. 형은 이젠 두 번 다시 실수 안겠다는 듯 힘주어 꽁꽁 매고는 확인까지 한다. 형과 나는 논둑길을 이런저런 이야기를 나누며 걷고 있는데 갑자기 뒤에서 "야 덕호야, 한치 가자." 하면서 공진이가 다가온다.

공진이는 "야, 우리 집 앞을 지나가면서 왜 학교가자는 말도 안 허구 그냥 지나갔니?" 하면서 따지듯이 묻는다. 형은 미안하다는 듯 뒷머리를 긁적이더니 "야 오늘 나는 왈머니 말 믿구 지각허는 줄 알었다. 그리구 너두 벌써 간 줄 알었다." 한다. 공진이는 고개를 갸우뚱하더니 "뉘이 왈머니가 왜?" 형은 나를 가리키면서 "글쎄 송호 쟤가 왈먼네 집 앞을 지나오면서 '정숙아 학교가자' 허니께 학교 벌써 갔다고 혀서 지각허는 줄 알았지." 공진이가 이 말을 듣고 있다가 갑자기 "으하하하" 하고 웃는다. 우리는 처음 듣는 공진이의 코믹한 웃음소리가 하도 웃거서 함께 웃었다. 우리는 어느덧 학교에 도착하고 있었다.

가파른 언덕길 나무계단을 밟으며 한 계단 한 계단 오르는데 언덕배기에 심어놓은 오리나무와 포플러나무가 파랗게 움이 트기 시작한다. 학교 운동장에 들어서니 마치 시장에 온듯 아이들 노는 소리가 떠들썩하다. 우리들은 각자 교실로 찾아 들어갔다. 형은 4학년이라서 4, 5, 6학년 교실로, 공진이는 3학년이고, 나는 1학년이기 때문에 공진이와 나는 1, 2, 3학년 교실로 들어갔다. 교실에 들어가니 아이들이 벌써 와있다. 나와 한 책상에 같이 앉는 나의 짝꿍 은정이도 와 있다.

조금 있는데 학업시작을 알리는 종소리가 '땡땡땡' 하고 들리더니 드르륵하는 문 여는 소리와 동시에 선생님이 들어오신다. 누군가가 갑자기 "차렷!" 하면서 선생님께 경례한다.

신입생들은 갑자기 어떨 결에 당한 일이라 모두다 어안이 벙벙하다. 선생님은 인자하게 껄껄 웃으시면서 출석여부를 확인하기 위해 한사람씩 호명한다. 1, 2, 3학년 중에 제일 먼저 1학년부터 호명한다고 하면서 "신성호." 하고 호명한다. 나는 크게 "예." 하고 대답했다. 선생님께서는 나의 대답소리는 들은 것 같은데 보이지 않자 손들어 보라고 하신다. 나는 손을 번쩍 들었다.

선생님은 이상하다는 듯이 두리번거리며 나를 찾는 것 같다. 아니 찾는 것이 아니라 내가 너무 키가 작아서 장난삼아 일부러 웃기려고 하시는 것 같다. 급우들이 보기에 선생님과 내가 마치 숨바꼭질하는 것처럼 보이니까 급우들은 교실이 떠나갈 듯이 "와~" 하고 웃는다. 나는 키가 작은데다가 선생님 교탁 바로 앞에 앉았었기 때문에 더욱 더 보이지 않았을 것이다.

호명이 끝나고 나니 1학년 신입생에게 수업에 들어가기에 앞서 선생님이 자기소개를 한다. "나는 1, 2, 3학년을 맡고 있는 강일원 선생님이다. 앞으로 선생님 말 잘 듣고 공부 열심히 해서 훌륭한 사람이 되기 바란다. 이상." 선생님의 자기소개는 비교적 간단명료했다.

첫 시간은 국어시간이다. 국어시간엔 자음인 ㄱ, ㄴ, ㄷ, ㄹ, ㅁ, ㅂ, ㅅ, ㅇ, 모음인 ㅏ, ㅑ, ㅓ, ㅕ, ㅗ, ㅛ, ㅜ, ㅠ, ㅡ, ㅣ를 쓰고 읽는 연습과 발음하는 연습을 하고, 다음 샘본 시간엔 하나, 둘, 셋, 넷 하고 열까지 세는 것과 아라비아 숫자로 1에서 10까지 쓰는 연습을 했다.

이렇게 지의 빈 그릇에 앎을 담아 주는 첫 시도가 시작되는 순간이다. 건축으로 말하자면 첫 삽을 뜨는 것과 같고 천리 길을 가는 데는 처음 한 걸음을 떼는 것과 같다.

현시대는 첨단을 달리는 문명 덕에 취학 이전의 아동들이라 해도 두뇌가 고도로 진화되어 있는데다 각처에 유치원이나 각종 학원들이 범람해 있고 부모의 자식에 대한 교육열이 옛날에 비해 훨씬 높은 까닭으로 아동이 취학할 때는 초등학교 1학년 이상의 지적능력을 소유하고 출발하지만 옛날 우리 섬마을에는 유치원은커녕 유치원이란 개념조차도 모르고 교육에 임했다. 게다가 문화실

조환경과 부모의 학력수준이 낮아 지적자극을 받을 기회가 없어 대도시에 비해 대체적으로 아동들의 IQ가 낮았다.

이 때문에 교사들은 아동을 교육시키는 데 애로사항이 많았을 것이다. 그러나 시골에서 태어나 자연환경 속에서 자란 아이들이라 순진무구해서 선생님한테 반항하는 일 없이 절대적으로 순종하는 성품을 지니고 있어 아동 때문에 신경 쓰는 일은 그다지 많지 않았을 것이다.

난 1956년도 만 여덟 살이 되는 해에 초등학교에 입학하여 첫 수업을 마쳤다. 그러나 영광도 잠시 나에게는 어린 나이로는 감내하기에는 벅찬 어려운 가정환경이 기다리고 있었다. 어느 날인가 누나가 학교에 갈 시간이 다 됐는데도 학교는 가지 않고 대문 밖에서 눈물을 훔치며 울고 서있다. 나는 영문도 모르고 '누나가 왜 학교는 안 가구 울고 있지?' 하고 고개만 갸우뚱하고는 애들 따라서 무심코 학교에 갔다. 애들하고 한참 재미있게 놀고 있는데 '땡땡땡' 하고 종치는 소리가 몇 번 들리더니 누군가가 조회시간이라고 전교생 운동장에 모이라고 한다. 우리들은 서둘러 학년별로 줄을 맞춰 일렬종대로 서서 선생님이 교무실에서 나오기만을 기다리고 서 있었다.

잠시 후에 교무실에서 계단을 타고 선생님 두 분이 출석부를 가지고 내려오신다. 운동장에서 호명을 하면서 출석여부를 확인하고는 애국가를 부르고 나서 두 분 선생님의 훈시가 끝나고 나더니 마지막으로 "후원회비 안가지고 온 사람 손들어!" 한다. 아이들이 앞

뒤 좌우를 살피며 서로 눈치만 보고 그 누구도 손을 드는 사람이 없자 선생님은 재차 이렇게 다그친다. "정말 없나?" 하니까, 그 때서야 누나가 잔뜩 풀이 죽은 표정으로 형과 나에게 손짓으로 손을 들으라고 한다. 우린 삐죽이 손을 들면서 사방을 둘러보았다. 우리 외로 손을 드는 사람은 몇 명 정도에 불과했다.

선생님은 이것으로 끝나지 않고 이젠 앞으로 나와 일렬횡대로 서라고 한다. 우린 내키지 않는 발걸음으로 나가 전교생 앞에 섰다. 순간 전교생의 따갑고 부끄러운 시선이 우리에게로 사정없이 쏟아진다. 우린 차마 고개를 들고 그들을 똑바로 바라볼 수가 없다.

나는 처음 당해보고 또한 어리지만 창피하고도 수치스러운 마음을 금할 길 없다. 그날 이후로 누나가 학교에 가지 않고 대문간에 서서 왜 눈물을 훔치며 울고 서 있었는지 알듯 했다. 어려운 시절엔 나라경제도 어려워 특히 학생이 몇 명 안 되는 벽지 학교는 정부에서 학교운영자금을 전액 지원해 주지 않아 그 부족분을 지역자체에서 학부형들이 후원금으로 조달했다.

학교 측에서는 써야할 예산도 많은데 회비는 안 걷히고 하니까 압력수단으로 아동들에게 창피를 준 것이다. 누나는 아버지를 닮아 자존심이 하늘을 찌르는 성품에다 이 세상 그 누구한테도 아니꼽고 창피한 말을 듣는 것을 죽는 것보다 더 싫어하는 사람인데 이 같은 창피를 당했으니 그 성격에 얼마나 가슴이 찢어지도록 아픈 상처를 받았을까? 내가 학교 입학하기 전에도 누나는 가끔 오늘과 같은 행동을 보이곤 했지만 나는 철모르는 나이에다 학교를 다니지 않아 이 같은 상황을 알지 못해 소가 닭 보듯 했었다. 전편에도 설명했지만 할아버지의 오랜 숙환, 아버지와 작은 아버지의 장기간 군복무, 게다가 보릿고개란 극심한 흉년을 맞아 가세는 기울대로 기울어져 속된 말로 뭐가 찢어질 정도로 가난했다.

농토가 많아도 비가 안 와 농사를 못 지으면 농토는 무용지물, 설상가상으로 식구까지 많아 우리 세 남매의 학비는 엄두도 못 냈다. 설사 농사가 풍년이 든다 해도 곡식을 팔아 우리의 학비를 대본 적은 결코 꿈에서도 없었다. 1학년은 뭐가 뭔지 모르고 마냥 즐겁게 뛰놀며 겨울을 맞았다. 그해 겨울은 얼마나 눈이 많이 왔었는지 가뜩이나 키가 작은 나는 눈 속에 묻힐 정도였다.

지금도 눈을 감으면 아련히 눈앞에 떠오른다. 윗말 작은집 할아버지 댁 밀밭 길을 지나는데 그날은 유난히도 눈이 많이 쌓여 도저히 자력으로는 이 길을 통과할 수 없음을 자각하고 구원을 청했다. "누나!" 하고 큰 소리로 부르니까 가던 걸음 멈추고 '휙' 하고 돌아보더니 누나는 자기도 힘든데 나보고 자기 등에 업히라는 것이다. 이렇게 누나 등에 업혀 학교도 다니고 동네 애들이 때리거나 괴롭히면 혼내 주기도 하던 누나가 이듬해 봄 졸업을 하고 사촌동생이 초등학교에 입학했다.

집안에 아이들이 많으니깐, 해마다 입학한다. 그리고 그 이듬해엔 내 바로 밑에 동생이 입학하고 형이 5학년일 때는 우린 4명이 초등학교에 다녔다. 2학년에 오르면서 학교가 어떤 곳이고 배움이 무엇인가를 조금은 알 것 같았다. 1학년을 운동장 밖으로 멀리

밀어내고 2학년으로 당당히 올라섰는데도 우리 집 경제사정은 좀 처럼 나아지지 않는다. 책은 학교에서 무상으로 공급 받아서 걱정 할 것 없는데 항상 학용품 걱정이 그림자처럼 뒤따른다. 예를 들어 책이 다섯 권이면 노트도 다섯 권이어야 하는데 노트가 과목에 비해서 항상 몇 권씩이 부족했다.

1학년 때는 학교에 갓 입학한 터라 뭐가 뭔지 모르고 그냥 넘어 갔는데 2학년에 올라가니 상황이 좀 다르다. 국어책엔 국어노트가 있어야 하는데 노트가 딱 2권이다 보니 국어 노트에다 셈본도 쓰고 셈본노트에다 사생도 쓰고 한마디로 뒤죽박죽 엉망진창이다.

아동들이 노트 2권으로 전 과목을 다 쓴다는 사실을 숙제를 통해 선생님께서 알고부터는 가끔씩 노트검사를 한다. 어떻게 하느냐? 선생님이 교단에 서서 아동들을 바라보면서 "국어 들어." "셈본 들어." "사생 들어." 한다. 이때 국어노트가 없는 학생은 셈본노트를 들고 사생노트가 없는 학생은 국어노트를 든다. 노트를 들었다 놓을 때 동작이 늦어 선생님한테 발각되는 날엔 지휘봉으로 손바닥을 딱딱 소리 나게 몇 대 얻어맞고는 눈물 한 방울 찔끔하고 고개를 숙인다. 어디 그뿐인가? 노트를 다 쓰고 더 이상 쓸데가 없으면 노트 뒷표지에다 쓰고 그 마저도 다 쓰면 먼저 쓴 것을 지우고 또 쓴다.

그러면 이제 연필로 가 보자. 그 전에 우리가 쓰던 연필은 끝에 지우개가 달린 문화 연필이었는데 연필 깎는 칼이 없어서 식도나 낫으로 깎아 썼다. 어느 정도 쓰다 보면 몽당연필이 되어 손으로 잡을 수 없을 만큼 짧아지고, 그럴 때면 직경이 연필만한 대나무를 잘라 꼽아 쓰기도 하고 집에서 돈이 없다고 연필을 사 주지 않으면 플래시 폐전지에서 흑연 봉을 빼가지고 깎아 쓰기도 했다.

그리고 다음은 지우개. 지우개는 처음 연필을 살 때 연필 끝에 달린 지우개로 쓰다가 다 달아 더 이상 지울 수 없게 되면 수업하다가 옆에 애한테 잠깐 빌려 쓰기도 했다. 예전엔 우리 할머니께서 속앓이를 자주 하셨기 때문에 그 때마다 진통제 주사를 놓아 주시곤 하셨는데, 여기에서 다 쓰고 버려지는 페니실린 고무병마개나 마이신 병마개를 석유가 들어있는 사기등잔에 담갔다가 병마개가 석유에 퉁퉁 불면 그걸 꺼내 가지고 지우개로 썼다. 우린 식구도 많았지만 농토도 많았다. 이 때문에 나는 초등학교 1학년 때부터 지게 지는 법을 배웠다. 그게 언제였던가…. 한여름에 보리 벨 때쯤 학교가 건너다보이는 우리 산 위에 있는 밀밭에서 있었던 일인데, 어머니께서 "야! 송호야, 너 지게 좀 한번 지어볼래?" 하시면서 지게에다 밀대 두 묶음을 얹어 놓고는 지어보라고 하신다.

나는 요것쯤이야 하고 번쩍 일어섰다. 그러나 일어서는 데 까지는 좋았는데 그 이후가 문제다. 뒤에서 누가 지게를 잡아당기는 듯해서 뒤로 주춤주춤 끌려가다가 다시 또 앞에서 누가 사정없이 끌어당긴다. 이러다 보니까, 내 의지와는 상관없이 앞으로 갔다, 뒤로 갔다, 왔다 갔다 곧 넘어질 듯 넘어질 듯하면서도 안 넘어지고 아슬아슬하게 버티니깐, 온 식구가 깔깔대며 웃는다.

난 그 이후 지게를 배운 죄로 하고 싶은 공부도 못하고 온갖 농사일을 도와야만 했다. 그야말로 농번기 때는 눈코 뜰 새 없이 바쁘니까 사람이 있는 대로 다 필요하다. 오죽했으면 어머니께서 아직 어린 나에게 지게 지는 법을 가르치려고 하셨을까! 우리 고향 효자도는 도서지방이라 농업과 어업 그리고 겨울에는 해태양식까지 하기 때문에 사시사철 한 시도 놀 시간이 없다. 이 같은 열악한 교육환경 속에서 공부는 한낱 강 건너 등불일 뿐이다.

그러나 학창시절은 공부하는 것이 다가 아니지 않는가? 초등학교 저학년시절에 제일 재미있고 기억에 남는 것은 봄에 소풍가는 것과 가을 운동회 때다.

소풍 가던 날

선생님이 며칠 전부터 언제 어디로 소풍을 간다고 선포를 하신다. 그 날 이후로 우리들은 손가락을 꼽으며 좋아 어쩔 줄 몰라 한다. 마음은 벌써 풀밭에서 뒹군다. 소풍가는 곳이라고 해봐야 고작 효자도 섬마을 놉사시 근처에 있는 석수 샘이라고 하는 바닷가 약수터 아니면 원산도 오봉산이다. 그렇게 대단한 곳도 아닌데, 유년시절엔 소풍가는 날은 웬일인지 마음이 설레어 잠도 안 오고 어쩌다 잠들면 끝없이 펼쳐진 푸른 초원에서 이름 모를 온갖 들꽃과 벌, 나비를 쫓으며 마음껏 뛰노는 꿈을 꾼다.

지나간 세월을 아득히 돌아보고 있노라면 인생에 있어서 가장 평화롭고 행복했던 시절은 세상모르고 뛰어 놀던 유년시절이 아니었나 생각된다.

소풍가는 날은 누가 시킬 것도 없이 꼭두새벽부터 일어나 부산을 피운다. 어머니께서는 지난 설날에 잠깐 입었다 벗어놓은 옷가지며 소풍가서 먹으라고 우리들 자는 사이에 쪄 놓은 콩이 듬성듬성 들어 있는 쌀 개떡을 보자기에다 싸 주신다.

　우리들은 이렇게 완전군장을 꾸려가지고 뛸 듯이 기쁜 마음안고
선생님 따라 논둑길을 지나 산을 넘어 목적지로 향한다. 선생님께
서는 소풍가는 날엔 으레 다음과 같은 노래를 부르게 했다.

　　　산골짜기 다람쥐 아기 다람쥐
　　　도토리 점심 가지고 원족을 간다.
　　　다람쥐야! 다람쥐야!
　　　재주나 한번 넘으렴
　　　파를 딱 팔딱팔딱
　　　날도 정말 좋구나!

60여년이 흐른 지금 가만히 생각해 보니 지난 유년의 행복했던 시간들이 꿈속의 꿈만 같다. 인간은 세상을 알고부터 불행이 시작된다. 그땐 5월 5일 어린이날에 주로 봄 소풍을 갔다.

산과 들엔 온갖 꽃들이 환한 미소를 머금고 벌, 나비는 윙윙거리며 이 꽃에서 저 꽃으로 화사한 봄 날씨는 행복의 극치를 맛보게 한다. 포근한 봄바람은 부는 듯 마는 듯 보드랍게 두 뺨을 스치고 코끝에 매달리는 향긋한 풀 내음은 동심을 한껏 설레게 한다.

가파른 언덕 위에 올라서니 멀리 바다건너 섬들이 한 눈에 들어온다. 가까이는 원산도, 안면도, 추섬, 육섬, 빼섬, 팥죽섬, 다월리 그리고 3형제의 슬픈 전설이 살아 숨쉬고 있는 삼형제 바위가 우리들을 향해서 뒤뚱뒤뚱 걸어오는 것 같다. 그리고 돌아서서 뒤편을 바라보니 대천 어항과 해수욕장이 어서 오라고 손짓한다.

이제 저 언덕 하나만 넘어서면 놉사시고, 놉사시 좌측 돌부리를 끼고 북쪽으로 돌아가면 일명 '석수 샘'이 있다. 돌 틈에서 샘물이 솟아나온다고 해서 붙여진 이름이다.

이 석수 샘이야말로 약수 중에 약수이다. 바닷가 돌 틈에서 솟아나오지만 조금도 짜지 않고 도리어 신비할 정도로 물맛이 좋았다.

효자도는 75가구에 인구 200명 정도의 작은 섬으로 청정지역이다. 지금은 육지에서 차량도 드나들고 하지만 옛날에는 동력선 하나 없는 문명의 무풍지대였다. 사정이 이렇다 보니 섬 전체가 문화적 산물로 발생되는 오염물질이란 전무했고 환경은 태고적 자연 그대로였다. 신비롭기까지 했던 석수 샘의 그 물맛은 지금도 잊을 수가 없다.

　우리가 석수 샘에 도착한 시간은 약 12시쯤. 바닷물은 사리 때인지 멀리 나가 있다. 아이들은 도착하자마자 준비해온 바가지나 그릇으로 서로 먼저 약수를 받아먹겠다고 난리를 친다.

　우선 점심을 먹어야 하겠기에 선생님은 손뼉 치는 소리로 아동들을 집합시켜 놓고는 현지에서의 간단한 주의사항을 말해주시고 점심을 먹으라고 명령하신다. 아이들은 좋아 난리법석이다. 각자 형제나 친구 등을 찾으며 싸온 점심보따리를 바닷가에 풀어놓고 올망졸망 모여 앉는다. 누나가 점심보따리를 들고 있다가 누나 친구들을 부른다. 누나의 외침에 누나 친구들이 하나 둘 모여든다, 놉사시 조일이 누나, 서옥자 작은 마파지 형길이 누나, 편순희 그리고 상금이 누나가 형과 나를 부르면서 따라오라고 한다. 어딜 가려고 그러나 했더니 굴 껍질이 하얗게 깔려 있는 모래톱 위로 우리들을 안내한다. 굴 껍질은 화사한 봄 햇살에 더 한층 눈부시게 빛난다.

　우리들은 각자 싸온 점심보따리를 바닷가에 풀어 놓았다. 누구네는 보리개떡, 누구 네는 찐빵, 누구 네는 쑥 개떡, 우리 집은 어머니께서 콩 넣고 쪄 주신 하얀 쌀 개떡 등 각양각색이다. 이 같이 많은 식구가 한 자리에 모여 각자 싸온 점심보따리를 바닷가에 풀어놓으니 제법 푸짐하다. 요즘 아이들에게 개떡하면 그게 도대체 무슨 떡인가? 하고 생소하게 생각하겠지만 우리 유년시절엔 떡이 먹고 싶으면 주로 개떡을 해 먹었다.

쌀가루 반죽을 아이들 손바닥만 한 크기로 둥글넓적하게 늘린 다음 콩이나 팥 등을 드문드문 넣고 밥할 때 함께 넣고 찌면 맛있고 쫄깃쫄깃한 개떡이 탄생한다. 경제와 문화가 발전하면서 음식문화도 더불어 발전한다. 하지만 그 음식문화의 발전 속에는 건강을 위한 배려가 불가분적으로 뒤따라야 한다는 것이다.

옛날에는 조미료라든가 트랜스 지방과 같은 건강에 부정적인 어떤 첨가물도 들어있지 않은 순수 자연식이었다. 선생님께서는 점심시간을 약 1시간 정도 주시더니 점심시간이 끝나니까 다시 또 손뼉을 치시면서 모이라고 하신다.

각자 뿔뿔이 흩어져 놀던 아이들이 마냥 즐거운 듯 시시덕거리며 일제히 모여든다. 선생님께서는 주목하라고 하시더니 지금부터 보물찾기를 한다고 하신다. 우리들은 선생님 말씀이 끝나기가 무섭게 너무 기쁜 나머지 "와~" 하고 소리 높이 함성을 질러댔다. 왜냐하면 연례행사처럼 5월 5일 어린이날엔 봄 소풍 때 보물찾기를 통해서 학용품 등을 선물로 주기 때문이다. 선생님께서는 따라온 소사 선생님을 부르시더니 가지고 온 보물을 저기 저 바위 너머에 감춰 놓고 오라고 하시더니 우리들 보고는 눈을 뜨라고 할 때까지 감고 있으라고 하신다.

우리들은 눈을 감고 있으면서 도대체 어디다 숨기나 하고 궁금해서 살며시 눈을 떠 보기도 했다. 약 10분 쯤 됐을까? 이제 그만 눈을 떠도 된다고 하신다. 눈을 오랫동안 꼭 감고 있다가 갑자기 눈을 뜨니까 눈이 부시다. 선생님은 아동들에게 일열횡대로 학년

별로 쭉 서라고 하신다. 그리고는 "내가 호각을 불면 1학년부터 선
착순으로 달려 나가서 1학년이라고 푯말이 꼽혀있는 곳으로 가 뭐
가 되었든 각자 하나씩만 찾아가지고 와라." 하신다. 그리고 1학년
이 끝나면 다음은 2학년 이렇게 순서대로 하라고 하신다.

우리는 단거리 육상경기처럼 일렬횡대로 서서 두근대는 가슴을
달래며 선생님의 호각소리를 놓치지 않고 제일 먼저 달려 나가기
위해 잔뜩 신경을 곤두세우고 전방 약 50미터 지점에 있는 바위를
뚫어지게 응시하고 있었다. 이윽고 "준비, 호르르" 하는 선생님의
호각소리가 사리 때 바닷물 흐르는 소리처럼 맑고 경쾌하게 귓전
을 때린다.

나는 의욕적으로 너무 빨리 달려 나가려다 그만 신발이 벗겨지
는 바람에 제일 늦게 목적지에 도착해 보니 먼저 온 아이들이 여기
저기 뒤져봐서 제일 좋은 것만 골라가는 바람에 나는 지우개 달린
문화 연필 한 자루만 찾아가지고 왔다. 우리가 소풍온 석수 샘 있
는 바닷가는 자갈밭이라 신발을 신지 않고는 달릴 수 없을 뿐만
아니 나는 키까지 작아서 애당초 꼴찌는 맡아 놓은 게임인데 주제
파악도 못하고 의욕만 가지고 달려 본 것이다.

보물찾기가 끝나니까 10분간 쉬었다가 다음엔 술래잡기를 한다
고 하신다. 술래잡기는 동그라미 그리듯이 학년별로 동그랗게 둘
러 앉아 있다가 선생님이 두 아이에게 가위 바위 보를 시킨 다음
여기에서 진 사람이 술래가 된다. 선생님은 삥 둘러앉은 아동들에
게 눈을 감고 노래를 부르도록 한다.

아이들이 눈을 감고 노래를 부르고 있는 사이 술래는 아이들이 둘러앉은 등 뒤로 돌고 있다가 무차별적으로 살짝 수건 하나를 등 뒤에다 갖다 놓고는 제자리에 가 앉는다. 선생님은 술래가 제자리에 앉는 것과 동시에 그만하고는 술래가 자기 등 뒤에다 수건을 갖다 놓은 것을 아는 사람은 눈을 감은채로 손을 들어 보라고 하신다. 이때 맞추는 사람은 벌을 받지 않고 못 맞추는 사람은 벌칙으로 노래를 불러야 한다.

이 게임은 술래가 수건을 들고 아이들 등 뒤를 돌고 있을 때 정신을 집중하고 있으면 알 수 있는데 노래 부르는 데 신경 쓰고 노랫소리에 정신이 산만해져 술래가 자기 등 뒤에 수건을 갖다 놓는 것을 인지하지 못하는 것을 이용한 게임이다.

이 술래잡기 게임에서 첫 케이스로 벌칙을 받은 아이는 작은 마파지에서 사는 여자 아이다. 그 아이는 수줍음을 잘 타는 아이라서 노래는 안 부르고 고개만 숙인 채 말없이 서 있다. 선생님과 아이들이 빨리 부르라고 독촉을 하니까 그때서 마지못해 다 들어가는 목소리로 노래를 부른다.

저 산 너머 새파란 하늘 아래는
그리운 내 고향이 있으련마는
천리만리 먼 땅에 떠난 이 몸은
고향생각 그리워 눈물집니다.

웃으며 즐기는 사이 어느 듯 해가 중천을 지나 서편하늘을 달린다. 선생님은 시계를 보시더니 호각을 힘껏 부시면서 전교생 모여하신다. 선생님은 아이들을 집합시켜 놓고는 호명을 끝내고 나서 "모두 즐겁게 잘 놀았나?" 하고 아동들에게 묻는다. 이토록 초등학교 저학년 시절의 소풍은 낭만 그 자체였다.

가을 운동회

　다음은 소풍 못지않게 가을 운동회가 재미있었고 기억에 남는다. 초등학교 운동회는 대개 가을에 했다. 그것도 막 추석이 끝나고 추석 분위기가 아직 가라앉지 않은 상태에서 치러진다. 앞에서도 언급한 바 있지만 우리학교는 학생 수가 얼마 되지 않아 원산도에 있는 광명초등학교에 속해 있는 효자분교였다. 그래서 운동회 때도 배를 타고 원산도 본교로 가서 참여했다.

　선생님 두 분은 운동회 때 우리들의 실력을 선보이기 위해서 운동회 몇 달 전부터 연습을 시킨다. 저학년인 우리들은 달리기, 멀리 뛰기 등 대체로 나이가 어린 만큼 신체에 부담이 안 가는 경기에 치중했고 매스게임으로는 아동을 청군과 백군으로 나누어 청군은 용진문, 백군은 개선문이라 하여 두 진영을 만든 다음 릴레이 달리기, 기마전 등을 했다.

　기마전은 4명이 1조가 되어 3명이 말을 만들고 기마병 1명은 말을 타고 적과 싸운다. 만일 적과 싸우다가 말위에 탄 기마병이 낙마하게 되면 패하는 것이다. 4, 5, 6학년인 고학년 남학생은 주로 육상과 텀블링을, 역시 고학년 여학생은 육상보다는 무용을 중점적으로 가르쳤다.

무용은 최 선생님이 그 때 당시의 유일한 악기인 풍금을 치시면서 가르쳤다. 선생님은 풍금을 너무너무 잘 치셨다. 선생님의 풍금 소리를 듣고 있노라면 무아지경에 빠지는 듯 정신이 혼미진다. 자그마한 키에 성품이 활달하시고 자상하시다.

그 때가 언제였던가…. 초등학교 2학년 늦은 봄 수업이 끝나 아이들이 모두 집으로 가버린 뒤에 교실에 혼자 남아 오늘 내준 숙제를 하고 집으로 돌아갔다. 왜냐하면 집에선 애기도 봐야 하고 농사일도 도와야 해서 공부할 시간이 없기 때문이다. 그 이후로 언젠가 점심 때쯤 화장실에서 혼자 소변을 보고 있는데 누군가 뒤에서 소리 없이 다가와 갑자기 덥석 안아 올렸다 내려놓으신다. 깜짝 놀라 돌아보니 최 선생님이시다. 선생님께서는 아무 말씀도 안 하시고 빙그레 웃으시면서 머리를 쓰다듬어 주시더니 교무실로 들어가신다. 이유인즉 최 선생님께서 며칠 전에 복도를 지나다가 우연히 1, 2, 3학년 교실을 들여다보니 수업이 끝나고 모두 집으로 갔는데 집에 갈 생각은 안 하고 혼자 남아 공부하는 모습이 기특하고 귀여워 안아 줬다는 후문을 담임 강 선생님을 통해서 들었다.

운동연습은 약 두 달 동안 계속되었고 추석이 바로 코앞에 다가왔다. 추석을 쇠고 나면 그 동안 밤낮 없이 갈고 닦았던 운동실력을 운동회 날 원산도 본교 운동장에서 유감없이 발휘해야 한다. 추석엔 추석분위기와 운동회에 대한 기대감이 한데 어우러져 그 어느 추석 때 보다 우리들 마음이 한결 들떠있다.

원산도 운동회 때는 학생뿐만 아니라 동네 청년들까지도 라이벌 의식을 갖는다. 그래서 운동회 때는 효자도 청년들과 원산도 청년들이 술에 취해 주먹다짐도 한다. "몇 년 전에 서울로 간 아무개가 태권도가 몇 단이고, 또 아무개는 유도가 몇 단이고, 그 친구들이 이번 추석에 다 내려오면 원산도 애들 이젠 다 죽었다."고 큰소리 친다.

사실 인구로 보나 뭐로 보나 효자도는 원산도와 게임이 안 되는 상대다. 그 때 당시 원산도 본교 학생수가 450명 정도일 때 효자도는 100명도 채 안됐으니까. 원산도와 효자도는 충청남도 보령시 오천면에 속해 있는 도서지방으로서 가깝게는 3~4백 미터 거리를 두고 서로 마주보고 있는 섬이다.

"야~ 아무개야!" 하고 부르면 선명하게 들리기도 하고, 날씨 좋은 날엔 사람 지나다니는 것까지도 보인다. 이토록 가까이 있다 보니 효자도 사람과 원산도 사람이 시집장가도 가고 원산도 사람이 저녁 먹고 배타고 놀러 왔다 가기도 하는 등 한마디로 인적교류가 잦았다. 현실이 이렇다 보니 효자도 사람 아무개하면 원산도 사람이 모르는 사람이 없고, 원산도 사람 누구하면 효자도 사람이 모르는 사람이 없을 정도였다. 어떻게 보면 섬만 다르지 한 동네나 마찬가지다.

추석을 쇠고 나니까 운동회 날이 빠른 걸음으로 다가온다. 벌써 내일이다. 나는 난생 처음 학교에 입학하고 참여해보는 운동회라 사뭇 흥분된다. 그런데 걱정이 하나 있다. 난 달리기를 못한다. 그래서 달리면 항상 꼴찌는 내 몫이다.

그러나 최선을 다해서 악착같이 달리면 혹시 모를까…. 잠이 안 온다. 문틈으로 소리 없이 스며드는 달빛을 하염없이 바라보며 운동회 때 있을 일을 상상해 본다. 갑자기 밖에서 '덜거덕 댕~' 하고 새벽 한시를 알리는 괘종시계의 둔탁한 종소리가 귓전을 때린다.

'빨리 자야지 빨리 자고 일어나서 운동회에 나가 힘껏 달려서 꼭 공책 한 권만 타봐야지.' 이렇게 다짐하고 바다건너 저 먼 곳에 있는 잠을 마음속으로 소리쳐 불러본다. '잠, 잠, 잠…' 난 하얀 나래를 펴고 어디론가 아득히 날아간다. 한참을 그렇게 날고 있는데 누군가 야젓이 날 부르는 듯 소리가 들려 가만히 눈을 떠 보니 어느새 날이 밝아 오는지 문살이 선명하게 드러나 보인다. 주섬주섬 옷을 입고 밖에 나가봤다. 할머니와 어머니께서 마루에 앉아 우리들 운동회에 갈 채비를 꾸리고 있는 중이다.

할머니와 어머니의 시선이 동시에 내게로 향한다. 어머니께서 입을 여시더니 "왜 더 자지 않구 벌써 일어났니? 해 뜰려면 아직 멀었는디…." "잠이 안 와서유." 이때 할머니께서 한 수 거든다. "그럼 잠이 올 리가 읍지. 쟤는 운동회는 생전 츰인디, 설자 오매 너 같으면 잠이 오것니?" 어머니께서는 잠자코 계시다가 약간 쉰 듯한 추석 때 먹다 남은 송편과 떡을 보자기에 싸시면서 "송호 쟤는 뜀박질을 못 혀서 상두 못 탈겨." 하시며 나를 빤히 쳐다보신다.

날이 밝아 오는지 멀리서 닭 우는 소리가 홀연히 들려온다. 고개를 돌려 동녘 하늘을 바라보니 엷게 깔린 구름 사이로 뽀얀 아침 얼굴이 수줍게 드러나 있다. 시간이 흐를수록 원산도 당산마루가 산뜻한 조광으로 물들기 시작한다. 이제 몇 시간 후면 난생 처음 맞이하는 운동회가 시작된다. 벌써부터 가슴이 뛰고 울렁이기 시작한다.

이대로 나 혼자서 벅차오르는 감정을 억누를 수 없어 자고 있는 형한테로 가 봤다. 마침 형이 일어나 장롱 위에 이불을 개올리고 있었다. 형은 나를 보더니 "너 원제 일어났었니?" "쪼끔 아까." 형은 빙긋이 웃으면서 "너 운동회 가니께 좋아서 그러지?" 한다. 나는 "음~" 하고 고개를 위 아래로 끄덕였다. "너 달리기 혀서 상 탈수 있어?" 하고 내게 따지듯 묻는다. "성은?" 하니까 내 말을 기다렸다는 듯이 "그까짓 달리기쯤은 인저 문제웂어. 작년에는 신발 베껴저서 4등밖에 못 가서 상을 못 탔는디 인저 신발을 산네끼(새끼줄)루 꼭꼭 묶어가지구 달릴 껴."

옛날 우리 못 살 때는 운동회 때도 운동화 한 켤레 신어 보지도 못하고 평상시에 신고 다니던 검정고무신을 신고 운동회에 참여하다 보니 걸핏하면 신발이 벗겨지곤 하였다. 학교 측도 지역 경제사정을 누구보다도 잘 아는 터라 운동화를 신으라고 강제할 수 없어 나중에는 운동장에서 불쑥불쑥 튀어나온 돌멩이 등을 뽑아내고 아동들이 다치지 않도록 잘 다듬어 놓고 맨발로 뛰게 하였다.

형과 얘기하고 있는 사이 벌써 운동회에 갈 시간이 다 됐나 보다. 어머니께서 "야덜아" 하고 우릴 찾으신다. 우린 합창이라도 하듯 "예." 하고 대답하고는 어머니 목소리가 들려오는 부엌으로 달려가 봤다. 어머니께서는 아침밥상을 차리고 계셨다. 우릴 보시더니 "뉘들 시간은 다 돼가는디 갈 채비는 안 허구 워디서 뭐허구 있었니? 어서 밥 먹게 시수(세수)헤라. 그리구 수호 보구 밥먹구 원산도 운동회에 간다구, 워디 갔는지 빨리 오라구 혀라."

우리들은 밥을 먹는 둥 마는 둥 김치뿌다귀에다 대충 먹고 상필형네 외할아버지가 운영하는 나룻배를 타고 원산도 선촌으로 건너갔다. 그 때 당시에는 모든 배가 동력선이 아닌 무동력선, 즉 풍선이었다. 역시 외할아버지께서 운영하시는 배도 풍선이었다. 거기에다 배가 작아 몇 차례에 걸쳐서 우릴 태워다 주셨다.

그래서 그런지 시간이 꽤 오래 걸린 것 같다. 바람이 불면 돛을 달고 바람이 그치면 노를 저어 가야만 했다. 이젠 모든 학생 학부형이 선촌에 집결한 셈이다. 선생님께서는 인원 점검을 하신다고 학년별로 세워 놓고 출석을 부르시고는 학교에 가는 도중에 질서를 문란케 하거나 낙오자가 없도록 주의하라고 지시하고 호각소리와 동시에 출발을 명한다.

원산도 선촌에서 본교가 있는 동네까지는 4㎞도 훨씬 넘는 거리다. 그러나 그 땐 하다못해 자전거도 없던 시절이라 도보로 가야만 했다. 고학년은 그런대로 좀 먼 거리라도 감내할 수 있지만 저학년인 우리는 다리도 아프고, 덥기도 하고 해서 선생님은 가는 도중에 몇 차례 10분간 휴식시간을 주신다. 추석이 우리 곁을 떠난지 며칠이 안 돼서 그런지 추석 분위기가 곳곳마다 감지된다. 아직 명절에 입었던 옷을 벗지 않고 뛰노는 아이들, 간간히 들려오는 풍악소리가 우리들 유년의 가슴을 자못 설레게 한다.

밭둑길을 걸을 때는 수수, 옥수수, 참깨, 들깨, 콩 그리고 조 이삭 익어가는 진한 곡향이 어린가슴을 뭉클하게 한다. 날씨는 청명하다 못해 어디론가 훨훨 날아갈 것만 같다. 파란 물감을 휘 뿌린 듯 푸르디푸른 하늘가에 군데군데 떠있는 새털구름, 선생님은 아동을 인솔하시면서 간간히 시계를 보신다.

행여 늦지나 않을까 초조하신 모양이다. 조그만 언덕길을 넘으니 이윽고 우리들의 목적지 광명초등학교가 손을 뻗으면 잡힐 듯 눈앞에 와 닿는다. 우리들은 학교를 보는 순간 여기까지 오는 동안 받았던 스트레스가 한꺼번에 확 날아가는 것 같다.

선생님은 호각을 부시면서 오는 동안 흩어졌던 질서를 정돈하며 지금부터 질서 있게 줄을 맞추어가는 동안 장난이나 잡담을 하지 않도록 지시하신다. 논둑길을 지나는데 누런 황금벌판에 웬 메뚜기 떼가 그리 많은지 후르르 날아와 머리 위며 등에 앉기도 하고 심지어는 얼굴에 날아와 붙기도 한다.

가을은 역시 풍요로운 계절 그 자체이다. 학교가 가까워지면서 스피커에서 흘러나오는 음악소리가 한층 더 경쾌하게 귓전에 와 닿는다. 학교에 도착하니 오색 만국기가 운동회를 축복이라도 하는 듯 가늣한 미풍 속에서 나풀나풀 춤을 추고 넓은 운동장엔 향학의 푸른 꿈이 넘실거린다.

선생님은 운동장에 우리들을 세워 놓고 따라온 소사 선생님께

귓속말로 지시를 하시고는 잠시 교무실에 들어갔다 나오시더니 운동회는 아직 30분 정도는 더 있어야 시작하니 어디 멀리 가지 말고 여기 있다가 모이라고 하면 학년별로 모이면 된다고 하시며 다시 교무실로 들어가신다.

학교를 훑어보니 우리 학교 보다는 몇 배 이상은 커 보인다. 1학년부터 6학년까지 교실이 따로 따로 있고, 학교 건물과 운동장 등이 모든 것이 비교가 안 될 정도이다. 운동장엔 온통 축제 분위기다. 스피커에서 흘러나오는 현란한 음악소리와 450여명이나 된다는 학생들이 하얀 유니폼을 입고 예행연습을 하는 듯 선생님 지시에 따라 질서 정연하게 움직이는 모습들이 한편 부럽게 느껴지기도 한다.

갑자기 사이렌 소리가 울리더니 '전교생 모두 운동장에 집합하라'는 방송이 스피커를 통해서 흘러나온다. 뿔뿔이 흩어졌던 본교 학생들이 흰 운동복을 입고 우르르 모여든다. 흡사 개미떼처럼….

소사 선생님도 호각을 불며 우리들 보고 모이라고 독려한다. 우리 효자분교 학생들은 광명초등학교 본교 학생들이 모인 한 쪽 귀퉁이에 자리 잡고 모였다. 조금 있는데 우리 학교 선생님 두 분이 교장 선생님을 필두로 본교 선생님들과 이야기를 나누며 교무실에서 나오신다. 본교 선생님 한 분이 단상 위에 우뚝 서서 인사를 하고는 "농번기에 바쁘신 데도 불구하고 우리 광명초등학교의 추계 운동회를 빛내 주시기 위해 먼 발길로 이토록 많이 찾아 주신 학부형 그리고 내외 귀빈 여러분 대단히 감사합니다."라고 하신다.

"운동회에 앞서 먼저 개회식이 있겠습니다. 전체 차렷! 국기에 대하여 경례!" 장내에 운집한 흰 유니폼 차림의 수백 명의 학생들은 선생님의 구령에 맞춰 일사불란하게 움직인다.

"동해물과 백두산이 마르고 닳도록 하느님이 보우하사 우리나라 만세. 무궁화 삼천리 화려 강~산. 대한사람 대한으로 길이 보전하세."
"남산위에 저 소나무 철갑을 두른 듯 바람소리 불변함은 우리 기상 일세. 무궁화 삼천리 화려 강~산. 대한사람 대한으로 길이 보전하세."

- 중략-

애국가가 교정에 울려 퍼지는 동안 선수들과 교정에 운집한 학부형 및 관람객들은 혼연일체가 되어 엄숙하고도 경건한 마음으로 가슴에 손을 얹고 태극기를 바라보며 새삼 나라에 대한 소중함을 되새긴다. 일제 36년 동안 나라 잃은 설움과 피비린내 나는 동족상잔의 6.25동란을 떠올리며 벅차오르는 감회를 억누르지 못해 어떤 이는 애국가가 끝날 때 까지 내내 눈물을 글썽이는 사람이 있는가 하면 터져 나오는 눈물을 주체하지 못해 소리 내어 엉엉 우는 이도 있다. 그도 그럴 것이 일제 강점기라고 해봐야 그 때 당시에는 불과 10년 전의 일이었고 6.25동란은 5년도 채 안된 시기였으니. 악몽 같은 그 때의 기억들이 생생하게 되살아나지 않을 수 없으리라. 태극기도 민초들의 마음을 아는 듯 불어오는 바람결에 사뭇 펄럭인다.

중병으로 크게 아파보지 않고는 건강에 대한 소중함을 모르듯이 자유와 평화 그리고 나라는 그것을 잃어보지 않고는 소중함을 모른다. 이들은 일제 강점기와 동족상잔의 피 비린내가 삼천리강산에 진동하던 6.25동란을 통해서 자유가 과연 무엇이고, 평화가 또한 무엇이며, 나라가 얼마나 소중한 것인가를 뼈저리게 느끼신 분들이다.

지금 이 순간 바람에 펄럭이는 태극기와 마치 호랑이가 포효하듯 푸른 가을하늘에 도도하게 울려 퍼지는 애국가는 이분들의 가슴에 응어리 진 한을 하염없이 달래준다.

"다음 식순으로 오늘 영광스러운 이 날을 있게 해주신 교장 선생님의 개회사가 있겠습니다."

아까부터 깊은 생각에 잠겨 계시던 교장선생님께서 상기된 표정으로 장중을 향해 공손히 인사를 하고는 마이크 앞에 선다. 장중은 한동안 박수소리로 어수선하다. 박수소리가 멎으니 선생님은 헛기침 두 번으로 목청을 가다듬고는 근엄한 어조로 입을 연다.

"사랑하는 원산도, 효자도 도민여러분, 그리고 다망하신데도 불구하고 이 자리를 빛내주시고 성원해 주시기 위해 한 걸음에 달려와 주신 내외 귀빈 여러분 머리 숙여 충심으로 감사해 마지않습니다. 우리 광명초등학교가 지역민들의 무지를 일소하고 지적인 인격을 갖춘 진정한 인간다운 인간을 만들기 위해 문을 연지 어언간 이십 개 성상이 흘렀습니다. 이때 장중에서 웅성거리는 소리가 들린다. '야! 벌써 그렇게 됐다니 엊그제 같은디.' 교장선생님은 잠시 숨을 고르시더니 다시 말을 이어간다. 개교 초기에는 보잘 것 없고 초라하기 이를 데 없었지만 지역주민들의 열화와 같은 지지와 성원에 힘입어 이 같이 장족의 발전을 가져왔습니다.

우리 한민족은 자고이래 지정학상 외침이 잦았던 까닭에 전쟁으로 인해 뼈를 깎아내듯 극단적인 고통을 이루 헤아릴 수 없을 정도로 많이 받아왔습니다. 가까이는 일제의 침탈과 동족상잔의 6.25동란이 그렇습니다. 일제는 36년이란 기나긴 세월 동안 우리 민족에게 저질렀던 천인공노할 만행으로 영원히 치유될 수 없는 쓰라린 상체기를 우리의 가슴 가슴마다에 아픈 기억으로 남게 해 주었고, 1945년 8월 15일 일본의 패망으로 광복의 기쁨도 잠시 동족상잔의 저주스러운 6.25동란이 우리 아름다운 삼천리 금수강산을 잿더미로 만들고 피로 물들게 했습니다."

교장선생님의 격한 어조와 감동적인 연설은 장중을 압도하는 듯 간간히 새우는 소리와 바람소리 뿐 장내는 죽은 듯이 고요하다.

선생님은 목이 타는지 탁자에 있는 주전자에서 물을 한 컵 따라 마시고는 다시 말을 이어간다.

"6.25 동란은 총과 칼로 동족을 살육하는 참으로 어처구니없는 전쟁이 아닐 수 없습니다. 이는 민족의 비극이요, 역사의 아이러니가 아닐 수 없습니다. 우린 이 같은 외침을 받을 때 마다 나라를 지키기 위해 여원의 불길처럼 일어나서 적과 당당히 맞서 싸웠죠. 이 와중에 수많은 아까운 생명들이 억울하게 희생되었고, 아직도 그 원혼들은 이승을 떠나지 못하고 구천을 떠돌고 있습니다. 과연 이분들이 아니었으면 오늘의 이 발전된 대한민국과 동시에 내가 존재할 수 있었겠습니까? 여러분!" 선생님은 상기된 표정으로 울분을 토하듯 이렇게 소리 높이 외친다. 지금까지 숨죽이며 듣고만 있던 청중 속에서 우레와 같은 박수소리가 터져 나온다.

박수소리는 한동안 그칠 줄 모르고 장내를 뜨겁게 달군다. 그동안 일제의 만행을 몸소 겪으면서 받았던 통한의 설움과 동족상잔의 6.25동란을 통해 북한 공산집단으로부터 입은 상처를 한 순간만이라도 보상받고 싶은 심정으로, 아니 교장선생님의 역동적이고도 감동적인 연설 속의 내용들이 자신의 가슴 아팠던 사연들을 잘 대변해 주는 듯싶어 손바닥에 멍이 들 때까지 손뼉을 쳐댄다. 장중의 표정은 사뭇 통쾌하고 후련해 하는 기분이 역력하다.

박수 소리가 끝날 즈음 선생님은 고조될 때로 고조된 자신의 감정을 억제하려는 듯 눈을 감고 한동안 말이 없다가, 차분한 어조로 다시 말문을 연다. "우리 광명초등학교의 태동기는 일제 치하에 있던 1937년 8월 지금으로부터 정확히 20년 전 일이었습니다. 우여곡절 끝에 어렵사리 개교를 했지만 학교로서의 면모를 갖추기 위해서는 모든 것이 턱없이 부족했습니다. 그 와중에 왜놈들의 감시와 간섭이 도를 넘다 못해 급기야는 교육다운 교육이 이뤄지지 못했습니다. 이는 곧 나라 잃은 설움이 아니고 또 무엇이겠습니까,

여러분!" 교장선생님 가슴 속엔 일제에 대한 적개심이 다시 활활 타오르기 시작한다. "그리고 북한 공산집단의 남침으로 말미암아 모든 것은 잿더미로 변하고 3년이란 기나긴 세월동안 교육의 공백 상태가 국가발전에 심각한 타격을 입혔을 뿐만 아니라 개개인의 삶마저 피폐하게 만들었습니다. 우리 민족에겐 외침이 어쩌면 숙명처럼 다가오곤 했습니다. 잊을 만하면 또 일어나고 잊을 만하면 또 일어나고… 우리나라는 개국 이래 930여 회의 외침을 받은 비운의 나라입니다. 이는 그 무엇 때문일까요? 그건 간단합니다. 물론 지정학적인 원인도 있겠지만 단적으로 우리나라가 약소국가이기 때문입니다. 예를 들어 우리나라가 감히 범접할 수 없을 만큼 초강대국이라면 그 어느 나라가 우리를 무시하고 넘보겠습니까, 여러분! 약육강식, 즉 약한 자는 강한 자에게 먹힌다. 동물의 세계에서 뿐만 아니라 인간세상에서도 이 같은 자연법칙이 그대로 적용되고 있음은 그 어느 누구도 부정하지 못할 것입니다. 왜냐? 인간도 자연의 일부이기 때문입니다. 우리는 외세가 또다시 살기 좋은 이 금수강산, 우리의 선조들이 피와 땀으로 지키고 가꿔온 반만 년 유구한 역사가 살아 숨쉬는 이 땅을 추호도 넘보지 못하도록 일치단결하여 이 세계에서 가장 부강한 나라로 만들어야 하겠습니다. 감사합니다."

장시간에 걸친 교장선생님의 열정적인 개회사가 막 끝나는 순간이다. 교정에 인산인해를 이루고 있는 군중 속에서 마치 한 여름 소나기 소리를 방불케 하듯 쏟아지는 박수갈채와 "와!" 하는 함성

소리가 그칠 줄 모르고 한 동안 이어진다.

운동장에 화려하게 걸어놓은 오색만국기도 장내 분위기에 취해 나풀나풀 춤을 춘다. 박수소리가 긴 여운을 남기고 허공 속으로 사라지자 아까 사회 보던 선생님께서 기다렸다는 듯이 나서서 학부형 대표의 인사말씀과 학생 대표의 선서 등 개회식을 진행하면서 초조한 듯 연신 손목시계를 들여다본다. 아마 계획했던 시간에 착오가 생겼나 보다. 학생대표의 선서가 끝나자마자 스피커에서 음악소리와 함께 "지금부터 광명초등학교 추계운동회를 시작하겠습니다." 하고 대회 시작을 알린다. 이제 본격적으로 운동회가 시작된다고 생각하니 가슴이 마구 뛴다.

첫 순서로 1, 2학년 달리기 경주를 한다고 한다. 달리기는 내가 제일 싫어하는 종목인데 처음부터 달리기를 한다고 하니 기분이 좀 언짢다. 어젯밤에도 달리기 때문에 고민하느라 잠도 설쳤는데…

달리기는 4명을 1조로 조 편성을 하고 본교 학생과 혼합해서 뛴다고 한다. 그리고 신장도 큰 학생과 작은 학생을 구별해서 편성을 한다. 나는 1조로 제일 앞줄에 섰다. 내가 속해 있는 1조 학생들을 살펴보니 나와 키가 엇비슷했다. 이제 한 숨을 돌렸다. 왜냐하면 가뜩이나 달리기도 못하는데 키가 큰 애들 하고 달리면 꼴찌는 불 보듯 뻔하기 때문이다. 내 조그만 가슴은 아까 보다도 더 강렬하게 뛴다. 쿵쾅쿵쾅하고.

'너도 키가 작고 나도 작은데 어디 한 번 해보자!' 하고 나는 자신감을 갖고 경기가 시작되기만을 기다렸다.

선생님이 호각을 불면서 1조 부르고는, 하얗게 선을 그어놓은 스타트 라인에 서라고 한다. 내 위치는 제일 안쪽이다. 드디어 경기가 시작된 것이다. 옛날에는 운동회 때 모든 신호를 호각으로 했다. 그래서 호각소리만을 기다리며 참새처럼 뛰는 가슴을 달래며 서있는데 선생님이 "준비!" 하더니 바로 호르르하고 호각을 힘껏 분다.

나는 호각소리와 동시에 재빨리 발을 뗐다. 처음 스타트는 좋았다. 나는 네 명 중에서 두 번째로 달리고 있었다.

우리 효자도 학생과 학부형들이 뜻밖의 나의 선전에 고무되어 관중 속에 서서 박수를 치며 "달려라!"를 연발하며 뜨거운 응원을 보낸다.

나는 응원에 힘입어 내 앞에서 1등으로 가는 애하고 앞서거니 뒤서거니 하다가 너무 의욕이 넘쳐 무리했는지 그만 돌부리에 걸려 엎어지고 말았다.

내가 엎어지는 순간 우리 관중석에서는 "아!" "아뿔싸" 하고 아쉽다는 듯 탄성이 터져 나온다. 나는 아픈 다리를 이끌고 겨우 일어나 앞을 바라보니 함께 달리던 아이들이 저만치 가고 있다. 나는 패잔병처럼 완전히 전의를 상실한 채로 절룩거리며 들어왔다. 절룩거리며 들어오는 동안 이번에는 전체 관중석에서 박수소리가 터져 나온다.

나는 웬일인가 하고 어안이 벙벙했다. 달리다가 돌부리에 걸려 엎어져 꼴찌하고 들어오는데 웬 박수? 나중에 안 얘기지만 풀이 죽어 들어오는 나에게 격려 차원에서 쳐준 박수라고 한다. 최소한 3등만 가도 상을 탈 수 있는데. 상에 대한 꿈은 하루아침에 산산조각이 났다.

누나가 관중석에 있다가 내게로 오더니 "어푸러지지 않게 잘 달리지 왜 앞두 제대루 않보구 달렸니? 어푸러지지 않았으면 니가 1등 갈 뻔 했는디…" 하며 아쉬워한다. 이번엔 사촌동생이 달릴 차례다. 사촌동생은 나보다 키가 크고 발이 빠르다. 그래서 인지 달리기를 퍽 잘했다. 교내에서도 항상 1, 2등을 다퉜다. 호각소리와 동시에 총알같이 뛰어 나가더니 제일 먼저 결승선에 착지한다. 그땐 달리기 경기에서 1등하면 상품으로 공책 2권과 연필 2자루를 주었고, 2등하면 공책 1권과 연필 1자루, 3등하면 공책 1권을 주었다.

이젠 저학년의 달리기 경기가 모두 끝나고 고학년이 달리기를 할 차례이다. 형도 발은 빠른 편이다. 그러나 키가 크지 않아 보폭이 좁은 관계로 달리기를 그리 잘하진 못했다. 그렇다고 나처럼 꼴지를 하거나 하진 않는다. 항상 중간은 갔다. 그러니깐 잘하면 상을 타고 잘못하면 상을 못 타기도 한다. 말하자면 운이 좋으면 타고 나쁘면 못 탄다는 얘기다. 운동회에 오기 전에 집에서도 말했지만 지난 번 운동회 땐 신발이 벗겨지는 바람에 3등을 못가 상을 못 탄 것 때문에 이번엔 신발을 새끼줄로 꽁꽁 묶고 달린다고 했으니 어디 기대 한번 해봐도 좋은지 두고 보자,

형은 나보다는 조금은 컸지만 또래 중에서 큰 편은 아니었다. 고학년 달리기에서 형도 나처럼 제일 먼저 달렸다. 고학년은 운동장 한 바퀴다, 운동모자를 뒤로 돌려쓰고 호르르하는 호각소리와 동시에 그 급한 성격에 용수철처럼 튀어나간다.

형도 누나처럼 자존심이 강해서 남한테 지고는 못 사는 성격이다. 그야말로 입에 거품을 물고 악착같이 달린다. 이모와 누나는 관중석에 서 있다가 형이 그 앞을 지날 때 "덕호야 빨리 달려! 잘 허면 2등은 가겠다." 하고 열렬히 응원한다. 형은 약속한대로 간신히 2등으로 골인하면서 상품으로 공책 1권과 연필 1자루를 탔다.

오전엔 개인별 달리기, 단체 간의 릴레이 달리기, 학부모와 발목을 끈으로 묶고 서로 호흡을 맞추며 달리는 매스게임, 효자도 주민과 원산도 주민이 편을 갈라 줄다리기를 하다 보니 어느덧 점심때

가 다 됐는지 '오~' 하는 사이렌 소리와 함께 스피커를 통해서 12시부터 1시까지 점심시간이니 1시 30분까지 운동장에 집결하라고 한다.

우리들은 뛸 듯이 기뻐하며 "아무개야~" 하면서 형과 동생을 찾기도 하고, 학부형들은 자녀들을 찾아 헤매기도 한다. 모두 흰 운동복에 모자를 씌워 놓으니까, 누가 누군지 좀처럼 식별이 안 된다. 더구나 두 학교 학생들을 한데 섞어 놓으니까 뒤죽박죽이다. 그러니까 학부형은 학부형대로 아동은 아동대로 서로 찾아 헤맨다.

우리도 간신히 찾아 네 명이 한데 모였다. 누나, 형, 나, 사촌동생 이렇게, 누나는 점심 보따리를 들고 이모를 찾는다. 마침 이모도 정숙이를 데리고 우리를 찾는 중이었다. 서로를 부르다가 만났다. 이모는 우릴 보더니 대뜸 "뉘들 워디 있었니? 암만 찾어봐두 안 뵈더라." 한다. 누나는 "나두 이모를 월마나 찾았는디. 쪼끔 아까까지만 혀두 곁에 있었는디 한 눈 파는 사이에 워디 갔는지 움데." 하고 대답한다. 이모는 "야~그나저나 워디 시원헌디 가서 즘슨이나 먹자. 배그픈디." 우리들은 이모와 함께 점심을 먹고 나서 운동장에 나와 보니 과일장사, 떡 장사 등 먹을 것이 넘쳐난다. 나는 그 중에서 아주 빨간 사과가 제일 먹고 싶었다. 게다가 아이들이 사과를 먹고 있으니까, 한층 더 먹고 싶다. 나는 사과를 가리키며 누나 "저 사과 하나만 사줘." 하니까, 누나는 나를 빤히 쳐다보더니, "할머니가 둔(돈) 쪼끔 밖에 안 줘서 뭇 사먹어." 하면서 눈물 한 방울을 찔끔한다.

나는 얼마나 아이들이 먹는 빨간 사과가 먹고 싶었던지 아이들이 사과를 먹으면서 "아이 셔." 하고 지그시 눈을 감으면 부러운 마음에 나는 어디 가지도 않고 아이들 따라 함께 눈을 감곤 했다. 벌써 점심시간과 휴식시간이 끝나고 운동회가 다시 시작되나 보다. 사이렌 소리가 우렁차게 "오~" 하고 교정에 메아리친다. 오후에 있을 경기 종목은 텀블링, 기마전, 눈감고 과자 따먹기 경기 그리고 무용이 있다고 스피커를 통해서 알린다.

눈감고 과자 따먹기는 학부형과 저학년인 우리들 몫이고, 텀블링과 기마전은 고학년 남학생 몫이며, 무용은 고학년 여학생 몫이다.

학부형과 아동들이 합세하여 수건으로 눈을 가리고 줄에 대롱대롱 매달린 밀가루 묻힌 과자를 손도 안 대고 입으로만 따먹는 게임이 장내를 웃음바다로 만든다. 이번 순서는 텀블링을 할 차례다.

텀블링은 시범경기다. 먼저 원산도 본교 학생의 시범이 끝나자 이제 효자도 분교 차례다. 추석 두 달 전부터 본교 학생들한테 지지 않기 위해 얼마나 맹훈련을 했는지 실력이 막상막하다. 다들 잘했다고 아낌없는 박수를 보낸다.

다음은 우리가 1년 동안 이를 갈며 와신상담을 별러왔던 기마전을 할 차례다. 작년에는 제대로 한번 싸워보지도 못하고 원산도 본교에게 맥없이 지고 말았던 아픈 기억이 있어 전 선수가 단단히 정신무장을 하고 나온 터라 오늘은 진짜 예사로운 날이 아니다.

시간은 오후 4시쯤 하늘은 그지없이 맑고 청명하다. 가을바람이 살랑거리며 코스모스 꽃잎을 흔들어 댄다. 본부석을 기준으로 좌측은 개선문이라 하여 원산도 본교가, 그리고 우측은 용진 문으로 분교인 효자도가 진을 쳤다.

경기가 아직 시작되지도 않았는데 벌써부터 각 진영에서는 열띤 응원전이 불을 뿜는다. 응원대장이 나와 효자도는 백기를 휘두르며 "백군 이겨라!", 원산도는 청기를 휘두르며 "청군 이겨라!" 하고 목이 터져라 외쳐댄다.

선수는 각 팀이 1조에 4명씩, 10개조로 하고 4, 5, 6학년에서 선발했다. 왜냐하면 우리 효자도는 학생 수가 원산도에 비해서 적기 때문에 숫자를 맞추기 위한 배려였다.

객관적인 선수들의 평균 체력은 원산도가 비교도 안 될 정도로 훨씬 우월해 보인다. 그러나 운동경기는 단순히 체력으로만 하는 게 아니다. 선수들의 강인한 정신 무장과 승부욕이 뒤따라야 한다.

모여 있던 원산도 본교 선수들이 우리 측 선수들을 쳐다보면서 우습게 보는 듯한 표정이다. 그도 그럴 것이 작년에 자신들한테 힘 한번 제대로 써보지 못하고 맥없이 무너지지 않았는가. 하지만 어디 두고 보자. 모든 결과는 다 끝나고 뚜껑을 열어봐야 아는 것, 영원한 강자는 없다 하지 않았는가.

우리 선수들은 필승의 결의와 비장한 각오로 똘똘 뭉쳐있다, 이 경기는 속된 말로 떡대와 깡다구의 싸움이다. '호르르~' 갑자기 선생님의 호각소리가 들려온다. 모든 준비가 이제 끝났나 보다 운동장엔 한 순간 긴장감이 감돈다.

"지금부터 기마전을 시작 하겠다. 양 진영은 4인 1조로 대열을 짓고 선생님의 지시에 따른다." 이윽고 고대하던 경기가 시작되는 듯하다. "선수 3명은 말을 만들고 나머지 1명은 기마병으로써 말을 탄다. 그리고 선생님의 호각소리와 동시에 적진을 향해 비호같이 달려 나가 상대 편 기마병을 보기 좋게 말 위에서 떨어뜨린다. 만약 말 위에서 떨어지면 패자가 되고 상대편을 떨어뜨린 자는 승자가 된다. 알았나!" "예~"

이제 사생결단이다. 드디어 선생님의 호각소리가 뇌성 번개처럼 귓전을 때린다. 우린 죽을힘을 다해 적진을 향해 달려 나가 파죽지세로 적진을 무너뜨렸다.

힘이 달리면 물어뜯고, 할퀴고, 말에서 떨어지지 않기 위해 상대 편 거시기를 잡고 매달리기도 하고 그야말로 악전고투였다. 앞서 말했듯 떡대와 깡다구 싸움에서 깡다구가 보기 좋게 이겼다. 1진, 2진 할 것 없이 한 두 팀만 빼놓고 거의 전승을 거둔 셈이다. 우리 속담에 "작은 고추가 맵다"고 하지 않았는가.

이 게임에서 원산도 본교 학생이 지게된 결정적인 패인을 분석한다면 작년에 쉽게 이겼던 상대편이 형편없는 약체이기 때문에 안이한 경기 운영과 선수들의 정신상태가 해이했던 게 주원인이었다. 그러나 후회는 아무리 빨리해도 늦는 법이다. 이렇게 해서 광명초등학교 효자분교는 작년에 본교한테 진 빚을 통쾌하게 갚고 자존심을 회복했다.

"다음은 오늘의 마지막 순서인 5, 6학년 여학생들의 무용시범경기가 있겠습니다. 먼저 광명초등학교 본교 여학생들의 '고향의 봄'

을 주제로 한 무용 솜씨를 보시겠습니다. 선수 입장~" 고향의 봄 경음악과 함께 여학생들이 색동저고리에 꽃을 들고 입장한다. 이 때 관중석에서 수군거리는 소리가 들린다. "가을인디 웬 고향의 봄? 선상님은 때두 물르나?" "아녀 저 춤 개르치는 선상님이 고향의 봄인가 뭔가를 굉장히 좋아헌디야 아마 그래서 그럴껴." "설사 그래도 그렇지 가을두 다 가구 인저 쪼끔 있으면 겨울이 올라구 허는디…"

나의 살던 고향은 꽃피는 산골
복숭아꽃 살구꽃 아기 진달래
울긋불긋 꽃 대궐 차리~인 동네
그 속에서 놀던 때가 그립습니다.

꽃동네 새 동네 나의 옛 고향
파란들 남쪽에서 바람이 불면
냇가에 수양버들 춤추는 동네
그 속에서 놀던 때가 그립습니다.

학생들의 무용 실력이 대단하다. 풍금소리에 맞춰 사뿐사뿐 춤추는 모습이 마치 한 폭의 그림 같다. 무용이 거의 끝나갈 무렵 장중에서 교정이 떠나갈 듯 박수갈채가 쏟아진다.

"다음은 효자분교 여학생들의 가을을 주제로 한 무용 시범경기가 있겠습니다. 선수 입장~"

　최 선생님을 필두로 학생들은 흰 한복 차림에 붉은 장미꽃을 들고 동요 '가을'의 음악소리에 맞춰 엷게 미소 띤 얼굴로 입장한다. 관중석에서 요란한 박수갈채가 쏟아진다. 최 선생님은 흰 정장에 까만 넥타이를 맨 옷차림으로 아동들을 좌우로 정렬을 시킨 다음 풍금 앞에 앉는다. 드디어 최 선생님의 손끝에서 음악소리가 울려 퍼지기 시작한다.

> 가을이라 가을바람 솔솔 불어오니
> 푸른 잎은 붉은 치마 갈아입고서
> 남쪽나라 찾아가는 제비 불러 모아
> 봄이 오면 다시 오라 부탁하누나.

　여학생들은 최 선생님의 풍금소리에 맞춰 마치 흰 나비가 춤을 추듯 나풀나풀 춤을 춘다. 손에든 두 송이의 예쁜 장미꽃이 율동할 때 마다 방긋 방긋 웃는다.

　최 선생님은 신들린 사람처럼 풍금을 치면서 고개를 상하좌우로 흔들기도 하고 눈을 감았다 떴다를 반복하는 걸 보니 음악에 몰입되어 있는 것 같다.

> 가을이라 가을바람 다시 불어오니
> 밭에 익은 곡식들은 금빛 같구나.

추운겨울 지낼 적에 우리 먹이려고
하느님이 내려주신 생명의 양식

흰 한복차림의 학생들은 음악이 끝나면서 앉은 자세로 두 손을
모으고 다소곳이 허리를 굽힌다. 마침 휙 하고 불어오는 한 줄기
소소리 바람결에 코스모스 꽃잎들이 날아와 눈처럼 하얗게 캠퍼
스에 흩어진다. 장중은 우레와 같은 박수갈채와 "와~" 하는 함성
으로 뒤범벅이 되어 한동안 뜨거운 감동의 물결이 숨 가쁘게 휘몰
아친다.

파란 에메랄드를 깔아놓은 듯한
맑고 푸른 가을 하늘!
날개만 있다면
어디론가 훨훨 날아가고 싶은
끝없는 그리움!
벅차오르는 감회와 환희가
여기 교정에 운집해 있는
모든 이의 가슴마다에 소리 없이 메아리친다.